PANINI BOOKS

AUSSERDEM VON PANINI ERHÄLTLICH:

Star Wars: Leia, Prinzessin von Alderaan
(Journey to *Star Wars*: Die letzten Jedi)
Claudia Gray – ISBN 978-3-8332-3569-6

Star Wars: Die Legenden von Luke Skywalker
(Journey to *Star Wars*: Die letzten Jedi)
Ken Liu – ISBN 978-3-8332-3570-2

Star Wars: Rogue One – Jugendroman zum Film
Matt Forbeck – ISBN 978-3-8332-3449-1

Star Wars: Das Erwachen der Macht – Jugendroman zum Film
Matt Forbeck – ISBN 978-3-8332-3026-4

Star Wars: Ahsoka
E. K. Johnston – ISBN 978-3-8332-3450-7

Star Wars: Jyn, die Rebellin
Beth Revis – ISBN 978-3-8332-3539-9

Star Wars: Blutlinie
Claudia Gray – ISBN 978-3-8332-3354-8

Star Wars: Verlorene Welten
(Journey to *Star Wars:* Das Erwachen der Macht)
Claudia Gray – ISBN 978-3-8332-3194-0

Star Wars: Bewegliches Ziel – Ein Prinzessin Leia-Abenteuer
(Journey to *Star Wars*: Das Erwachen der Macht)
Cecil Castellucci, Jason Fry – ISBN 978-3-8332-3197-1

Star Wars: Die Waffe eines Jedi – Ein Luke Skywalker-Abenteuer
(Journey to *Star Wars*: Das Erwachen der Macht)
Jason Fry – ISBN 978-3-8332-3196-4

Star Wars: Im Auftrag der Rebellion –
Ein Han Solo & Chewbacca-Abenteuer
(Journey to *Star Wars*: Das Erwachen der Macht)
Greg Rucka – ISBN 978-3-8332-3195-7

STAR WARS
DIE LETZTEN JEDI

™

JUGENDROMAN ZUM FILM

Von Michael Kogge
Basierend auf dem Drehbuch
von Rian Johnson

Ins Deutsche übertragen von
Andreas Kasprzak

PANINI BOOKS

Bibliografische Information der Deutschen Nationalbibliothek
Die Deutsche Nationalbibliothek verzeichnet diese Publikation in der Deutschen Nationalbibliografie; detaillierte bibliografische Daten sind im Internet über http://dnb.d-nb.de abrufbar.

FSC
www.fsc.org
MIX
Papier aus verantwortungsvollen Quellen
FSC® C014496

Deutsche Ausgabe 2018 Panini Verlags GmbH,
Rotebühlstraße 87, 70178 Stuttgart.

Titel der Amerikanischen Originalausgabe:
„*Star Wars: The Last Jedi – A Junior Novel*" by Michael Kogge,
based on the screenplay by Rian Johnson.

Geschäftsführer: Hermann Paul
Head of Editorial: Jo Löffler
Head of Marketing: Holger Wiest (E-Mail: marketing@panini.de)
Presse & PR: Steffen Volkmer

Übersetzung: Andreas Kasprzak
Lektorat: Marc Winter
Umschlaggestaltung: tab indivisuell, Stuttgart
Satz: Greiner & Reichel, Köln
Druck: GGP Media GmbH, Pößneck
Gedruckt in Deutschland

YDSWEP008

1. Auflage, April 2018
ISBN 978-3-8332-3629-7

Auch als E-Book erhältlich:
ISBN 978-3-8332-9979-0

Findet uns im Netz:
www.paninicomics.de

PaniniComicsDE

Es war einmal vor langer Zeit in einer weit,
weit entfernten Galaxis …

Die ERSTE ORDNUNG hat die Vorherrschaft.
Nachdem er die friedliche Republik vernichtend geschlagen hat, setzt der Oberste Anführer Snoke nun seine gnadenlosen Legionen ein, um die militärische Kontrolle über die Galaxis zu erlangen.

Nur General Leia Organas Gruppe von Kämpfern des WIDERSTANDS stellt sich der wachsenden Tyrannei entgegen, in der festen Überzeugung, dass Jedi-Meister Luke Skywalker zurückkehren und dem Kampf wieder einen Funken Hoffnung verleihen wird.

Doch der Widerstand ist in Gefahr.
Als sich die Erste Ordnung dem Rebellenstützpunkt nähert, leiten die tapferen Helden eine verzweifelte Flucht in die Wege …

PROLOG

Es war einmal ein Junge, der aufwuchs, um ein Jedi-Ritter zu werden. Nicht bloß irgendein Jedi, sondern einer der größten der Geschichte, ein tapferer Held, der ein böses Imperium zu Fall bringen sollte. Außerdem war er der Letzte seiner Art …

Über tausend Generationen lang waren die Jedi-Ritter die Hüter des Friedens und der Gerechtigkeit in der Galaxis gewesen. Dank ihrer Verbindung zur Macht konnten sie erstaunliche Dinge vollbringen, andere beeinflussen und einen flüchtigen Blick auf das werfen, was war und vielleicht einst sein würde. Doch trotz all ihrer Weitsicht konnten die Jedi ihre eigene Zukunft nicht vorhersehen. Einer aus ihrem Orden wandte sich gegen sie und machte Jagd auf die übrigen Jedi, bis nur noch wenige von ihnen übrig waren und ihr Licht fast erlosch.

Als er noch klein war, wusste der Junge nichts von alldem. Er wusste bloß, dass sein Zuhause eine trostlose Wüste war, in der Wasser kostbarer war als Gold. Trotzdem hatte er eine gute Kindheit. Er wuchs bei seinem Onkel und seiner Tante auf ihrer Feuchtfarm auf, und sie zogen ihn wie ihren eigenen Sohn groß. Gewiss, sein Onkel konnte bisweilen mürrisch sein, doch er brachte dem Jungen alles bei, vom Reparieren von Evaporatoren bis hin zum Fliegen von Luftgleitern, und seine Tante war lieb und warmherzig und verwöhnte ihn, wo immer sie konnte. Wie viele Jungen in seinem Alter war er ungeduldig, neugierig und ein bisschen ungestüm. Er hatte ein besonderes Händchen dafür, Sachen wieder zusammenzuflicken, und eine Leidenschaft für schnelle Flitzer. Und er hatte Träume.

Eines Abends, nachdem er mit der Farmarbeit fertig war, ging er hinaus, blickte zum Horizont und verfolgte den Untergang der Zwillingssonnen. Sie sanken langsam hinter den Sanddünen, eine lodernd weiß, die andere orangerot. Badend im bernsteinfarbenen Lichtschein, grübelte der Junge über sich selbst nach. Er fragte sich, wer er war, wohin es ihn im Leben verschlagen würde, was wohl eines Tages aus ihm werden würde. Er träumte davon, seine langweilige, staubige Heimatwelt zu verlassen und eine Ausbildung zum Piloten zu machen, damit er durch die Weiten des Weltraums fliegen konnte – damit er die Sterne sehen konnte. Er träumte davon, so zu sein wie sein Vater ...

Das wenige, das der Junge über seinen Vater wusste, hatte er von seinem Onkel erfahren, durch knappe Wortfetzen und Gegrummel. Offenbar war sein Vater Navigator auf einem Gewürzfrachter gewesen, bis ihm etwas Tragisches zugestoßen war. Was genau, darauf war sein Onkel nie weiter eingegangen. Stattdessen beharrte er darauf, dass der Junge mit seinen Tagträumen aufhören und das Leben auf ihrem Hof als das akzeptieren solle, was es war: sein Leben. Es sei keine Schande, ein Feuchtfarmer zu sein – absolut keine Schande.

Jahre vergingen, in denen aus dem Jungen ein alter Mann wurde, der nun oben auf einer Klippe stand und den Blick über das gewaltige Meer schweifen ließ, das sich unter ihm ausbreitete. Unter seinem Wollmantel trug er ein Gewand aus Sackleinen, eine Kapuze schützte sein Gesicht vor dem Wind. Das Wasser vor ihm erstreckte sich bis zum Horizont, genau wie einst das Dünenmeer seiner Heimatwelt, bloß durchbrochen von gebirgigen Inseln.

Er war auf diesen vergessenen Planeten gekommen, um in aller Abgeschiedenheit seinen Lebensabend zu verbringen. All seine Kindheitsträume hatte er sich längst erfüllt. Er hatte die Weiten des Weltraums durchflogen. Er hatte die Sterne gesehen und all das Helle und Dunkle dazwischen. Er hatte der Galaxis nichts mehr zu geben und forderte auch nichts ein. Er wollte einfach bloß in Ruhe gelassen werden – er wollte seinen Frieden.

Doch nach all diesen Jahren hatte man ihn aufgespürt. Langsam wandte er der See den Rücken zu. Auf der anderen Seite des Felsplateaus stand ein Mädchen. Es kam näher, hielt jedoch einige Schritte vor ihm inne. Der alte Mann zögerte, bevor er die Hände hob – eine aus Fleisch und Blut, die andere aus Draht und Metall – und seine Kapuze zurückstreifte. Einen langen Moment musterten er und das Mädchen einander schweigend, in Gedanken versunken.

Sie hatte dunkelbraunes Haar, das zu drei Knoten geflochten war. Ihre Weste und die Tunika waren sandfarben, Stoffbinden waren um ihre Unterarme gewickelt, und sie trug eine kurze Hose, die über ihren Lederstiefeln helle Haut erkennen ließ. Sie hielt einen Kampfstab in Händen, der einst als Getriebewelle gedient haben mochte. Von ihrer Hüfte baumelte eine verschlissene Stofftasche. Ihr Gesicht war von Sommersprossen übersät. Sie schlang sich den Riemen ihres Stabs über die

Schulter und öffnete die Tasche, aus der sie einen Chromzylinder hervorholte, der etwa halb so lang wie ihr Arm war. Es war der Griff eines Lichtschwerts, das sie ihm hinhielt.

Der alte Mann atmete tief ein und zitterte. Dieses Lichtschwert hatte einst ihm gehört – und seinem Vater vor ihm. Er hatte diese Waffe zusammen mit seiner Hand verloren, während eines schicksalhaften Duells in einer Stadt in den Wolken. Bis zu diesem Moment hatte er geglaubt, das Lichtschwert sei fort, für immer weg, doch irgendwie war es genauso wiedergefunden worden wie er selbst. Er biss die Zähne zusammen, blickte finster drein und nahm das Lichtschwert nicht entgegen.

Ihr Griff, mit dem sie die Waffe hielt, wurde unsicherer und sie blinzelte. Verwirrung wandelte sich zu Bestürzung, doch sie hielt ihm das Lichtschwert weiterhin entgegen. Sie wollte, dass er es nahm. Mit ihrem Blick flehte sie ihn förmlich an.

Das Stirnrunzeln des Mannes schwand, und seine Augen wurden feucht. Mit dem Lichtschwert waren so viele Erinnerungen verbunden – zu viele. Er konnte es nicht annehmen – nicht in diesem Moment, nicht nach so langer Zeit. Seine metallenen Finger berührten den Griff und nahmen ihn ihr aus der Hand. Der Mann stand da, dicht am Rande der Klippe, und betrachtete das Lichtschwert in seiner Hand. Es war genauso leicht und vertraut wie beim ersten Mal, als er es gehalten hatte, damals, als er nicht viel älter gewesen war als dieses Mädchen. Der alte Einsiedler, der es ihm gegeben hatte, meinte, sein Vater habe dieses Lichtschwert gebaut und wollte, dass sein Sohn es eines Tages bekommt, doch der Onkel des Jungen war dagegen gewesen.

Jener so lange zurückliegende Tag hatte sein Leben von Grund auf verändert. Es war der Tag gewesen, an dem seine Träume wahr wurden. Es war der Tag gewesen, an dem er plötzlich eine Bestimmung bekam, ein Schicksal. Als er den Griff des Lichtschwerts nun vor sich hielt, wünschte ein Teil von ihm, diese Waffe nie besessen zu haben. Mit einer ruckartigen Bewegung des Handgelenks schleuderte der Mann das Lichtschwert von der Klippe ins Meer.

1. KAPITEL

„Sie haben uns gefunden!“, rief der Taktikoffizier.

Auf der Brücke des Widerstandskreuzers *Raddus* stand Poe Dameron mit General Leia Organa und ihrem Protokolldroiden C-3PO zusammen, dessen Außenhülle unlängst poliert worden war, sodass er in einem hellen, strahlenden Messington glänzte. Was ihre Aufmerksamkeit auf sich zog, hatte jedoch nichts Helles oder Strahlendes an sich. Über dem Kommunikationstisch erwachten flackernd die Hologramme dreier dunkler Kriegsschiffe zum Leben, während Alarmsignale losheulten und auf der Brücke Panik um sich griff.

Admiral Ackbar, der geniale Militärstratege, der die Rebellenallianz in der Schlacht von Endor zum Sieg geführt hatte, bediente mit den schwimmhäutigen Händen eines Mon Calamari die Kontrollen des Tisches. Zwei der Kriegsschiffe wurden als Sternenzerstörer der Ersten Ordnung identifiziert – die *Fellfire* und das Flaggschiff von General Hux, die *Finalizer* –, beim dritten handelte es sich um ein gewaltiges, kanonenstarrendes Schlachtschiff, den Dreadnaught *Fulminatrix*.

„Nun, wir wussten ja, dass das irgendwann passieren würde“, murmelte Poe.

Erst vor Kurzem hatten zwei kampferprobte Spione den Widerstand mit Informationen über die Flotte der Ersten Ordnung versorgt. Zu diesen Daten gehörten nicht bloß detaillierte Baupläne des Dreadnaughts, vielmehr ging aus ihnen hervor, dass die Armada des Feindes wesentlich größer war, als sie bislang angenommen hatten. In der Erwartung, dass die Erste Ordnung nach Vergeltung für die Vernichtung der Starkiller-Basis streben würde, hatte die Führung des Widerstands deshalb zeitnah mit der Evakuierung ihres geheimen Hauptquartiers auf D'Qar begonnen. Allerdings hatte niemand damit gerechnet, dass es der Ersten Ordnung so schnell gelingen würde, ihr Versteck ausfindig zu machen.

Poe drückte auf den Kom-Knopf des Tisches. „Connix, ist die Basis schon vollständig evakuiert?"

Auf dem Monitor erschien das Bild von Lieutenant Kaydel Ko Connix. Ihr langes blondes Haar war zu Knoten geflochten, die links und rechts am Kopf anlagen, und die Anspannung brachte ihr sonst so natürliches Lächeln ins Wanken. „Wir sind immer noch dabei, die letzten Transporter zu beladen", erklärte sie. „Wir brauchen mehr Zeit!"

Ein Blick aus dem Sichtfenster der Brücke zeigte Raumfrachter, Transportshuttles und Personenfähren, die vom grünen D'Qar flohen. Alle steuerten auf die *Raddus* oder eins der drei anderen Großkampfschiffe zu, aus denen die dürftige Raumflotte des Widerstands bestand: auf die schlanke Lazarettfregatte *Anodyne*, den Bunkerbrecher *Ninka* und das Frachtschiff *Vigil*. Allerdings war offensichtlich, dass es viele nicht in Sicherheit schaffen würden, da sie sich in Feuerreichweite der Sternenzerstörer und des Schlachtschiffs befanden.

Poe wünschte, er wäre dort draußen gewesen, in seinem

X-Flügler, um die Evakuierten zu verteidigen, anstatt hier auf der Brücke als Zuschauer gefangen zu sein. Die Mechaniker hatten seinen Sternenjäger gerade erst mit einem zusätzlichen Schubaggregat aufgemotzt, und irgendwie schien dies der ideale Zeitpunkt zu sein, um auszuprobieren, was das Ding so draufhatte.

Poe wandte sich an General Organa. Sie war die letzte noch lebende Prinzessin von Alderaan und hatte einst mit ansehen müssen, wie der Todesstern des Imperiums ihre Heimatwelt ausgelöscht hatte. Sie hatte ihr Haar streng hochgesteckt und trug einen würdevollen Mantel über einem schlichten Seidengewand, beides in Schwarz. Wäre die Farbe ihrer Kleidung nicht gewesen, wäre Poe niemals auf den Gedanken gekommen, dass sie den Tod ihres Ehemanns Han Solo betrauerte. Welchen Kummer und Schmerz sie unter ihrer so offensiv zur Schau gestellten Selbstbeherrschung verbarg, vermochte er sich nicht einmal vorzustellen.

„Sie haben einen Plan", sagte General Leia Organa zu Poe, „und er wird mir nicht gefallen." Sie wartete nicht ab, dass er ihr erklärte, was er vorhatte. „Gehen Sie!"

Über sein Arm-Komlink erteilte Poe seinem Astromech BB-8 einige Anweisungen und eilte, so schnell er konnte, zum Hangar des Kreuzers. Als er dort eintraf, war BB-8 bereits hinten im Droidensockel von Poes X-Flügler, *Schwarz Eins*, eingeklinkt. Poe kletterte hoch zum Pilotensitz. „Dann mal los!"

Der Sternenjäger schoss mit geschlossenen S-Flügeln aus dem Hangar des Kreuzers, um die maximale Geschwindigkeit zu erreichen. Auf dem Cockpit-Display rief Poe eine Übersicht der *Fulminatrix* auf. Das Schlachtschiff wirkte von der groben Form her wie eine unheilvolle Speerspitze, ganz ähnlich einem Sternenzerstörer, nur wesentlich größer. Die Turbolasergeschütze an der oberen Außenhülle wurden auf die Widerstandsflotte im Orbit ausgerichtet, während man die mächtigen Autokanonen am Bauch des Dreadnaughts mit Energie auflud. Poes Aufgabe bestand darin, das Schlachtschiff so lange davon abzuhalten, mit diesen Autokanonen auf D'Qar zu feuern, bis die Evakuierung des Stützpunkts abgeschlossen war.

Als der Pilot des Widerstands geradewegs auf die Kriegsschiffe zuflog, tat BB-8 piepend sein Missfallen kund. Der Computer des X-Flüglers übersetzte es dahingehend, dass der Astromech bei dieser Sache ein ganz mieses Gefühl hatte.

„Hast du auch fröhliche Piepser für mich, Kumpel? Wir haben schon Verrückteres abgezogen", meinte Poe. Doch obwohl das zweifellos stimmte, war er sich durchaus darüber im Klaren, dass ein einziger Treffer von einem dieser Turbolaser genügen würde, um sie zu erledigen. „Fröhliche Piepser", wiederholte er, um seine eigenen aufgewühlten Nerven zu beruhigen.

„Nur damit das klar ist, Commander Dameron: In diesem Fall stimme ich dem Droiden zu", sagte General Organa über ihren privaten Kom-Kanal.

„Danke für Ihre Unterstützung, General", entgegnete Poe, amüsiert darüber, dass sie seinem Fluggeplauder lauschte. Doch andererseits war es genau das, was die Prinzessin zu einem so außergewöhnlichen General machte. Ihre Augen und Ohren waren überall – nie entging ihr auch nur das Geringste.

C-3POs Netzwerk von Spionagedroiden hatte ihnen berichtet, dass der Anführer des Militärs der Ersten Ordnung, General Hux, die Zerstörung der Starkiller-Basis überlebt hatte –

und Poe wollte sich davon überzeugen, ob diese Information tatsächlich zutraf. Über eine Subraumfrequenz funkte Poe die *Finalizer* an. „Achtung! Hier spricht Commander Poe Dameron von der Flotte der Republik mit einer wichtigen Nachricht für General Hax", erklärte er, wobei er den Namen des Generals kaum merkbar, aber mit voller Absicht falsch aussprach.

Es folgte keine Antwort. Der X-Flügler setzte seinen Anflug ungehindert fort und würde sich in Kürze in Feuerreichweite des Kriegsschiffs befinden. BB-8 brabbelte nervös. Poe wollte ihm gerade darin zustimmen, dass das Ganze vielleicht doch keine so tolle Idee war, als eine wichtigtuerische Stimme aus den Cockpit-Lautsprechern drang.

„Hier spricht General Hux von der Ersten Ordnung. Die Republik existiert nicht mehr! Ihre Flotte besteht aus dreckigen Rebellen und Kriegsverbrechern! Sagen Sie Ihrer teuren Prinzessin, es wird nicht verhandelt und eine Kapitulation wird *nicht* akzeptiert!"

Poe hielt sich an seinen Plan und tat so, als hätte er die Drohung nicht gehört. „Hi, ich warte auf General Hax!"

„Hier *ist* Hux! Sie und Ihre Freunde sind verloren! Wir werden euch vernichten, euch aus der Galaxis fegen!"

Poe hielt seine Scharade aufrecht. „Alles klar. Ich warte." Und er wartete. Über Kom konnte man Rauschen und Getuschel vernehmen.

„Können Sie …? Kann er mich hören?", fragte Hux jemanden auf der Brücke seines Schiffs.

Schwarz Eins kam immer näher, und die Kriegsschiffe hatten noch immer nicht das Feuer auf den Jäger eröffnet. Gut möglich, dass Poes Plan tatsächlich funktionierte, wenn es ihm gelang, das Gespräch noch ein bisschen weiter in die Länge zu ziehen. „Hax?“, fragte Poe. „Mit 'nem *A*? Dürres Kerlchen? Ziemlich blass?“

„Ich kann Sie hören!“ Hux klang verärgert. „Und Sie … können Sie mich hören?“

Poes Entfernungsmesser war jetzt fast bei null angelangt. „Hören Sie, ich kann nicht ewig dranbleiben. Wenn Sie den General erreichen, richten Sie ihm aus, Leia habe eine dringende Botschaft für ihn.“ Er wünschte, Hux hätte sein spöttisches Grinsen sehen können. „Es geht um seine Mutter.“

BB-8 trillerte vor Vergnügen, und Poe musste ihn zum Schweigen bringen, um die Verwirrung mitzubekommen, die sich unter dem Führungsstab der *Finalizer* ausbreitete. „Ich glaube, er erlaubt sich einen Spaß mit Ihnen, Sir“, sagte einer von Hux' Adjutanten.

„Feuern! Sofort!“, brüllte Hux.

Poe unterbrach die Verbindung und umklammerte den Steuerknüppel. „Beebee-Acht, volle Energie!“

Das neu eingebaute Schubaggregat flammte auf. *Schwarz Eins* schoss an der *Finalizer* vorbei auf die *Fulminatrix* zu, und die S-Flügel klappten in Angriffsposition auf. Sofort begannen die Turbolaser des Schlachtschiffs zu feuern.

Poe steuerte den X-Flügler im Zickzack hindurch und tauchte tiefer, dicht hinunter zur Außenhülle der *Fulminatrix,* was seinen Jäger zu einem schwieriger zu treffenden Ziel machte. Er schaltete das Kom auf eine Frequenz des Widerstands um und nahm die nächste Phase seines mehr oder minder improvisierten Plans in Angriff. „Alles klar, ich schalte jetzt die Geschütze aus. Bomber, Zielanflug beginnen!“

Acht Bomber des Widerstands, die eine gewisse Ähnlichkeit mit Atmosphären-Wetterfahnen mit röhrenförmigem Rumpf aufwiesen, flogen aus dem gegenüberliegenden Winkel, den Poe für seinen Anflug gewählt hatte, auf das Schlachtschiff zu. Einige X- und keilförmige A-Flügler begleiteten die Bomber als Sternenjägereskorte.

„Bomber, dicht zusammenbleiben! Jäger, beschützt die Bomber!", funkte Tallie Lintra, eine ehemalige Sprühfliegerpilotin, die den A-Flügler an der Spitze flog. „Lasst es richtig krachen, um unserer Flotte Zeit zu verschaffen!"

Poe sauste mit seinem X-Flügler dicht über der Oberfläche des Schlachtschiffs hinweg und pustete dabei ein Geschütz nach dem anderen weg, um den Anflug der Bomber zu sichern. Da er so tief flog, waren sie außerstande, ihn zu erwischen – für ihn jedoch waren die Geschütztürme zugleich ein leichtes Ziel. Poe hatte bereits sämtliche Geschütze bis auf eins unschädlich gemacht, als BB-8 unvermittelt eine Warnung pfiff.

Die Annäherungssensoren des X-Flüglers zeigten TIE-Jäger, die aus den Hangars des Dreadnaughts schossen und auf die Bomber zuhielten. Die größtenteils schwarz lackierten TIEs, die im Wesentlichen aus zwei schmalen vertikalen Flügeln an einem kugelförmigen Cockpit bestanden, verdankten ihre Bezeichnung der sprichwörtlichen „Turbo-Ionen-Energie" ihres Zwillingsionenantriebs, der ihnen ein unglaubliches Tempo ermöglichte. Doch da es ihnen an starken Schutzschilden mangelte und sie anstelle der vier Laserkanonen, mit denen ein X-Flügler ausgestattet war, bloß zwei besaßen, verdankten die TIEs ihre Gefährlichkeit in erster Linie ihren Piloten. Diese Typen hatten vor gar nichts Angst – nicht einmal vor dem Tod. Im

Kampf für die Erste Ordnung in der Schlacht zu sterben, war das größte Opfer, das ein TIE-Pilot bringen konnte. Drei der Jäger lösten sich von der Gruppe, um sich an die Fersen von *Schwarz Eins* zu heften.

„Da kommt das Empfangskomitee", sagte Poe. Laserfeuer von den TIEs erwischte die Unterseite des X-Flüglers, wo die Schilde am schwächsten waren. Offenbar hatte ein Glückstreffer eine Energieleitung seiner Bordgeschütze beschädigt, da Poe plötzlich nicht mehr zurückschießen konnte. „Beebee-Acht, meine Waffensysteme sind ausgefallen. Wir müssen diesen letzten Turm ausschalten, oder unsere Bomber sind verloren. Fang an zu zaubern, Kumpel!" Poe zog seinen X-Flügler in eine Reihe von Fassrollen, um dem Feindbeschuss auszuweichen und BB-8 die Möglichkeit zu geben, die Energiezuleitung zu reparieren. Ein rascher Blick aus der Kanzel zeigte ihm, dass die TIE-Staffeln drauf und dran waren, sich auf die Sternenjäger des Widerstands zu stürzen. „Tallie, bereithalten!", sagte er.

„Schützen, macht denen die Hölle heiß!", funkte Tallie.

A- und X-Flügler attackierten die TIEs, während die Bomber mit ihren Kugelgeschütztürmen das Feuer eröffneten. Ein gleißendes Spektakel von Lasersalven erblühte zu einem Gewirr aus Feuerbällen. Dutzende TIEs fanden ein explosives Ende, doch dank ihrer zahlenmäßigen Übermacht war die Erste Ordnung nach wie vor im Vorteil.

„Die sind überall! Ich kann nicht …", sagte ein Pilot, bevor seine Stimme verklang.

Poe kannte diese Stimme. Das war der gute, alte Tubbs, der stets so erpicht darauf war, neuen Jägerpiloten mit Rat und Tat zur Seite zu stehen. Nun war er tot – genau wie das candovantanische Fliegerass Zizi Tlo. Die TIEs hatten ihren A-Flügler in Fetzen gepustet.

„Wir machen's hier draußen nicht mehr lange, Poe!", rief Tallie. „Wie wär's mit ein paar guten Neuigkeiten?"

„Haltet durch!" Poe überprüfte den Status seiner Laser. „Beebee-Acht, wir müssen diesen letzten Turm ausschalten. Ich brauche meine Geschütze!"

BB-8 entgegnete, dass das Problem mit dem schwer zu erreichenden Kupplungskasten zusammenhing. Die Reparaturen würden noch ein wenig mehr Zeit in Anspruch nehmen.

Poe wich einer weiteren gegnerischen Salve aus, ohne die letzte verbliebene Turbolaserkanone dabei auch nur eine Sekunde aus den Augen zu lassen. Alles, was er tun musste, war, dieses Geschütz zu zerstören, sodass die Bomber gefahrlos ihre Ladung auf das Schlachtschiff abwerfen und der Ersten Ordnung damit einen weiteren schweren Schlag versetzen konnten.

Dummerweise war die *Fulminatrix* entschlossen, ihnen dabei zuvorzukommen. Die beiden Autokanonen an der Unterseite des Schlachtschiffs spuckten einen Energiestrom in Richtung D'Qar. Dort, wo sich auf dem Planeten die Basis des Widerstands befand, quoll der Flammenpilz einer Explosion in die Höhe. Poe konnte nur hoffen, dass sich niemand mehr dort unten befand.

Zumindest in dieser Hinsicht konnte Admiral Ackbar ihn beruhigen. „Die letzten Transporter sind unterwegs", gurgelte der Mon Calamari in einer Übertragung an alle. „Evakuierung abgeschlossen!"

Poe seufzte erleichtert. Alles, was er jetzt noch tun musste, war, einen letzten Geschützturm außer Gefecht zu setzen, dann mussten sie sich wegen des Dreadnaughts keine Sorgen mehr machen.

General Organa meldete sich über den Privatkanal zu Wort. „Gut gemacht, Poe! Kehren Sie mit Ihrer Staffel zurück, damit wir mit unserer Flotte hier endlich verschwinden können."

Poe konnte nicht glauben, was die Prinzessin da verlangte. „Nein, General! Wir kriegen das hin! Das ist *die* Gelegenheit, ein Schlachtschiff auszuschalten!"

„Angriff sofort abbrechen, Commander! Das ist ein Befehl ..."

Poe tat so, als hätte er ihr letztes Kommando nicht gehört, und schaltete das Kom ab. Natürlich würde sie Poe für das, was er vorhatte, einen scharfen Tadel verpassen, doch die *Fulminatrix* unschädlich zu machen, war seiner Ansicht nach jede Strafe wert. Er schwenkte mit *Schwarz Eins* um die TIEs herum, die ihn so unermüdlich verfolgt hatten, und erfasste den letzten Turm mit seinem Zielcomputer. „Beebee-Acht, jetzt oder nie!" Es musste einfach funktionieren!

Irgendwo im Innern von Poes X-Flügler erklang ein metallisches Knacken, doch es war ein gutes Knacken. Die Waffenanzeige an der Cockpit-Konsole leuchtete auf, und BB-8 heulte triumphierend. Der kleine Droide hatte es geschafft! Die Energieleitung des X-Flüglers war geflickt und stabil!

Poe wartete nicht einmal, bis das Geschütz voll aufgeladen war – er feuerte sofort. Der letzte noch aktive Turbolaser des Schlachtschiffs explodierte. Poe wurde in seine Haltegurte gedrückt, als er den Jäger scharf herumriss, um sich seinen

Verfolgern von Angesicht zu Angesicht zum Kampf zu stellen. Die TIE-Piloten waren von dem auf sie zuschießenden X-Flügler so überrascht, dass keiner von ihnen rechtzeitig mit seinen Lasern schoss. Poe verwandelte sie in Sternenstaub. „Alles klar, wird Zeit für die Bomben!"

„Mit dem größten Vergnügen!", erwiderte Tallie über Kom.

Sternenjäger und Bomber sausten auf das Schlachtschiff zu. Mittlerweile war von den Bombern bloß noch die Hälfte der ursprünglichen Anzahl übrig, doch selbst wenn es nur einem einzigen davon gelang, seine Fracht an Magno-Ladungen auf den Dreadnaught abzuwerfen, würde der dadurch verursachte Schaden verheerend sein.

Jetzt, wo die Turbolaser der *Fulminatrix* ausgeschaltet waren, lag die Verteidigung des Schlachtschiffs allein in den Händen der TIE-Jäger, deren Zahl von Minute zu Minute zunahm, da immer mehr aus den Hangars des Dreadnaughts und der Zerstörer starteten. Die Anführer der Ersten Ordnung betrachteten die TIEs als entbehrlich und waren bereit, schwere Verluste in Kauf zu nehmen, um den Schiffen des Widerstands den Garaus zu machen.

Die Strategie der Ersten Ordnung schien zu funktionieren. Durch das Knistern von Poes Kom drangen Schreie, als ein weiterer Bomber sein Ende fand. C'ai Threnalli, der Abednedo mit dem Tentakelmund, der als Rot Drei flog, rief etwas in seiner Heimatsprache, das der Bordcomputer des X-Flüglers mit „Wir können sie nicht aufhalten!" übersetzte.

Poe stürzte sich mit *Schwarz Eins* mitten ins Getümmel. „Doch, können wir! Bleibt nah bei den Bombern!"

Speziell ein kobaltblau lackierter Bomber leistete den TIEs

mehr Gegenwehr, als ihre Feinde erwartet hatten. Eine Salve nach der anderen schoss aus der Ventralkanone, um jeden TIE auszuschalten, der dem Bomber zu nahe kam. Die Entschlossenheit des Bordschützen erfüllte Poe mit neuem Mut und würde auch all seine Kameraden vom Widerstand wesentlich effektiver dazu anspornen weiterzukämpfen, als es jede noch so leidenschaftliche Ansprache von Poe je vermocht hätte.

2. KAPITEL

Paige schwang im Geschützsitz des Bombers *Kobalt-Hammer* herum und feuerte aus allen Rohren auf die feindlichen Sternenjäger. Unter dem Anhänger, der an einer Kette um ihren Hals hing, rann Schweiß hervor – es wurde zusehends schwieriger, sich die TIEs vom Hals zu halten. Irgendwie schienen die feindlichen Jäger nicht weniger zu werden.

„Fast geschafft! Bombenschützen, Abwurfsequenz einleiten!", rief Tallie über die Lautsprecher des Bombers.

Als Bombenschütze der *Kobalt-Hammer* lag es in Nix' Verantwortung, die Magno-Ladungen abzuwerfen. Er war im oberen Bereich des Bombenschachts stationiert, während sich Paiges Geschützturm unten am Rumpf befand und nach hinten ausgerichtet war, um etwaige Verfolger abzuwehren. Sie feuerte unbeirrt weiter, um noch mehr TIEs ins Verderben zu stürzen, auch wenn sie in keinem ihrer Abschüsse einen Grund zum Feiern sah, da sie wusste, dass in jedem TIE jemand saß, der seine Pflicht tat, genau wie sie selbst.

Die *Karmin-Peiniger* – der Bomber, der die Führung übernommen hatte – sauste vorüber und öffnete die Luke des Bombenschachts. „Abwurfsequenz eingeleitet", meldete der Schütze. „Ladung bereit zum …"

Die Übertragung wurde nie beendet. Ein TIE krachte in den Bombenschacht der *Karmin-Peiniger* und löste damit eine verheerende Kettenreaktion aus. Sämtliche Magno-Ladungen des Bombers explodierten und erzeugten eine Zerstörungswelle, die durch das Weltall fegte.

Paige wurde in ihrem Sitz durchgerüttelt, und ihr Sichtfenster wurde weiß. Nachdem die Helligkeit durch den Schutzfilter gedämpft worden war, sah sie, dass die Explosionswelle nicht bloß den karminroten Bomber und die TIEs in der Nähe verschlungen hatte, sondern ebenso alle anderen Bomber. Die *Kobalt-Hammer* war als einziger noch übrig.

Unter ihnen breitete sich das glatte Chrom der Außenhülle des Schlachtschiffs aus. Allerdings musste Nix unverzüglich mit dem Abwurf der explosiven Fracht beginnen. Die Sensoren deuteten darauf hin, dass die Autokanonen des Dreadnaughts anstelle von D'Qar nun den Widerstandskreuzer *Raddus* ins Visier nahmen, auf dem Paiges Schwester Rose momentan als Technikerin diente. Sie und Tausende andere würden sterben, wenn der Feind auf den Kreuzer schoss.

Unter ihnen sauste ein schwarzer X-Flügler hindurch. „*Kobalt-Hammer*, wieso ist euer Waffenschacht geschlossen?“, erklang die Stimme von Commander Poe Dameron. „Nix, bitte kommen!“ Als Nix nicht reagierte, wartete Paige nicht auf weitere Anweisungen von Fossil, ihrer befehlshabenden Offizierin auf der *Raddus*. Sie löste ihren Sicherheitsgurt und kroch aus dem Geschützturm in den Bombenschacht. Bislang war keine einzige der tausend Magno-Ladungen abgeworfen worden. Alle lagen noch in ihren Fächern die gesamte Höhe des Schachts empor, und die Schachtluke war geschlossen.

Rauch wallte den Schacht hinab. Paige hustete. Durch den trüben Dunst entdeckte sie einen Körper im Overall eines Bombenschützen, der auf dem obersten Laufsteg lag. „Nix …? *Nix?*"

Der Pilot rührte sich nicht. Doch in seiner Hand blinkte etwas Rotes – die Fernbedienung für den Bombenabwurf.

„Bomben sofort abwerfen!", war Poes Stimme aus den Lautsprechern des Bombers zu hören. „Jetzt!"

Paige hastete eine Leiter hoch, um auf den Laufsteg zu gelangen. Der arme Nix lag leblos da. Die Explosionswelle des Karmin-Bombers musste den oberen Teil der *Kobalt-Hammer* erwischt haben. Im Stillen dankte sie Nix dafür, dass er zumindest dafür gesorgt hatte, dass sich die Fernbedienung in ihrer Reichweite befand.

Das Schiff wackelte heftig, und Paige geriet ins Straucheln. Sie fiel von der Leiter, stürzte den Schacht hinunter und krachte zehn Meter tiefer auf den mittleren Laufsteg. Schmerz schoss durch ihre Glieder, und sie konnte sich kaum rühren. Der Rauch wurde dichter. Sie keuchte. Vermutlich war der Bomber erneut von TIEs getroffen worden. Wahrscheinlich würde eine weitere Salve dem Schiff ein für alle Mal den Rest geben. Doch das durfte Paige nicht zulassen. Die Leute verließen sich auf sie. Ihre Freunde verließen sich auf sie – ihre Familie, ihre kleine Schwester. Wenn Paige die Bomben nicht abwarf, würde Rose sterben.

Paige legte den Kopf nach hinten, um nach oben zu schauen. Die Fernbedienung lag schwankend am Rande des Laufstegs und schimmerte durch den Rauch wie ein heller Stern in einer bewölkten Nacht. Der TIE-Jäger-Angriff musste dafür gesorgt haben, dass Nix das Gerät aus der Hand gerutscht war. Paige trat gegen die Leiter. Der obere Laufsteg wackelte, doch die

Fernbedienung blieb an der Kante liegen. Sie spannte die Muskeln an, um erneut zuzutreten, und ihre Stiefelabsätze donnerten gegen die Leiter. Das Gerät hüpfte auf und ab, fiel jedoch nicht herunter. Rauch drang in ihre Lunge – sie konnte nicht einmal husten.

„Los! Werft sofort die Bomben ab!", brüllte Commander Dameron.

Paige trat ein letztes Mal zu, zwar mit wesentlich weniger Wucht als bei ihren ersten beiden Versuchen, doch es genügte, um die Fernbedienung vom Laufsteg zu befördern. Das Gerät prallte von einer der Bomben ab, dann von noch einer, und fiel durch den Schacht in die Tiefe. Mit jedem bisschen Kraft, das ihr noch geblieben war, streckte Paige die Hand aus – und fing die Fernbedienung auf.

Ihre nächste Tat erfolgte ganz natürlich. Was sie zu tun hatte, war ihr durch das Bedienen des Geschützes in Fleisch und Blut übergegangen. Ihr Daumen drückte auf den Auslöser des Geräts. Ein Alarmsignal ertönte, dann ging die Schachtluke auf. Die Fächer glitten zurück, zuerst unten, dann weiter nach oben hin, und die Magno-Ladungen fielen aus ihren Halterungen. Eintausend schwarze Kugeln sausten durch den Schacht in die Tiefe – auf einige waren krude, lächelnde Gesichter oder Sprüche wie „Hi, Snoke!" gekritzelt, und jede einzelne enthielt genügend Zerstörungskraft, um ein ganzes Dorf in Schutt und Asche zu legen. Die Bomben prasselten auf das Schlachtschiff hernieder, um beim Aufprall zu explodieren und gewaltige Bruchstücke aus der Hülle zu reißen. Innerhalb von Sekunden wurden die *Fulminatrix* und alles ringsum von Flammen eingehüllt – einschließlich der *Kobalt-Hammer*.

Während das Feuer über den Bomber hinwegspülte, berührte Paige das Medaillon, das an der Kette um ihren Hals hing, und dachte an Rose.

General Leia Organa stimmte nicht in den Jubel auf der Brücke der *Raddus* ein, als das Schlachtschiff auseinanderbrach. Sie war außerstande, die unnötigen Opfer zu feiern, die Poe Dameron ihnen durch sein Tun aufgezwungen hatte. Sie hatten alle acht Bomber verloren und dazu den Großteil ihres Sternenjägerkorps. Vielleicht gelang es der kleinen Widerstandsflotte dieses Mal zu entkommen, doch es würde ihnen unmöglich sein, sich angemessen zu verteidigen, wenn die Erste Ordnung erneut angriff. Und sie wusste, dass es bis dahin bloß eine Frage der Zeit war. Die Erste Ordnung würde nicht eher aufhören, bis die Flamme des Widerstands ausgelöscht war. Ihre Aufgabe bestand darin, sicherzustellen, dass dies niemals geschah. „Lichtgeschwindigkeit", sagte sie.

Sofort wandte sich die Brückenbesatzung wieder ihren Pflichten zu, und alle noch verbliebenen Schiffe der Flotte kamen ihrem Befehl nach.

Rey?

Finn erwachte ruckartig – und stieß sich den Kopf an etwas Hartem. Er zuckte zusammen und stellte fest, dass er in einem Schutzhüllenbett lag. Noch dazu trug er einen merkwürdigen, wabbeligen Anzug, der ihm von den Zehen bis zum Hals reichte. Er ließ die Schutzkuppel des Betts zurückfahren und fiel prompt von der Liegefläche auf den kalten Boden.

Er war auf der Krankenstation, weit weg von den verschneiten Wäldern der Starkiller-Basis, in denen er gegen Kylo Ren gekämpft hatte, den schwarz gekleideten Vollstrecker der Ersten Ordnung, entschlossen, seine Freundin Rey zu verteidigen. Das war das Letzte, woran er sich erinnerte. Dank des umfangreichen Waffentrainings, das er als Sturmtruppler durchlaufen hatte, war es ihm gelungen, das Lichtschwert zu führen, das Maz Kanata ihm gegeben hatte, und Kylo Ren eine Wunde am Arm beizubringen. Außer sich vor Wut, hatte Ren mit seiner eigenen lodernden Klinge zugeschlagen, die sich tief in Finns Fleisch gebohrt hatte, ehe vor seinen Augen alles in Dunkelheit versank.

Als Finn sich bewegte, verspürte er dort, wo Rens Schwert ihn getroffen hatte, einen dumpfen Schmerz, doch abgesehen davon schien er sich guter Gesundheit zu erfreuen. Und wenn *er* diesen Kampf überlebt hatte, war es durchaus möglich, dass das ebenso für seine Freundin galt. „Rey!“, rief er. Doch nirgends war eine Spur von ihr zu sehen. Er war allein.

Mit einem Mal fuhr ein Beben durch die Krankenstation. Medizinisches Gerät fiel von den Regalen, die Glühpaneele flackerten. Finn richtete sich unsicher auf. Klebrige, eklige Bacta-Flüssigkeit tropfte aus den Leitungen seines durchsichtigen Anzugs. Dieses Arzneimittel besaß besondere Eigenschaften, die den Heilungsprozess beschleunigten, doch selbst die synthetische Variante, die dem Widerstand zur Verfügung stand, war ausgesprochen kostspielig. Wenn der Widerstand sein kostbares Bacta für ihn opferte, musste seine Verletzung ziemlich schwer gewesen sein.

Finn torkelte in den Korridor hinaus. Die Wände glommen weiß und wurden von Zugangstafeln für Schaltkreise und

Energieleitungen gesäumt. Im Hintergrund brummten Triebwerke. Finn gelangte zu dem Schluss, dass er sich auf einem Raumkreuzer befand. „Rey?“, rief er wieder.

Er blickte aus einem Sichtfenster, und die schwindelerregenden Schlieren des Hyperraums, durch den sie flogen, bereiten ihm beinahe Übelkeit. Er wandte sich vom Fenster ab, als Soldaten in Uniformen des Widerstands an ihm vorbeieilten, ohne ihm – selbst in seinem quasi unbekleideten Zustand – die geringste Aufmerksamkeit zu schenken.

Finn hatte keine Ahnung, was gerade los war, doch er musste Rey finden, bevor die Dinge noch schlimmer wurden. Und er brauchte dringend etwas zum Anziehen.

Nachdem er im Hangar der *Raddus* gelandet war, ließ Poe BB-8 ein Diagnoseprogramm starten. *Schwarz Eins* hatte im Gefecht einige Hüllenschäden davongetragen, doch das war nichts, das sich nicht wieder flicken ließ. Außerdem würde Poe die Mechaniker bitten, die Energiekupplung zu ersetzen, um jedes Risiko auszuschließen, dass sie erneut ausfiel. Was das experimentelle Schubaggregat betraf, so hatte es ihm den Hals gerettet – das würde er definitiv behalten.

BB-8 unterbrach Poe bei seinen Tests, schwang die Kuppel herum und plapperte aufgeregt los. Er piepste so schnell, dass Poe ihn kaum verstand.

„Wie, Finn nackt? Ein undichter Beutel? Hast du 'n Schaltkreiskollaps?“, fragte Poe. Dann jedoch wandte er den Kopf und sah, warum der Droide derart aufgeregt war. Finn taumelte unweit der nächstgelegenen Hangartür herum. Er trug einen transparenten Bacta-Anzug und wirkte ziemlich verloren. Poe kletterte hastig aus dem Jäger und eilte zu seinem Freund hinüber. „Finn, alter Junge! Wie schön, dich zu sehen …" Kurz bevor er den ehemaligen Sturmtruppler umarmen konnte, zögerte er. Dicke, gelatineartige Flüssigkeit sickerte aus Finns Anzug und hinterließ eine Tropfspur auf dem Boden. „Ich denke, wir sollten dir mal was anziehen. Du musst unendlich viele Fragen haben."

Doch Finn hatte bloß eine: „Wo ist Rey?"

3. KAPITEL

Hoffnung. Von allen geteilten Glaubensvorstellungen und Überzeugungen im Universum war keine so ungeheuerlich wie diese – oder so mächtig. Im Herzen geboren, nicht im Kopf, erblühte die Hoffnung in den düstersten Momenten, um Mut und Tapferkeit zu schüren, wenn nichts anderes dazu imstande war. Hoffnung widersetzte sich aller Logik und Vernunft. Hoffnung gebar Glaube und Freundschaft. Sie war das Gegengift gegen die Verzweiflung, ein Rettungsanker für die Seele, die letzte Kerze in finsterer Nacht. Sie war die einsame Stimme, die einem zuraunte, dass es trotz allem noch eine Chance gab – dass man Fehler wieder beheben konnte, dass die Zukunft noch nicht geschrieben und noch nicht alles verloren war.

Für Rey und unzählige andere war Luke Skywalker die fleischgewordene Verkörperung der Hoffnung. Jahrzehnte zuvor, als das Galaktische Imperium der Galaxis seine Tyrannei aufzwang, hatte dieser Farmerjunge von Tatooine den ersten Todesstern zerstört und den Imperator vom Thron gestürzt. Seine Tapferkeit hatte überall in der Galaxis Funken geschlagen und bewiesen, dass eine einzige Person genügte, um einen Unterschied zu machen, selbst in den finstersten Zeiten.

Gleichwohl, als Rey ihn nun ansah, wie er dort oben auf der

Klippe stand und das Lichtschwert in der Hand hielt, das sie ihm gegeben hatte, stimmte irgendetwas nicht mit ihm. Eine unermessliche Traurigkeit lag auf seinen Schultern wie ein unsichtbarer Umhang. Das Blau seiner Augen war verblasst, und tiefe Falten hatten sich ihm in die Stirn gegraben. Sein Haar war ungekämmt, der Vollbart von Grau und Weiß durchsetzt, und sein Gewand wirkte ungepflegt und verwahrlost. Vermutlich war es bereits eine ganze Weile her, seit er es zum letzten Mal gewaschen hatte – sein Gewand und auch sich selbst.

Doch Skywalkers zerzaustes Äußeres bereitete Rey keine Sorgen. Schließlich war er trotzdem noch ein Jedi und konnte ihr mehr über ihre besonderen Fähigkeiten beibringen, die sie momentan weder kontrollieren konnte noch vollends verstand. Und er konnte ihnen dabei helfen, den Widerstand vor der Ersten Ordnung zu retten, so, wie er einst die Rebellion vor dem Imperium gerettet hatte. Die Galaxis brauchte Luke Skywalker. Er musste zurückkehren.

Da warf der Jedi sein altes Lichtschwert mit einem Mal schweigend von der Klippe, und Rey spürte, wie mit der Waffe auch alle Hoffnung in die Tiefe stürzte. Er marschierte mit großen Schritten an ihr vorbei und würdigte sie kaum eines Blickes. Sein Gewand strich wogend an ihr vorüber, und sie selbst stand wie benommen da. Hatte sie einen Fehler gemacht? Hatte sie ihn vielleicht irgendwie beleidigt? Dabei hatten sie kein einziges Wort miteinander gewechselt. Alles, was sie getan hatte, war, ihm das Lichtschwert zu überreichen, das Jahre zuvor ihm gehört hatte.

„Ähm … Meister Skywalker?"

Rey folgte ihm in die Richtung, aus der sie gekommen war, und dann den Hügel hinunter zu einer kleinen Siedlung.

Steinhaufen bildeten primitive Behausungen voller Blitzableiter auf den Dächern. Luke ging in die größte dieser Hütten und schlug die Tür hinter sich zu.

Vor der Hütte blieb Rey stehen. Vielleicht war eine formellere Begrüßung angebracht. Sie klopfte mit den Fingerknöcheln gegen die Metalltür. „Meister Skywalker? Ich bin vom Widerstand. General Leia Organa schickt mich. Wir brauchen Eure Hilfe. Ihr müsst zurückkommen."

Der Jedi antwortete nicht darauf.

Rey klopfte lauter. „Hallo?"

Wieder ignorierte er sie.

Leia hatte Rey zwar erzählt, dass ihr Bruder sich von der Welt zurückgezogen hatte, seit sie ihn das letzte Mal gesehen hatte, doch Rey hatte nicht damit gerechnet, dass er sich ihr gegenüber einfach nur *unhöflich* verhalten würde. In den alten Geschichten über ihn wirkte er stets sehr heiter und gesellig, wie jemand, der nett und freundlich zu jedermann war.

Eine Weile blieb Rey, wo sie war, ohne erneut zu klopfen. Als schließlich klar wurde, dass er weder wieder herauskommen noch sie hereinbitten würde, probierte sie den Türgriff. Es war abgeschlossen.

Irgendwann wurde Rey die Warterei leid und ging davon. Sie dachte daran, wie sie hergekommen war, zu dieser einsamen Insel auf dieser vergessenen Welt. Es war erst einige Wochen her, seit sie die Wüste nach allem möglichen Schrott durchkämmt hatte, den sie verkaufen konnte, um sich davon ihre nächste Mahlzeit zu leisten. Seitdem erlebte sie ein Abenteuer, das genauso unglaublich war wie all diese alten Geschichten. Außerdem hatte sie neue Freunde gewonnen, die sie sehr vermisste. Als sie Finn das letzte Mal gesehen hatte, lag er im Koma und erholte sich von den Wunden, die er sich zugezogen hatte, als er sie gegen Kylo Ren verteidigt hatte.

Reys Wanderung führte sie auf die Klippe zurück. Dort verharrte sie an der Stelle, an der zuvor Luke gestanden hatte, und ließ den Blick über das Meer hinausschweifen, das grau und gewaltig die Insel umgab. Noch nie zuvor in ihrem Leben hatte sie so viel Wasser gesehen. Im Gegensatz zur Einöde von Jakku, wo einem das Salz in den Augen brannte und einem die Kehle ausdörrte, wirkte der Salzgeruch der See erfrischend.

Sie schaute sich auf der Insel um. Wer – oder was – hatte die uralte Treppe gebaut, die Hütten und die steinerne Mauer, die die Felsklippen daran hinderten, abzubröckeln und ins Meer zu stürzen? Das alles war ihr ein Rätsel, so wie praktisch alles andere an dieser abgelegenen Welt auch, einschließlich der seltsamen Geschöpfe auf den Felsen unter ihr.

Tausende und Abertausende kleiner, vogelartiger Kreaturen hatten die Felswand in einen betriebsamen Nistplatz verwandelt. Die auffälligsten dieser Wesen besaßen orangefarbene Kopffedern und stolzierten herum, als wollten sie sich dem Betrachter in all ihrer Pracht präsentieren. Rey nahm an, dass es sich dabei um Männchen handelte, die die Aufmerksamkeit der grauen Weibchen zu erregen versuchten, die jedoch im Großen und Ganzen nichts mit ihnen zu schaffen haben wollten. Jene Mitglieder der Kolonie, die nicht gerade mit Balzen beschäftigt waren, watschelten auf Füßen mit Schwimmhäuten von Felsen zu Felsen oder hätschelten einander mit ihren feuchten Schnauzen. Einige nisteten, andere brüteten, ein paar buddelten, und mehrere sprangen von den Klippen, um ins Wasser zu tauchen und winzige Fische zu fangen. Die Tiere erinnerten Rey an die Bloggins von Jakku, auch wenn diese Vögel runde schwarze Pupillen anstelle von Augenstielen hatten und allein schon deshalb intelligenter wirkten, weil sie nicht nur planlos umherliefen. Allerdings bezweifelte sie, dass ihre Federn für sonderlich weiche Kissen taugten.

Auf einem grasbewachsenen Vorsprung ein Stück weiter die Klippe hinunter glitzerte etwas. Konnte es das sein, wofür sie es hielt? Nachdem sie getestet hatte, ob die Steine ihr genügend Halt boten, kletterte sie an der Steinwand nach unten. Der Abstieg war steil und ging nur langsam voran. Ein falscher Schritt, und sie würde in den sicheren Tod stürzen. Sie brauchte also eine Weile, um zu dem Grasfleck hinunterzuklettern, doch dort lag Lukes Lichtschwert, umgeben von einer Schar dieser kleinen Tiere. Wie durch ein Wunder war das Schwert nicht ins Meer gefallen.

Rey hielt sich mit einer Hand an der Wand fest und streckte die andere aus. Die Vögel kreischten und flatterten davon. Sie packte das Lichtschwert, lehnte sich mit dem Rücken gegen die Wand und atmete tief durch. Ihre Finger schmerzten vom Klettern. Sie massierte sie einen Moment lang und besah sich das Lichtschwert dann näher.

Plötzlich fiel ihr in der seichten Bucht weiter unten eine vertraute Form ins Auge. In dem ruhigen Wasser war ein alter X-Flügler versunken, einer von der Art, wie sie sie auf Jakku ausgeschlachtet hatte. Rey vermutete, dass es sich dabei um Lukes X-Flügler handelte, um den, den er in der Schlacht von Yavin geflogen hatte, damals, als er den Protonen-Torpedo abgefeuert hatte, der den Todesstern zerstörte. Allerdings deutete der Rost am Rumpf darauf hin, dass Luke nicht die Absicht hatte, noch einmal ins Cockpit des Jägers zu steigen, um damit von diesem Planeten zu verschwinden. Doch wenn sie ihre Freunde vom Widerstand retten wollte, musste sie ihn genau dazu bringen.

Rey kehrte auf den Felsvorsprung zurück, wo sie den *Millennium Falken* gelandet hatte. Chewbacca, ihr Co-Pilot, kniete oben auf dem Schiff, die langen, haarigen Arme im Innern einer offenen Wartungsluke vergraben. R2-D2, ein klassischer Astromechdroide, stand auf seinen beiden hydraulischen Beinen darunter und spornte ihn mit ermutigendem Gepiepse an. Chewbacca wollte davon jedoch nichts hören und knurrte frustriert.

„Was treibst du da, Chewie?“, fragte Rey den Wookiee. „Ich dachte, du willst den Kompressor ausbauen?“

Chewbacca reagierte mit einem Schnauben und riss eine Handvoll kaputter Kabel heraus.

Rey, die auf Jakku viele einsame Nächte damit zugebracht hatte, andere Sprachen zu lernen, verstand im Groben, was er sagte. Irgendwelches Ungeziefer hatte sich unter die Panzerplatten des *Falken* gezwängt und nagte an der Verkabelung. „Ein Mynock?“

Chewbacca langte tiefer in den Kabelsalat und holte mit einem Schmerzenslaut ein Exemplar der kleinen Vogelart hervor, die sie oben auf den Klippen gesehen hatte. Die Federn waren mit Generatorschmierstoff besudelt, und das Tier biss Chewbacca mit seinem flachen Schnabelmaul in den Finger. Der Wookiee heulte und wedelte mit dem Arm, um das Ding abzuschütteln, doch der Vogel machte keine Anstalten, loszulassen. Erst als er schon kurz davor war, die Kreatur gegen die Paneele zu donnern, gab das Vieh ihn frei, um mit stummeligen Flügeln davonzuflattern und sanft neben Rey zu landen. Anstatt wegzufliegen, watschelte der Vogel sodann auf den Rand der Klippe zu.

R2-D2 piepste, und Rey lachte. Allerdings fand ihre Erheiterung ein abruptes Ende, als Chewbacca wissen wollte, ob Luke mit ihnen von diesem Ort fortkommen würde.

Luke Skywalker wollte allein sein. Einzig in dieser Absicht war er damals nach Ahch-To gekommen – um dem Rest der Galaxis ein für alle Mal den Rücken zuzukehren. Und nachdem er jahrelang hier gelebt hatte, war er töricht genug gewesen, sich einzureden, dass es ihm gelungen wäre.

Zugleich jedoch wusste er die ganze Zeit, dass Leia ihn eines Tages finden würde. Schließlich war sie seine Zwillingsschwester, eine Skywalker, und die Macht war stark in ihr. Außerdem war sie dickköpfig – eine Frau, die niemals aufgab, bis sie erreicht hatte, was sie sich vorgenommen hatte.

Doch auch Luke war im Laufe der Jahre dickköpfig geworden. Gewiss, er liebte seine Schwester, aber er würde ihr nicht nachgeben. Denn es gab einen Grund dafür, warum Ahch-Tos Position wohlgehütet war. Diese Welt barg viele Geheimnisse – Geheimnisse, die zu beschützen er geschworen hatte.

In seiner Hütte schlüpfte Luke in eine dunkle Tunika und eine dunkle Hose und faltete sein Jedi-Gewand zusammen, um es in einer Lagerkiste zu verstauen. Sobald alles sorgsam da war, wo es hingehörte, schloss er die Augen und entspannte sich. Seine Sorgen lösten sich in Wohlgefallen auf, eine nach der anderen. Frieden erfüllte ihn. Doch dann störte ihn ein Hämmern an der Tür in seiner Meditation, gefolgt von der Stimme des Mädchens.

„Ich bin vom Widerstand. Eure Schwester schickt mich. Wir brauchen Eure Hilfe!"

Luke öffnete flatternd die Augen. Seine Verärgerung kehrte zurück. „Verschwinde!"

Die Tür ratterte und flog sodann mit lautem Krachen aus dem Rahmen. Ein riesiger braunhaariger Wookiee schleuderte die Tür quer durch den Raum und marschierte in die Hütte.

„Chewie?", entfuhr es Luke verblüfft. „Was machst *du* denn hier?"

Chewbacca brüllte, während hinter ihm Leias junge Botin eintrat. „Er sagt, Ihr kommt mit uns mit", erklärte sie.

„Das habe ich schon verstanden", sagte Luke, ehe er sich an Chewbacca wandte. „Du solltest nicht hier sein."

Chewbacca stieß ein neuerliches Bellen aus, in dem eine gewisse Verärgerung mitschwang. Machte man Wookiees wütend, konnten sie ausgesprochen gewalttätig werden. Wenn man sie provozierte, waren sie stark genug, um jemandem den Arm aus der Schulter zu reißen.

Doch Luke hatte keine Angst. Ungeachtet all seiner Wildheit war Chewbacca immer noch sein Freund. „Wie habt ihr mich gefunden?", fragte er.

Das Mädchen antwortete für den Wookiee. „Das ist eine lange Geschichte. Erzählen wir Euch im *Falken*."

„Im *Falken*? Warte ..." Luke reckte den Hals, um einen Blick zur Türöffnung hinauszuwerfen. Doch dort draußen war sonst niemand. „Wo ist Han?"

Rey wandte den Blick von ihm ab, und Chewbacca grummelte. Ihre Trauer verriet Luke alles, was er wissen musste. Han Solo war tot.

4. KAPITEL

Ein Turbolift beförderte Kylo Ren durch die zahlreichen Ebenen des Megazerstörers *Supremacy*. Komplett in Schwarz gekleidet, mit Maske, Umhang, Helm und Rüstung, war er die pure Verkörperung von Macht und Stärke. Doch es war sein Herz, das sein Meister auf die Probe stellen würde, das Herz, das in seiner Brust schlug, hart wie ein Stein.

Der Turbolift stoppte und die Türhälften teilten sich. Mit großen Schritten marschierte Kylo Ren in den Thronsaal des Obersten Anführers Snoke.

Eine breite Brücke führte in eine geräumige, von Stahlstützen gesäumte Kammer. Dunkelrote Vorhänge verhüllten Wände und Fenster. Geheimnisvolle Diener in violetten Gewändern, mit leuchtenden Augen unter ihren Kapuzen, umringten ein komplexes Oculus-Sichtgerät, das verschiedene Ansichten des Weltraums anzeigte. Was Ren jedoch am meisten im Blick hatte, waren die stummen Krieger, von denen jeweils vier einander gegenüber auf beiden Seiten des Raumes standen. Bewaffnet und in glänzenden roten Rüstungen, wirkten sie eher zeremoniell, waren aber in Wahrheit mit jeder Faser allzeit zum Kampf bereit. Diese acht waren die besten Elitekämpfer der Ersten Ordnung – die Prätorianergarde. Ihre unterschiedlichen Waffen – Energiepiken und Stangenwaffen, Vibro-Voulgen und Elektropeitschen – waren imstande, das härteste Metall zu durchtrennen und ein Wesen mit einem einzigen Hieb durch einen Stromschlag zu töten. Ren respektierte sie für ihr Können und war sich durchaus bewusst, dass sie ihn mit vereinten Kräften überwältigen konnten. Weit weniger Respekt hingegen brachte er dem jämmerlichen Zerrbild eines Offiziers entgegen, das vor ihm eingetroffen war. Vor dem Thron, auf dem der Oberste Anführer der Ersten Ordnung saß, wartete der lästige General Hux.

Snoke war zwar überdurchschnittlich groß, jedoch bei Weitem nicht so riesig wie die gewaltige Gestalt, als die er sich in Holo-Übertragungen präsentierte. Allerdings brauchte er nicht auf seine Größe zurückzugreifen, um seinen Willen durchzusetzen. Vielmehr genügte sein bloßer Anblick, um Furcht und Entsetzen auszulösen. Snoke war ein Geschöpf, das gänzlich aus Haut und Narben zu bestehen schien, eine groteske Verzerrung des Lebens selbst. Vor langer Zeit hatte ihm eine grässliche Wunde den kahlen Kopf gespalten, sodass sein halbes Gesicht und der Hals wie in endloser Folter geschmolzen waren. Seine hagere Gestalt war in eine golden gesprenkelte Robe gehüllt, während seine Füße in goldenen Stoffpantoffeln steckten. Im Sitzen beugte er sich vor, sodass sich sein Rückgrat wölbte wie ein verzerrter, deformierter Buckel. Doch Alter und Aussehen spielten für Ren keine große Rolle. Alles, was zählte, war die Macht, die Snoke ihm verschaffen konnte.

General Hux trat auf den Lift zu und grinste spöttisch, als er an Ren vorbeikam. Ren musste jedes bisschen Selbstbeherrschung aufbringen, um den elenden Wicht nicht auf der Stelle zu erwürgen. Auf der Starkiller-Basis mochte Hux ihn vor dem Tode bewahrt haben, doch das hatte er bloß getan, weil der Oberste Anführer es ihm befohlen hatte. In Wahrheit war Hux der Grund dafür, dass die Erste Ordnung noch immer nicht über die gesamte Galaxis herrschte. Seine armselige Führung hatte sie ihre Superwaffe gekostet, und dafür verdiente er es, bestraft zu werden.

„Hux' Plan scheint zu funktionieren", sagte Snoke. Seine Stimme klang irgendwie feucht und ölig. Er schien stets zu wissen, was Ren gerade durch den Kopf ging. „Der Widerstand wird uns schon bald in die Hände fallen."

Drüben beim Turbolift wurde Hux' höhnisches Grinsen noch breiter. „Danke sehr, Oberster Anführer!"

Hinter seiner Maske kochte Ren vor Wut. Solange Hux Snokes Wohlwollen genoss, konnte Ren ihm nichts anhaben. Doch in dem Moment, in dem Hux die Unterstützung des Obersten Anführers verlor, würde Ren zur Stelle sein, um ihn niederzustrecken – und das mit dem größten Vergnügen. Als Hux in den Turbolift hineinschritt und die Tür sich schloss, trat Ren vor und sank vor dem Thron auf ein Knie.

„Du fragst dich zweifellos, warum ich einen tollwütigen Köter wie Hux in einer solch machtvollen Position dulde", sagte der Oberste Anführer. „Merk dir Folgendes: Die Schwäche eines Köters kann entsprechend eingesetzt zu einem scharfen Werkzeug werden."

Ren sagte nichts. Wann immer sein Meister ihm eine Lektion erteilte, war es besser, einfach zuzuhören.

„Wie geht es deiner Wunde?"

Diese Frage verlangte nach einer Antwort, und Ren zuckte

mit keiner Wimper. „Unbedeutend – nur ein Kratzer", sagte er mit verzerrter Stimme. Der elektronische Vocoder seiner Maske musste repariert werden.

Snoke grinste. „Der mächtige Kylo Ren. Als ich dich fand, sah ich in dir das, was jeder Meister in seinem Schüler sucht: rohe, ungezügelte Kraft. Und darüber hinaus etwas wahrlich Besonderes – das Potenzial deiner Blutlinie. Ein neuer Vader!"

Dieses Lob beflügelte Ren. Es war genau das, was er von seinem Meister hören wollte. Das war die Art von Respekt, die er verdiente.

„Jetzt fürchte ich, ich war im Irrtum."

Rens Herz schien einen Schlag lang auszusetzen. Wie konnte sein Meister so etwas sagen? Wusste er denn nicht, was er auf der Starkiller-Basis getan hatte, um seine Würdigkeit zu beweisen?

„Ich habe Euch alles gegeben, was ich habe – Euch und der dunklen Seite." Er blinzelte gegen die Tränen an, die ihm in die Augen stiegen. „Alles!"

Snokes Stimme verhärtete sich. „Nimm dieses lächerliche Ding ab – deine Maske!"

Dieser Befehl erzürnte Ren. Er trug die Maske, um in anderen dieselbe Seelen zerschmetternde Furcht zu erzeugen, wie es seinem Großvater Darth Vader in den glorreichen Tagen des Imperiums gelungen war. Doch nach allem, was Ren getan hatte, um sich die Gunst seines Meisters zu sichern, wurden seine Bemühungen verhöhnt. Dafür hasste er seinen Meister – und dennoch gehorchte er. Ren streifte den Helm vom Kopf und löste die Maske vom Gesicht. Die Haut darunter war glatt und rau. Dicke schwarze Nähte verschlossen die Schnittwunde auf der Wange, die das Mädchen ihm bei ihrem Duell im Wald zugefügt hatte. Man hatte ihn nicht rechtzeitig mit Bacta behandelt, um seine Haut vollends wiederherzustellen. Allerdings würde die bleibende Narbe eine ewig währende, schmerzliche Erinnerung daran sein, was sie ihm angetan hatte. Sie würde seinen Hass befeuern. Sie würde seine Rachegelüste anstacheln.

Snoke beugte sich nach vorn, jedoch nicht, um Rens Wunde zu betrachten. Stattdessen berührte er Ren unter dem Auge. „Ja, da ist es!" Sein spinnenartiger Finger war feucht von einer Träne – angewidert wischte er ihn an Rens Gesicht ab. „Es steckt zu viel von deinem Vater in dir, junger Solo."

Ren stand kurz davor zu explodieren. „Ich habe Han Solo *getötet*! Als der Moment kam, habe ich ihn mit meiner Klinge durchbohrt! Ich habe nicht gezögert!"

„Und nun sieh dich an! Deine Tat hat dich bis ins Mark erschüttert. Du warst nicht im Gleichgewicht und wurdest geschlagen, von einem Mädchen, das noch nie zuvor ein Lichtschwert gehalten hatte! Du hast versagt!"

Ren hatte nicht vor, sich noch mehr Hohn und Spott von seinem Meister gefallen zu lassen. Seine freie Hand glitt zum Griff seines Lichtschwerts, doch seine Finger bekamen es nie zu fassen. Energiegeladene Blitze schossen aus Snokes Händen und fuhren durch Rens Körper. Verkohlt und qualmend fiel er rücklings zu Boden.

Snoke stellte den Angriff ein, und seine Prätorianer umzingelten Ren, um ihre unterschiedlichen Waffen auf ihn zu richten. „Skywalker lebt. Die Saat des Jedi-Ordens lebt – und solange sie es tut, lebt die Hoffnung in der Galaxis."

Zuckend von dem Stromschlag rappelte Ren sich wieder auf und klemmte sich seinen Helm unter den Arm.

Derweil zog sein Meister weiter über ihn her. „Ich dachte, dass du derjenige wärst, der sie vernichtet. Doch leider bist du kein Vader. Du bist nur ein Kind mit einer Maske."

Ren weigerte sich, sich das weiter anzuhören. Er machte auf dem Absatz kehrt und marschierte mit großen Schritten über die Brücke zum Turbolift zurück. Er konnte den starren Blick seines Meisters im Rücken spüren, aber er drehte sich nicht noch einmal um.

Als sich die Aufzugtür schloss, donnerte Ren wieder und wieder seinen Helm gegen die Wand, bis er sich verbeulte und riss. Er stellte sich vor, dass der Helm in Wahrheit der Kopf seines Meisters war, den er zu Brei schlug. Dieser Narr würde es noch bereuen, ihn lächerlich gemacht zu haben!

Der Lift stoppte, und die Türhälften glitten auf. Draußen standen zwei Lieutenants der Ersten Ordnung, die sich miteinander unterhielten. Als sie Ren erblickten, erstarrten sie.

In den Augen der Offiziere sah Ren genau die Furcht, die er in anderen wecken wollte. Er brauchte seine Maske dazu nicht – sie fürchteten ihn und seinen Zorn auch so. „Macht mein Schiff startklar!", brüllte er, ging an ihnen vorbei und warf ihnen die Trümmer seines Helms vor die Füße.

Die Zwillingssonnen von Ahch-To tauchten das Dorf ins sanfte Gold des Nachmittags. Allerdings spendete das warme Licht den drei Leuten, die draußen vor den Hütten saßen, wenig Trost, insbesondere Rey nicht. Ihr Bericht, der damit begann, dass sie erzählte, wie sie sich mit Finn angefreundet hatte, wurde zur Tragödie, als sie schilderte, wie Kylo Ren seinen eigenen Vater, ihren Mentor, ermordet hatte. „Han Solo war mein Freund", sagte sie.

Es war offensichtlich, dass er das auch für Luke Skywalker gewesen war, selbst wenn sie einander seit Jahren nicht gesehen hatten. Der Jedi-Meister wirkte zutiefst erschüttert. Chewbacca, der neben ihm saß, stöhnte.

Rey kam wieder auf den Grund für ihren Besuch zu sprechen. „Leia hat mir Darstellungen gezeigt, wie stark das Militär der Ersten Ordnung ist. Ihre Streitkräfte sind gewaltig und nun, wo die Republik vernichtet ist, kann sie nichts mehr aufhalten. Die Erste Ordnung wird in Kürze alle größeren Systeme unter ihrer Kontrolle haben. Sie werden den Widerstand vernichten – Finn und jeden, der mir wichtig ist. Werdet Ihr uns helfen? Bitte, wir brauchen Eure Hilfe", flehte sie, „und den Orden der Jedi ebenfalls. Wir brauchen Luke Skywalker."

Lukes Gesicht kannte keine Geheimnisse. Seine Traurigkeit war darin wie eingegraben, aber auch Weisheit und Güte. Luke Skywalker war niemand, der jene, die in Gefahr schwebten, einfach sich selbst überließ. Dennoch entgegnete er nur: „Nein."

Rey glaubte, sich verhört zu haben. „Wie bitte?"

Der Jedi stemmte sich vom Boden hoch. „Ihr braucht Luke Skywalker nicht."

Rey sprang auf und hätte ihn am liebsten angebrüllt. „Habt Ihr mir eben eigentlich zugehört? Wir brauchen Euch! Wir brauchen Euch *unbedingt*!"

Bei Luke stieß ihre Beharrlichkeit allerdings auf nichts als taube Ohren. „Was erwartest du? Denkst du, dass ich da rausmarschiere, mit einem Laserschwert in der Hand, und mich im Alleingang der ganzen Ersten Ordnung stelle?", fragte er spöttisch. „Was denkst du, was die Jedi überhaupt ausrichten könnten, wenn sie zurückkehren würden – ein paar Dutzend Ritter in Roben?"

Rey kam etwas in den Sinn, an das sie sich aus den Legenden über die Jedi erinnerte. „Sie würden ... das Gleichgewicht wiederher..."

Luke schüttelte den Kopf. „Was hast du denn erwartet, was hier passieren würde? Hast du allen Ernstes gedacht, ich wüsste nicht, dass meine Freunde leiden, und ich wäre an diesen am schwersten auffindbaren Ort der Galaxis gegangen ohne triftigen Grund?"

„Warum seid Ihr denn hergekommen?", gab Rey schnippisch zurück.

Luke warf einen Blick zu Chewbacca hinüber, doch der Wookiee schwieg, als wüsste er etwas über Luke, von dem Rey nichts ahnte. Dann raffte der Jedi sein Gewand zusammen und ging zu seiner Hütte, um die Tür wieder in den Rahmen zu setzen.

„Ich werde nicht ohne Euch gehen!", rief Rey ihm nach.

5. KAPITEL

Leia trank Tee in ihrer Kabine an Bord der *Raddus* und schaute durch das Sichtfenster auf die Wirbel des Hyperraums hinaus. Für den Moment bedeutete der Lichttunnel dort draußen, dass sie in Sicherheit waren. Doch sobald die Widerstandsflotte wieder in den Realraum eintrat, war sie anfällig für Angriffe. Zweifellos würde der Treffpunkt im abgelegenen Oetchi-System ihnen die Chance geben, sich neu zu formieren, doch das längerfristige Überleben des Widerstands hing davon ab, einen sicheren Ort zu finden, an dem sie ihr neues Hauptquartier aufschlagen und ihren Jedi-Bruder für sich gewinnen konnten. Ohne ihn, das wusste sie, würden sie die Erste Ordnung niemals besiegen. Außerdem vermisste sie Luke …

Leia hatte im Laufe der Jahre so vieles verloren – ihre Heimatwelt, ihre Eltern, ihre Republik, ihren Sohn und unlängst auch Han, ihren Ehemann. Es schien, als wäre ihr alles, das ihr lieb und teuer war, entrissen worden, um ihr den größtmöglichen Schmerz zu bereiten. Sie hatte alles irgendwie ertragen, ohne viel Zeit zum Trauern. Doch wie viel konnte ein einzelner Mensch ertragen? Sie brauchte ihren Bruder, jetzt mehr denn je. Sie brauchte jemanden, mit dem sie reden, jemanden, mit dem sie ihren Kummer teilen konnte. Luke würde sie verstehen.

Leia gab sich diesem Gefühl hin. Schon viele andere Wesen hatten wesentlich schlimmere Katastrophen erduldet. Sie musste stark bleiben. Die Mitglieder des Widerstands schauten zu *ihr* auf, nicht zu ihrem Bruder, damit sie sie in ihrem Kampf für die Freiheit anführte. Sie waren dem Ruf gefolgt, sich ihr anzuschließen, und sie durfte sie nicht im Stich lassen.

Die Sicherheit des Hyperraums zerfiel zu weißen Linien. Im nächsten Moment zeigte das Sichtfenster draußen eine dunkle, mit Sternen gesprenkelte Leere. General Leia Organa verließ ihre Kabine und machte sich auf den Weg zur Brücke.

Poe kam mit seiner alten Fliegerjacke über dem Arm aus seinem Quartier, und BB-8 rollte neben ihm her. Finn folgte einen Schritt hinter ihm – er war gerade dabei, das Hemd und die Hose überzustreifen, die Poe ihm geborgt hatte. Poe hatte Finn über alles aufs Laufende gebracht, was geschehen war, doch Finn hatte noch eine Million weitere Fragen. „Dann habt ihr also die Starkiller-Basis in die Luft gejagt, Rey hat Kylo geschlagen, der Widerstand ist in den Besitz der Karte gelangt ... Ihr habt gewonnen, oder? Aber warum fühlt sich das Ganze dann nicht wie ein Sieg an?"

Poe übernahm die Führung und ging den Korridor in Richtung Brücke entlang. „Wir haben unsere Deckung aufgegeben, um die Starkiller-Basis anzugreifen. Die Erste Ordnung hat nicht lange gebraucht, um unseren Stützpunkt zu finden."

„Hör zu, Poe, ich glaube an das, was ihr hier macht, aber ..." Der ehemalige Sturmtruppler zögerte. „Ich bin dieser Armee nie beigetreten, sondern nur Rey hierher gefolgt. Ich will bloß nicht, dass du mich für jemanden hältst, der ich nicht bin."

Poe versuchte, seinen Freund mit einem Lächeln aufzuheitern. „Es wird schon alles gut, mach dir keine Sorgen. Du bist hier bei uns. Du bist da, wo du hingehörst."

Er blieb stehen und reichte Finn seine Fliegerjacke. Finn hatte sie aus dem abgestürzten TIE-Jäger auf Jakku gerettet, und als sie einander dann auf D'Qar wiedergesehen hatten, hatte Poe sie ihm geschenkt. Als Finn jedoch später auf die Medistation gekommen war, kam die Jacke erneut in Poes Besitz. In der Hoffnung, dass sein Freund wieder vollends genesen würde, hatte Poe sie notdürftig geflickt, so gut es eben ging, um die Risse und Brandmale, die Kylo Rens Lichtschwert darauf hinterlassen hatte, provisorisch auszubessern. „Ich fürchte, ich bin kein großer Schneider. Abgesehen davon war ich damit beschäftigt, na ja, du weißt schon, die Flotte zu retten."

Finn schien nicht so begierig darauf zu sein, die Jacke anzunehmen wie damals auf D'Qar. Poe hatte Verständnis für seine Skepsis. Finn erholte sich immer noch davon, beinahe getötet worden zu sein. Gut möglich, dass er eine Weile brauchte, um wieder zu Sinnen zu kommen, aber am Ende würde er wieder ganz er selbst sein. Er war ein Soldat, und Soldaten hörten niemals auf zu kämpfen.

Sie bogen um die Ecke und betraten die Brücke, wo General Organa gerade zusammen mit Admiral Ackbar, Commander D'Acy und anderen Offizieren des Widerstands eine holografische Sternkarte in Augenschein nahm. Als Poe neben ihr stehen blieb, hieß die Prinzessin ihn mit einer Ohrfeige ins Gesicht willkommen.

„Sie sind degradiert!"

Poe verzog das Gesicht. Er hatte zwar mit einer Zurechtweisung gerechnet, doch nicht damit, seinen Rang zu verlieren. „Was? Moment mal, wir haben ein Schlachtschiff zerstört!"

„Und zu welchem Preis? Sie sind mit Ihrem Kopf immer nur im Cockpit." Leia wollte sich von ihm abwenden.

Poe jedoch verspürte das Verlangen, sich zu verteidigen. „Startet man einen Angriff, zieht man ihn auch durch!"

„Es gibt nun mal Dinge, die kann man nicht regeln, indem man in einen X-Flügler springt und irgendwas wegpustet", hielt General Organa dagegen. „Das sollten Sie unbedingt lernen!"

„Dieser Erfolg wurde von Helden vollbracht!", erwiderte Poe.

„Von *toten Helden*", meinte Organa. „Keine Anführer." Sie mochte eine eher kleine Person sein, doch ihre Worte bargen gewaltige Macht.

Poe schämte sich, weil er Leia enttäuscht hatte, und er wusste, dass jeder weitere Erklärungsversuch nichts anderes als eine Ausflucht wäre.

Während ihrer Auseinandersetzung hatte Finn die holografische Sternkarte studiert, die über dem Kommandotisch in der Luft schwebte. Ihre gegenwärtige Position schien komplett frei von Sternen und Himmelskörpern zu sein. „Wir sind wirklich mitten im Nirgendwo. Wie soll Rey uns jetzt hier finden?"

General Organa zog ihren Ärmel hoch und präsentierte ein schwarzes Kordelarmband, an dem ein asphärisches Metallgerät angebracht war, das matt leuchtete.

„Ein getarnter Binärsender?", fragte Finn.

Der General lächelte. „So findet sie nach Hause."

Finn wandte sich wieder der Karte zu. „Gut, bis sie wieder hier ist … Wie lautet der Plan?"

„Wir suchen uns einen neuen Stützpunkt", sagte Leia.

„Einen mit genug Energie, um unseren Verbündeten, die im Äußeren Rand verstreut sind, ein Notsignal zu senden", führte D'Acy weiter aus. Die knallharte Kommandantin, die schon ihr ganzes Leben lang beim Militär war, hatte im Laufe der Jahre in etlichen Schlachten gekämpft.

„Und was am wichtigsten ist: Wir müssen unbemerkt dorthin gelangen", fügte General Organa hinzu.

Mit einem Mal flammte die Notfallbeleuchtung auf, und Sirenen heulten los. „Annäherungsalarm!", rief Ackbar.

Nun konnte Poe nicht länger schweigen. „Das ist völlig unmöglich …"

In dem großen Sichtfenster, das die Brücke umgab, tauchten dreißig Sternenzerstörer der Ersten Ordnung aus dem Hyperraum auf. Eines der Schiffe war so riesig, dass alle anderen verglichen damit zwergenhaft wirkten, ein monströser, grauer Keil. Reihen von Lichtern verliefen auf der kilometerbreiten Oberfläche bis hin zum zentralen Kommandobereich, der allein schon die Größe einer gewaltigen Metropole besaß. Zudem war das Schiff auf beiden Seiten vom Bug bis zum Heck mit riesigen Turbolaserkanonen bestückt. Es war der Megazerstörer *Supremacy,* das Flaggschiff des Obersten Anführers Snoke!

„Das glaub ich einfach nicht", raunte Poe. Es ergab absolut keinen Sinn, dass die Erste Ordnung sie hier so schnell aufgespürt hatte. „Können wir auf Lichtgeschwindigkeit gehen?"

Lieutenant Connix überprüfte ihre Anzeigen. „Der Treibstoff reicht nur für einen einzigen weiteren Sprung."

„Dann macht es! Wir müssen schleunigst von hier verschwinden", meinte Poe, während er verfolgte, wie von den Zerstörern mehrere Staffeln von TIE-Jägern starteten. Wenn die Widerstandsflotte nicht unverzüglich sprang, würde der Feind sie überwältigen.

„Wartet!" General Organa starrte die Kriegsschiffe an. „Die haben uns im Hyperraum aufgespürt."

„Das ist unmöglich", sagte Poe.

„Ja, aber dennoch ist es so", entgegnete Leia.

Poe gab keine Widerworte. Ihre Hypothese schien die einzig logische Erklärung für das zu sein, was hier vorging. Die Ingenieure der Ersten Ordnung hatten die Starkiller-Superwaffe gebaut, daher war es nicht vollkommen abwegig, dass sie auch einen Peilsender erfunden hatten, dessen Signal selbst den Hyperraum durchdrang.

Finn gab seine eigenen Überlegungen zum Besten. „Das bedeutet, schalten wir auf Lichtgeschwindigkeit, finden sie uns erneut, und uns geht der Treibstoff aus. Dann sitzen wir in der Falle. Dann haben die uns."

„Nein, noch nicht!" Poe wandte sich an General Organa. „Bitte um Erlaubnis, in einen X-Flügler zu springen und irgendwas wegzupusten."

Leia zögerte nicht. „Erlaubnis erteilt. Admiral, drehen Sie uns um!"

Kanonenfeuer von dem Megazerstörer rüttelte alle auf der Brücke durch. Ackbar stützte sich mit einer Flossenhand auf eine Computerkonsole, um das Gleichgewicht nicht zu verlieren. „Energie zum Heck umleiten! Schilde drehen!"

Poe rannte von der Brücke, dicht gefolgt von Finn, der ein

paar Schritte hinter ihm lief. Weitere Salven schüttelten den Kreuzer durch. Die Art der Treffer verriet Poe, dass einige der TIEs sie bereits ins Visier genommen hatten.

BB-8 rollte voraus und piepste, sie müssten sich beeilen.

„Warte nicht auf mich!", trug Poe BB-8 auf. „Mach die Kiste startbereit!"

Poe folgte dem Droiden in den Hangar, wo Tallie und die übrigen Piloten bereits in den Cockpits ihrer Sternenjäger saßen und den Start vorbereiteten. Doch dazu kam es nie ...

Torpedos von einem TIE-Jäger der Ersten Ordnung schossen in den Hangar und detonierten. Innerhalb eines Lidschlags flogen Treibstoffleitungen in die Luft, und der Hangar explodierte. Flammen verschlangen jedes Schiff, von den A-Flüglern bis hin zu Poes geliebter *Schwarz Eins*. Tallie war in ihrem Cockpit, als es ihren Jäger in Fetzen riss.

Die Wucht der Detonation bewahrte Poe und BB-8 davor, dasselbe schreckliche Schicksal wie ihre Kameraden zu erleiden. Beide wurden rückwärts in den Korridor hinausgeschleudert. BB-8s Kuppel flog von der Kugel seines Körpers, doch es gelang ihm, die magnetischen Laufrollen zu aktivieren, um sich wieder zusammenzufügen. Die Panzertüren schlossen sich krachend, um den Hangar zu versiegeln und so zu verhindern, dass sich das Feuer weiter ausbreiten konnte.

Finn lief auf sie zu. „Poe! Alles in Ordnung?"

Poe ergriff die Hand seines Freundes und kam schwankend wieder auf die Beine. „Wir müssen außer Reichweite der Sternenzerstörer!"

Andernfalls würde der Widerstand nicht überleben.

6. KAPITEL

Kylo Ren drehte in seinem TIE-Silencer von der *Raddus* ab und verfolgte, wie seine Torpedos den Hangar des Kreuzers aufrissen, um die Sternenjäger im Innern zu dezimieren. Die gleißende Helligkeit der Explosionen blendete ihn. Doch er war noch nicht fertig. Er wollte mehr vernichten als einen Hangar voller Sternenjäger. Er wollte die Anführer des Widerstands selbst eliminieren.

Ren zog seinen Jäger herum, um zu einem weiteren Angriff anzusetzen, und die beiden schwarz-roten TIEs hinter ihm taten es ihm gleich. Doch so schnell, wie sie auch waren, hatten sie dennoch Mühe mitzuhalten, da Ren dem Beispiel seines Großvaters Darth Vader gefolgt war und einen maßgeschneiderten TIE flog. Der Silencer war von schnittigem, bedrohlichem Design, mit einem länglichen Cockpit, einem kompakten, rechteckigen Sichtfenster und zwei Solarflügeln, die angewinkelt waren wie die eines Abfangjägers. Der Silencer raste mit unerreichter Geschwindigkeit durchs All, war aber zugleich genauso vollgestopft mit Waffensystemen wie die TIEs der Spezialeinheiten, die ihn begleiteten.

Ren näherte sich der Brücke des Kreuzers und wartete auf die Zielerfassung für seine Torpedos. Da er die Sternenjäger im Hangar des Kreuzers bereits unschädlich gemacht hatte, brauchte er sich keine Gedanken wegen irgendwelcher A- oder X-Flügler zu machen, die ihm auf die Pelle rückten, und die Turbolaser der Sternenzerstörer der Ersten Ordnung hielten ihm den Kreuzer selbst vom Hals.

Der Zielcomputer piepte. Seine Finger zuckten, bereit zu feuern – bis ein Gefühl in der Macht ihn zögern ließ. Auf dieser Brücke befand sich jemand, der ihm einst nahegestanden hatte, so nahe, wie ihm jemals jemand gewesen war oder sein könnte. Eine Person, die seine Dickköpfigkeit, Beharrlichkeit und Entschlossenheit mit ihm teilte – seine Mutter. Er spürte, dass Leia – oder General Organa, wie ihre Handlanger beim Widerstand sie nannten – ihn ebenfalls wahrnahm. Doch ungeachtet dessen, was er getan hatte, ungeachtet der Tatsache, dass er ihren Mann, seinen eigenen Vater, getötet hatte, hegte sie keinen Groll gegen ihn. Aus irgendeinem Grund sorgte sie sich nach wie vor um ihn, als hätte er sich nicht im Geringsten verändert, als wäre er immer noch Ben Solo, ihr Sohn …

Wie konnte sie es wagen! Rens Zorn verwandelte sich in eine Art emotionaler Rakete, die er durch die Macht auf sie abfeuerte, eine Salve purer Wut. Er fühlte, wie sie taumelte, und es bereitete ihm Vergnügen. Er wollte, dass sie um seinen Schmerz wusste. Er war nicht mehr Ben Solo. Er war jetzt Kylo Ren – und er würde sein Band mit ihr ein für alle Mal durchtrennen.

Dennoch drückte er nicht auf den Abzug. Im letzten Moment hinderte ihn etwas daran – vielleicht ein Anflug von Schuldgefühlen oder eine tief in ihm sitzende Furcht. Die anderen TIE-Piloten jedoch hinderte nichts am Feuern. Zwei Magnetimpulsgeschosse schlugen in die Brücke des Kreuzers ein, und Ren hörte einen Chor von Stimmen in der Macht aufschreien, ehe sie für immer verstummten.

Ren riss den Steuerknüppel zur Seite und zog den Silencer in eine Rolle, um den Trümmern auszuweichen. Sein Atem ging angespannt. Er hatte seine Mutter vielleicht nicht selbst umgebracht, doch das Band zwischen ihnen war nichtsdestotrotz durchschnitten. Er konnte seine Mutter nicht mehr länger spüren.

General Hux wandte über Kom das Wort an ihn: „Der Widerstand ist außer Reichweite unserer Zerstörer. Auf diese Distanz können wir Ihnen keine Deckung geben. Kehren Sie zur Flotte zurück!"

Erneut loderte Rens Wut auf. „Nein!", gab er aufgebracht zurück. Es wäre närrisch gewesen, den Rückzug anzutreten, wenn ein paar weitere platzierte Salven den Kreuzer zerstören konnten. In der Zwischenzeit hatten andere TIE-Staffeln den Frachtschlepper *Vigil* neutralisiert. Sie konnten die Flotte des Widerstands jetzt und hier ausschalten. Andererseits, so angeschlagen die *Raddus* auch sein mochte, sie würde sich nicht kampflos ihrem Schicksal ergeben. Die Turbolaser des Kreuzers pusteten einen der TIEs weg, die neben Ren herflogen, und rissen ihn in Stücke.

„Der Befehl kommt von Snoke", sagte Hux über Kom. „Wenn sie weiter so viel Treibstoff verbrennen, werden sie nicht mehr lange durchhalten. Es ist bloß eine Frage der Zeit, bis wir sie erwischen."

Die Geschütze des Kreuzers löschten einen zweiten TIE von Rens Anzeigen. Wenn er den Angriff ohne Deckung der Zerstörer fortsetzte, bestand durchaus die Möglichkeit, dass er und seine gesamte Staffel dabei draufgingen. Dann brachte ihm ein Sieg auch nichts mehr. Deshalb drehte er mit dem Silencer bei, fort von dem Kreuzer, und wies die TIEs an, es ihm gleichzutun.

Admiral Ackbar, der angesehenste Militärkommandant seiner Generation, fand in einem gleißenden Lichtblitz sein Ende. Ackbars Nummer zwei, Captain Gawat, ereilte dasselbe Schicksal, genau wie den Rest der Brückenbesatzung der *Raddus*. Entweder wurden sie bei der Explosion verdampft, oder das Vakuum saugte sie in die Leere des Weltalls hinaus.

Einzig und allein Leia überlebte. Mit ausgebreiteten Armen trieb sie zwischen den brennenden Trümmerstücken der Brücke dahin. Ihre Ausbildung in der Macht erlaubte es ihr, die Atmung zu verlangsamen und etwas von ihrer Körperwärme zu bewahren. Trotzdem konnte sie hier draußen nicht ewig überdauern. Da sie keinen Sauerstoff bekam, erstickte sie zusehends. Bald würde sie dem Rest der Crew in den Tod folgen.

Mehrere TIEs und ein Jäger, dessen Form an eine Klaue erinnerte, flogen an den Trümmern vorbei, zurück zu den Sternenzerstörern. Ihr Sohn steuerte einen dieser Jäger – ihr eigensinniger, boshafter, rachsüchtiger Sohn. Verdorben von Snoke, hatte Ben die abscheulichsten Gewalttaten gegen die Unschuldigsten unter ihnen begangen – und Leia fühlte sich dafür verantwortlich. Ihr ganzes Leben lang hatte sie darum gekämpft, die Galaxis vor dem Bösen zu bewahren, doch vor den Untaten ihres eigenen Kindes konnte sie sie nicht beschützen. Trotzdem liebte sie ihn noch immer. Sie hätte alles getan, um Ben wiederzusehen, genau wie Han es getan hatte, und wenn auch nur für einen einzigen Moment.

Die Sterne verschwammen. Ein eisiges Frösteln fuhr Leia durch die Knochen, und sie wappnete sich für das Ende. Ein Licht schwebte vor ihr, kreisrund, wie ein mikroskopisch kleiner Mond. Es war ihr Peilsender. Das Armband hatte sich vom Handgelenk gelöst. Sie griff danach, und das sanfte Licht erinnerte sie an Rey. Der Peilsender musste zurück an Bord des Kreuzers, andernfalls würde das Mädchen den Widerstand niemals finden, wenn sie tatsächlich mit Luke herkam. Und wenn das geschah, wäre auch das letzte bisschen Hoffnung verloren.

Leia schloss die Augen und ließ den Kopf auf die Brust sinken. Sie vergaß die Kälte in ihren Knochen und sogar ihre Atmung. Sie konzentrierte sich ganz allein auf die Macht – und erfüllt von ihr trieb sie durch das Loch auf die Brücke des Kreuzers zurück.

Finn rappelte sich auf, noch benommen von dem Sturz. Der Angriff der Ersten Ordnung hatte ihn von den Füßen gerissen und gegen die Schottwand geschleudert. Er war Poe hinterhergelaufen, doch als sich der Korridor gabelte, vermochte er nicht zu sagen, in welche Richtung Poe gegangen war. Als er nun um die nächste Ecke kam, blieb er schlitternd stehen. Mannschaftsmitglieder drängten sich um eine offene Luftschleuse, durch die Droiden gerade eine Trage schoben.

„Ihre Vitalzeichen sind schwach, aber sie kämpft", meldete jemand vom medizinischen Personal.

Poe stand inmitten der anderen und gestikulierte wild. „Tretet zurück! Macht Platz!"

Finn trat beiseite, um die Trage vorbeizulassen. Darauf lag niemand anders als General Leia Organa. Ein Objekt fiel ihr aus der Hand und landete neben Finns Fuß. Niemand sonst bemerkte es, darum hob Finn es auf. Es war der Armbandsender, den der General ihm zuvor auf der Brücke gezeigt hatte. Finn entfernte sich von der Menge und nahm den leuchtenden Peilsender näher in Augenschein. Irgendwo dort draußen, in den Weiten der Galaxis, hatte Rey auch so einen.

7. KAPITEL

Auf der Insel spukte es, davon war Rey überzeugt. Sie stand vor Lukes Hütte und sah zu, wie der Nebel über das Dorf hinwegwallte. Der Dunst war dicht und barg ein unheimliches Leuchten, wie kurz vor der Dämmerung. Sie hatte den vagen Eindruck, dass etwas in diesem Nebel lauerte. Geister, die Geheimnisse aus längst vergangenen Zeiten flüsterten.

Bleib hier! Ich komme zurück und hole dich, Schatz. Das verspreche ich dir.

Die Stimme erschreckte sie. Diese Worte hatte sie schon so oft gehört, in ihren Träumen auf Jakku. Doch das hier war nicht Jakku. Und als sie sich umschaute, erkannte sie, dass sie allein war.

Kurz vor Sonnenaufgang löste sich der Nebel auf, und Luke trat aus seiner Hütte. Er marschierte mit großen Schritten an Rey vorbei, als wäre sie gar nicht da. Auf seinem Rücken trug er einen Rucksack, einen Stock, Fischernetze und eine Ansammlung anderer Gegenstände.

Rey fragte ihn nicht danach, wohin er wollte, sie folgte ihm einfach. Sie stieg hinter ihm den Berg hinauf und auf der anderen Seite wieder hinunter zu einem Küstenabschnitt, wo sich eine schwabbelige, seekuhartige Kreatur auf den Felsen fläzte.

Luke kletterte hoch zu dem Geschöpf und löste eine leere Flasche von seinem Rücken. Dann nahm er die beiden Zitzen, die unterhalb des Bauchs der Kreatur hingen, und begann sie zu melken. Eine grüne Flüssigkeit schoss in die Flasche.

Die Kreatur drehte ihren ledrigen Hals und wandte sich Rey zu. Über einer röhrenförmigen Schnauze saßen zwei winzige schwarze Augen, die sie träge anstierten. Das Melken schien dem Wesen zu gefallen.

Nachdem Luke die Flasche gefüllt hatte, setzte er sie an die Lippen und trank. Ein Teil der schleimigen, grünen Flüssigkeit rann über seinen Bart. Er wischte sie nicht fort und bot Rey auch keinen Schluck von der Milch an, was für sie jedoch ohnehin nicht von Belang war: Sie hätte das Zeug gar nicht gewollt. Sobald er sich erfrischt hatte, verschloss Luke die Flasche und kehrte zu seiner Hütte zurück, wo er die Tür hinter sich schloss.

Rey setzte sich draußen auf eine Bank. Sie langte in ihre Tasche und schob den Peilsender beiseite, den Leia ihr gegeben hatte, um ein Rationspaket hervorzuholen, eine letzte Viertelration, die noch von dem übrig war, was sie auf Jakku bei dem widerwärtigen Unkar Plutt für Metallschrott eingetauscht hatte. Das Essen schmeckte fade, war aber zumindest besser als grüne Milch. Nachdem sie fertig war, streifte sie ihren Umhang über und schlief.

Vor der Dämmerung des nächsten Tages kam Luke nach draußen, wiederum in Reisemontur. Diesmal folgte Rey ihm zum Rande einer Felsklippe. Die Bucht, die sich darunter erstreckte, war ruhig, obwohl am Horizont ein Sturm dräute.

Luke packte die lange, dünne Holzstange, die an dem Vorsprung lehnte und ganz bis nach unten ins Wasser reichte. Er überprüfte den Stock auf seine Tragfähigkeit, ehe er sich zu Reys Erstaunen damit über die Bucht schwang. Nachdem er auf den Klippen auf der anderen Seite gelandet war, zog er die Stange aus dem flachen Wasser.

Rey erkannte, dass sich am Ende dieses enorm langen Stocks ein scharfer Metallhaken befand, und verfolgte, wie Luke das Wasser unter sich im Auge behielt. Dann rammte er ihn wie einen Speer plötzlich ohne Vorwarnung ins Meer, und als er ihn wieder hochzog, steckte am Ende ein Fisch, der größer war als Rey.

Luke wuchtete seinen Fang auf das felsige Ufer, wo der Fisch zappelnd zwischen den Steinen lag. Seine Fühler am Maul schnellten wild umher. Luke lehnte die Holzstange an den Vorsprung und ging einen Pfad zum Strand hinunter.

Rey entdeckte einen ähnlichen Weg auf ihrer Seite der Klippen. Als sie schließlich bei dem Fisch anlangte, hatte der Sturm die Insel erreicht. Regen prasselte auf sie hernieder, und der Wind heulte. Das Wetter war so unangenehm, dass sie ihre Kapuze überstreifte. Bislang hatte sie diese Sachen bloß getragen, um sich gegen die Sandstürme auf Jakku zu schützen – nicht im Traum wäre ihr damals eingefallen, dass sie den Umhang irgendwann einmal als Regenschutz anziehen würde.

Die raue Witterung schien Luke zu erfrischen. Er wuchtete sich den riesigen Fisch über die Schulter und wanderte den Pfad hinauf, den Rey eben hinuntergestiegen war. Wie zuvor beachtete er Rey überhaupt nicht. Dennoch trottete sie ihm durch den peitschenden Regen nach, mit übergestreifter Kapuze, ihren Stab in der Hand.

In dieser Nacht blieb Rey draußen vor der Hütte. Sie war

bis auf die Knochen durchgeweicht vom Regen, und ihre Zähne klapperten vor Kälte. Sie fand allenfalls ein paar Minuten Schlaf.

Als Luke am nächsten Morgen seine Behausung verließ, blieb sie auf ihrem Baumstumpf sitzen. Ihr erschöpfter Körper brauchte Ruhe. Doch als Luke an ihr vorbeiging, blieb er unvermittelt stehen – nicht lange, aber es genügte. Irgendwie fand sie die Kraft, aufzustehen und ihm stolpernd zu folgen.

Als sie allerdings eine bröckelnde Treppe hochstiegen, verließen Rey zusehends ihre Kräfte. Glatte, schlüpfrige Steine machten das Gehen tückisch. Ein falscher Schritt, ein Ausrutscher, und sie würde von den Klippen stürzen, um auf den Felsen weiter unten zerschmettert zu werden.

In der Nähe des oberen Endes der Treppe vernahm Rey abermals dieses Flüstern, das sie schon einmal vernommen hatte. Mittlerweile hatte sich der Morgennebel aufgelöst, um den Blick auf die Sträucher und das Moos freizugeben, die auf der Felswand wuchsen. Kein Windhauch wehte. Trotzdem wurde das Flüstern lauter. Es sagte nichts, das sie verstand – kein Versprechen wie zuvor, ja, vielleicht bedeutete dieses merkwürdige Raunen auch überhaupt nichts. Hörte sie die Stimmen womöglich bloß in ihrem Kopf?

Rey stieg noch einige Stufen höher, ehe sie den Baum entdeckte. Der Baum war die reinste Festung der Natur. Drei wuchtige Ableger gingen von einem gigantischen Hauptstamm ab. Die Wipfel aller Ableger waren verästelt wie gezackte Kronen, und keiner hatte Blattwerk oder frische Triebe. Nur Moos wuchs auf der aschweißen Rinde. Ein breiter Spalt im Stamm wirkte wie eine Tür, die ins Innere des Baumes führte.

Rey näherte sich dem Spalt. Das Wispern gewann an Stärke, und es wurde offensichtlich, dass es von dem Baum ausging. Sie hatte diesen Baum schon einmal gesehen, irgendwo. In ihren Träumen? Oder in der Vision, die sie gehabt hatte, als sie in Maz Kanatas Schloss Lukes Lichtschwert berührt hatte? Sie war sich nicht sicher. Diese Erinnerungen in ihrem Geist waren verschwommen. Es fiel ihr schwer, zu unterscheiden, was real war und was nicht.

Sie hörte Luke hinter sich stehen bleiben, drehte sich jedoch nicht zu ihm um. Stattdessen duckte sie sich durch den Spalt und trat in den Baum. Das Innere des Stamms war zu einer Kammer ausgehöhlt worden. Streifen aus Baumrinde schmückten die Wände in komplizierten Mustern. Doch ungeachtet der feuchten Witterung draußen gab es keinerlei Anzeichen von Fäulnis.

Ein merkwürdiges Leuchten erregte Reys Aufmerksamkeit. In einer Nische, umgeben von einem sonnenbeschienenen Stück Borke, befand sich ein Regal voll staubiger Bücher, die von einem eigenen, inneren Licht erhellt zu werden schienen. Aus dem Flüstern wurde derweil ein Brummen – nicht von Stimmen, sondern von Energie. Die Bücher *riefen* nach ihr, und sie trat näher heran. Es handelte sich nicht um gewöhnliche Datapads oder elektronische Ordner, sondern um in Leder gebundene Bände aus Flimsiplast und Papier, so wie die Tagebücher, die sie auf Jakku geführt hatte. Sie griff nach einem.

„Wer bist du?"

Beim Klang von Lukes Stimme drehte sie sich um. Er stand in der Türöffnung und musterte sie so aufmerksam, als sähe er sie zum ersten Mal.

Flüchtige Erinnerungen bestimmten ihre nächsten Worte. „Ich kenne diesen Ort bereits", sagte sie. „Das ist eine … Bibliothek."

Luke trat vor. „Er wurde vor tausend Generationen erbaut, um diese zu verwahren – die Originale der Jedi-Schriften, das Fundament eines uralten Glaubens." Er zog ein Buch vom Regal und schlug es auf. „Genau wie ich sind sie die letzten Überbleibsel der Jedi-Religion."

Die kunstvoll gestalteten Schriftzeichen, die die Seiten des Buchs füllten, faszinierten Rey. Sie waren geheimnisvoll und zugleich auf seltsame Weise vertraut.

„Du hast diesen Ort gesehen", sagte Luke. „Du hast diese Bücher gesehen. Du hast diese Insel gesehen."

„Nur in meinen Träumen", sagte Rey.

Luke sah sie mit zusammengekniffenen Augen an. „Wer *bist* du?", fragte er erneut.

Diese Frage stellte sie sich selbst auch immer wieder. Alles, was sie mit Sicherheit zu sagen vermochte, war, dass es einen klaren Grund für ihren Besuch auf Ahch-To gab. „Der Widerstand schickt mich."

„Aber warum schickt der Widerstand ausgerechnet dich? Was ist an dir so besonders? Stammst du von Jedi ab? Fließt königliches Blut in deinen Adern?"

Rey wünschte, sie wäre etwas Besonderes gewesen – oder sogar eine Jedi oder eine Adelige. Vielleicht hätte er ihr dann Gehör geschenkt. Doch sie wagte nicht, ihm zu offenbaren, was sie tatsächlich war.

„Du bist eine Waise", sagte Luke, der ihr Schweigen richtig deutete. „Woher kommst du?"

„Von nirgendwo."

„Niemand kommt von nirgendwo."

Sie seufzte. „Von Jakku."

Der Anflug eines Lächelns umspielte Lukes Mundwinkel. „Na schön, das ist so ziemlich nirgendwo. Warum bist du hier, Rey von nirgendwo?"

„Der Widerstand schickt mich. Wir brauchen Eure Hilfe. Die Erste Ordnung ist nicht mehr aufzuhalten ..."

Lukes Lächeln schwand. „Warum bist *du* hier?"

Rey wandte den Blick ab. Sie wusste, was er damit meinte. Es gab einen Grund dafür, warum Leia sie hergeschickt hatte und nicht Poe Dameron oder irgendjemand anders, der für Geheimmissionen qualifizierter war als sie. Leia hatte erkannt, dass Rey außergewöhnliche Fähigkeiten besaß. „Irgendetwas in mir ist schon immer da gewesen, aber jetzt ist es ..." Sie hielt inne, suchte nach dem richtigen Wort. „... *erwacht* – und ich ... ich habe Angst. Ich hab keine Ahnung, was es ist oder was ich damit machen soll, und ich brauche Hilfe. Ich brauche jemanden, der mir meinen Platz in alldem zeigt."

„Du brauchst einen Lehrer." Einen Moment lang kehrte Reys Hoffnung zurück – um wie ein Funken wieder zu erlöschen, als Luke fortfuhr: „Ich kann dich nicht unterweisen."

„Aber warum nicht? Ich hab Euren Tagesablauf gesehen. Ihr habt nicht allzu viel zu tun."

„Ich werde niemals eine weitere Generation von Jedi ausbilden", erklärte er.

Rey schüttelte den Kopf. Das hier war Luke Skywalker, die Ikone der Rebellen, der Mann, der die Todessterne und den Imperator vernichtet und dem Jedi-Orden im Alleingang zu neuer

Blüte verholfen hatte. Wie konnte er das, was er den Großteil seines Lebens über aufgebaut hatte, einfach so aufgeben?

Luke ging zur Tür hinüber und legte eine Hand auf den Stamm. „Sicher fragst du dich, warum ich hierhergekommen bin. Ich kam auf diese Insel, um zu sterben – um dafür zu sorgen, dass der Jedi-Orden mit mir stirbt." Er ließ den Blick über die Insel schweifen, ehe er sie wieder ansah. „Ich kenne nur eine Wahrheit", sagte er, und seine Überzeugung grub tiefe Furchen in seine Stirn. „Es wird Zeit, dass die Ära der Jedi endet."

Seine Schwarzseherei überraschte sie. „Aber wieso?"

„Das würdest du nicht verstehen."

„Dann versucht, es mir zu erklären. Leia schickte mich her, voller Hoffnung darauf, dass Ihr zurückkehren würdet. Wenn sie sich in Euch geirrt hat, verdient sie es zu erfahren, wieso – genau wie wir alle."

Luke reagierte nicht darauf. Stattdessen verließ er die Bibliothek und ließ sie allein zurück. Traurig erkannte sie, dass sie recht gehabt hatte. Auf dieser Insel spukte es tatsächlich. Denn der große Luke Skywalker, der Meister der Jedi, war bloß noch ein gespenstischer Schatten des Helden, der er einst gewesen war.

Finn sackte in einem der Korridore der *Raddus* in sich zusammen. Besatzungsmitglieder hasteten an ihm vorbei, um ihm gelegentlich einen flüchtigen Blick zuzuwerfen, als würden sie von ihm erwarten, dass er irgendetwas tat. Aber was *konnte* er tun? Der Kreuzer hatte seine Sternenjäger verloren, was bedeutete, dass es für seine ohnehin nicht besonders ausgeprägten Fähigkeiten als Bordschütze keine Verwendung gab. Und er hatte nicht die geringste Ahnung, wie man Raumschiffe reparierte. Die Erste Ordnung hatte ihn ausgebildet, um sich auf dem Schlachtfeld zu behaupten, nicht, um als Mechaniker zu glänzen.

Der Peilsender, den Finn in der Hand hielt, strahlte weiter seinen warmen Schimmer aus. Bedeutete dieses Licht, dass Rey noch lebte? General Organa hatte ihm die genaue Funktionsweise nicht erklärt. Alles, was Finn wusste, war, dass der Peilsender Rey zu diesem Kreuzer zurückführen würde – und momentan war das angesichts der Tatsache, dass ihnen die Erste Ordnung dicht auf den Fersen war, einfach zu riskant. Das Risiko, dass sie im Zuge dessen gefangen genommen oder getötet wurde, war zu groß. Selbst wenn Skywalker mit ihr zurückkam, bezweifelte Finn, dass irgendjemand – ob nun Jedi oder nicht – den Angriff von dreißig Sternenzerstörern überleben konnte. Alles schien verloren – und alles, was er tat, war, den Boden anzustarren.

BB-8 sauste durch den Korridor und blieb vor Finn stehen. Der Droide schwang seine Kuppel nach links und nach rechts, sah Finn an und piepste besorgt, doch Finn hielt den Kopf gesenkt. Er war nicht in der Stimmung für aufmunterndes Gerede, schon gar nicht von diesem speziellen Astromech. Er wollte BB-8 gerade auffordern zu verschwinden, als der Projektor des Droiden zum Leben erwachte und flackernd eine holografische Aufzeichnung abspielte.

Auf der Medistation des Widerstands auf D'Qar stand Rey über Finn gebeugt, der im Koma lag. Sie sah ihn eine ganze Weile an, ehe sie sich nach vorn lehnte und ihm einen Kuss auf die Stirn gab. „Wir werden uns wiedersehen – ich glaube fest daran", sagte sie. „Danke, mein Freund!" Dann löste sich das Hologramm in Wohlgefallen auf. Anstelle von Rey schwebten Staubkörnchen in der Luft.

Einige Sekunden verstrichen, bevor Finns Herzschlag sich wieder beruhigte. „Schon seltsam, dass du ausgerechnet das aufgenommen hast, aber …" Sein Blick fiel auf den Peilsender in seiner Hand, der plötzlich heller zu leuchten schien als zuvor. „Danke", sagte er zu BB-8. „Jetzt weiß ich, was ich zu tun habe."

Der Droide piepste und rollte dann davon.

Auch Finn hielt dort nun nichts mehr. Er rappelte sich auf und eilte den Korridor hinunter. Wenn es für Rey zu gefährlich war, zu ihnen zu kommen, musste er eben eine Möglichkeit finden, um zu ihr zu gelangen.

Als Luke an jenem Abend meditierte, versank er tief in seinen Erinnerungen an eine Zeit, bevor er den törichten Versuch unternommen hatte, den Jedi-Orden wieder aufzubauen. Damals, als er auf Dagobah auf einen anderen Baum gestoßen war, der Geheimnisse barg, war er selbst ein junger Mann gewesen, kaum älter als zwanzig. Der Baum strahlte eine Energie aus, die Luke noch nie zuvor gespürt hatte, wie ein Schaudern in der Macht. Dem Reich des Bösen gehörte er an – wenigstens hatte sein Meister es ihm damals so erklärt.

„Was werde ich dort finden?", wollte Luke wissen.

„Nur, was du mit dir nimmst", hatte sein Meister erwidert.

Als Luke auf den Baum zutrat, erklärte ihm sein Meister, dass er seine Waffen nicht brauchen werde. Luke legte sie trotzdem nicht ab. Durch den Baumstamm gelangte er in eine Höhle –

kalt, schlammig und erfüllt vom Geruch des Todes. Schlangen, Echsen und anderes geschupptes Getier schlängelte sich zwischen den Zweigen und Ranken hindurch. Er schlich an ihnen vorbei, um vorsichtig tiefer in die Höhle vorzudringen. Und dann trat eine ganz in Schwarz gekleidete Gestalt aus der Dunkelheit, der Mörder sowohl seines ersten Lehrmeisters Obi-Wan Kenobi als auch angeblich seines Vaters Anakin Skywalker: der Schurke, der in der ganzen Galaxis als Darth Vader bekannt war.

Luke aktivierte sein Lichtschwert als Erster, und Vader folgte seinem Beispiel. Die Klinge des Sith leuchtete rot, die von Luke blau. Während dieses Duells verlor der Dunkle Lord kein einziges Wort, und Luke vergaß niemals den Klang von Vaders mechanischen Atemgeräuschen. Luke entschied den Zweikampf für sich, indem er mit einem wütenden Hieb Vaders Helm traf. Als dieser zu Boden fiel und durch den Matsch rollte, explodierte die Maske und enthüllte darunter ein Gesicht – das Gesicht von Luke selbst.

Kurz nach ihrer Begegnung in der Höhle hatte Luke in der Wolkenstadt erneut gegen Vader gekämpft, der diesmal kein Phantom war, sondern aus Fleisch und Blut. Dort gab der Dunkle Lord ihm mit seinen rasselnden Atemzügen eine Antwort auf das Rätsel der Höhle. Er offenbarte dem Jungen, dass er Lukes Vater nicht ermordet hatte, wie Obi-Wan es Luke gesagt hatte. Nein, er lebte noch – und er, Darth Vader selbst, war es. *Er* war Lukes Vater!

Luke weigerte sich, das zu glauben, und schrie es lauthals hinaus. Nein, nein, das konnte nicht sein! Das war unmöglich!

Doch es *war* möglich – und es *war* die Wahrheit. Dieses

Geheimnis hatte er seinerzeit mit in die Höhle genommen – dieses Geheimnis, das sich ihm offenbart hatte, als er sein eigenes Gesicht in Vaders Helm sah. Dieses Geheimnis über seinen Vater, das er irgendwie schon immer gekannt hatte, auch wenn man ihm dieses Wissen vorenthalten hatte, als er aufwuchs. Doch Kinder wissen so was.

Auch Rey kannte das Geheimnis um ihre Eltern, bloß dass sie noch nicht bereit war, sich die Wahrheit selbst einzugestehen. Sie hatte ihre Geheimnisse tief im Innern vergraben und ließ sie nicht an sich heran. Es war, als hätte sie Angst, dass diese Geheimnisse sie zerstören würden.

Luke konnte jemandem, der mit sich selbst so im Unreinen war, nichts beibringen. Das hatte er schon einmal versucht und war damit gescheitert.

8. KAPITEL

Paiges Tod war für Rose ein harter Schlag. Die junge Technikerin suchte Zuflucht in einem der Versorgungskorridore der *Raddus*. Der erste Schock darüber, zu erfahren, was Paiges Bomber zugestoßen war, hatte sich zu einer Spirale der Trauer entwickelt. Ihre ältere Schwester hatte ihr alles bedeutet. Paige war die Person gewesen, die Rose von ihren frühesten Erinnerungen an stets bewundert hatte. Die beiden hatten ihre Kindheit zusammen verbracht, hatten gemeinsam miterlebt, wie die Erste Ordnung mit brutalsten Mitteln die Bergbaukolonie übernahm, in der sie aufgewachsen waren. Sie hatten in diesen dunklen Stunden aufeinander aufgepasst, um zugleich all jene Freuden, jenes Lachen und jene Geheimnisse miteinander zu teilen, die allein Schwestern teilen können.

Rose schniefte und starrte den alten Phasenring an, den die Kommandantin der Bomberstaffeln, eine kräftige, silberhäutige Martigrade namens Fossil, ihr gegeben hatte, um so das Opfer ihrer Schwester zu ehren. Das, was auf den ersten Blick wie ein Siegelring aussah, ließ sich durch das Betätigen eines winzigen Hebels öffnen wie eine Irisblende, um das Sternenvogelemblem der Rebellenallianz zu offenbaren. Während der Herrschaft des Imperiums hatten Senatoren solche Ringe getragen, um ihre

Loyalität gegenüber der Rebellion geheim zu halten. Der historische Hintergrund dieses Geschenks hätte Paige viel bedeutet.

Rose hingegen hatte in diesem Moment nicht das Mindeste mit Geschichte und Politik am Hut. Alles, woran sie denken konnte, war Paige. Sie vermochte nur daran zu denken, dass sie ihre Schwester nie wieder umarmen könnte, wenn sie von einer Mission zurückkehrte. Daran, dass sie beide nie ein Haustier bei sich aufnehmen oder gemeinsam auf einem pamaradianischen Rentier oder einem leichtfüßigen Fathier reiten würden. Daran, dass sie niemals wieder miteinander reden könnten, einfach *reden*, wie sie es so häufig stundenlang getan hatten – manchmal über aktuell Wichtiges, manchmal über vollkommen Belangloses.

Gedankenverloren berührte Rose das einzige andere Schmuckstück, das sie sonst noch besaß, ein Medaillon aus haysianischem Schmelz, das an einer Kette um ihren Hals hing. Der gravierte, tropfenförmige Anhänger war ein Symbol für ihre Heimatwelt. Paige hatte genau so ein Medaillon getragen. Die beiden zusammenpassenden Hälften eines Kreises repräsentierten das Doppelplanetensystem von Otomok, das aus Hays Major und Hays Minor bestand, ihrer Heimatwelt. Zugleich stand der Anhänger für die engen Bande zwischen Rose und ihrer älteren Schwester. Sie waren wie Planeten, die einander umkreisten. Doch diese Zeiten waren vorbei. Nun existierte einer dieser Planeten nicht mehr länger.

Das Echo von Schritten verriet Rose, dass sich jemand näherte. Doch wer sollte sonst hier herunterkommen? Alle anderen Techniker waren mit Reparaturen anderswo auf dem Kreuzer beschäftigt. Rose wischte mit dem Ärmel ihre Tränen fort und stand auf. Auf Zehenspitzen huschte sie zur Ecke und spähte darum herum, um einen jungen Mann in einer zusammengeflickten Fliegerjacke zu entdecken, der gerade dabei war, die Luke einer Rettungskapsel zu öffnen und einen Reisesack in die Kapsel zu wuchten.

„Was soll denn das werden?", fragte sie.

Beim Klang ihrer Stimme erschrak der junge Mann und stieß sich den Kopf an der Luke. Er drehte sich um und tat so, als wäre nichts passiert. „Hallo! Äh, ich wollte gerade, ähm ... Äh, weißt du ...?"

„Nein, ich meine, was machst du hier unten im Wartungsbereich?" Rose trat ein Stückchen näher. Irgendwie kam ihr der junge Mann bekannt vor. Dann fiel es ihr ein. „Du bist ... *Finn*!" Sie errötete. Eigentlich hätte sie ihn auf den ersten Blick erkennen müssen. Jeder, der die Ereignisse verfolgte, die sich in jüngster Zeit in der Galaxis abgespielt hatten, wusste, wer dieser Mann war. „*Der* Finn!"

„Der Finn?", wiederholte er.

„Entschuldige! Ich wollte nicht wie der letzte Idiot rüberkommen, denn weißt du, das bin ich nicht. Ich mach bloß den ganzen Tag Wartungsarbeiten. Mit Helden des Widerstands zu reden, ist nicht gerade meine Stärke – überhaupt reden, ja ... Oh, ich bin übrigens Rose und ..."

„Atmen", schlug er vor.

Das war genau das, was Paige in diesem Moment gesagt hätte. Rose hörte auf zu quasseln und atmete ein paarmal tief durch. Das beruhigte sie ein wenig, doch ihre Verlegenheit wuchs nur noch mehr. Und wenn sie verlegen war, neigte sie dazu, wie ein aufgeregter Astromech zu schnattern.

„Ja, also ich bin kein Held des Widerstands", sagte Finn, „aber es war nett, mit dir zu reden, Rose." Er stand auf der Schwelle zur Rettungskapsel und sah sie an. Offensichtlich wartete er darauf, dass sie wegging. Wie zum Abschied sagte er: „Möge die Macht mit dir sein."

Rose bekam große Augen. „Wahnsinn!", raunte sie. „Mit dir auch." Mit diesen Worten zog sie sich in Richtung Versorgungskorridor zurück. Hätte sie nur ihrer Schwester von dieser Begegnung erzählen können! Finn war so charmant und mutig und … Sie kehrte genau in dem Moment wieder in den Gang zurück, als er sich anschickte, mit eingezogenem Kopf in die Rettungskapsel zu steigen. „Aber du *bist* ein Held", versicherte sie ihm. „Das bist du wirklich. Du hast die Erste Ordnung verlassen – und was du auf der Starkiller-Basis getan hast …"

„Hör zu …"

Rose redete einfach weiter. „Als wir das hörten, meinte meine Schwester Paige zu mir: ‚Rose, das ist ein wahrer Held! Erkenne Recht und Unrecht und lauf nicht weg, wenn's schwierig wird.'" Sie atmete erneut tief durch, froh darüber, ihm gesagt zu haben, was ihr auf dem Herzen lag.

„Klar" war alles, was Finn darauf erwiderte.

Seine Nervosität verwirrte Rose, auch wenn natürlich die Möglichkeit bestand, dass ihm das Ganze bloß peinlich war. Manchmal hatte sie diese Wirkung auf andere. „Stell dir vor, allein heute Morgen musste ich drei Leute betäuben, die sich mit einer dieser Rettungskapseln absetzen wollten. *Die* wollten weglaufen!" Sie holte ihren Elektroschocker hervor und wedelte damit herum, um ihre Worte zu unterstreichen.

Finn lehnte sich zurück und runzelte die Stirn. „Skandalös!"

„Ja, ich weiß. Also …“ Ihre Aufregung verflüchtigte sich, als sie sich die Situation noch einmal durch den Kopf gehen ließ. Warum arbeitete jemand von Finns Kaliber bei der Wartung? Sollte er nicht vielmehr den anderen Offizieren Anweisungen erteilen?

„Wie auch immer, äh, ich muss jetzt wieder weitermachen, also …“, sagte er nervös.

„Was *hast* du denn gemacht?“

„Ich mach nur 'n paar Kontrollen. Ich kontrolliere, ob, äh, alles richtig kontrolliert wurde“, stammelte er.

Rose warf an ihm vorbei einen Blick in die Kapsel, auf den Reisesack, den er hineingeworfen hatte. „Du kontrollierst die *Rettungskapseln* …“

Finn nickte eifrig. „Das sind reine Routinekontrollen …“

„… indem du eine betrittst?“, fragte sie. „Mit einer *gepackten* Tasche?“

„Na gut, hör zu, ich …“

Sein Gerede klang ganz und gar nicht nach dem, was ein Held sagen würde. Er klang wie ein Deserteur! Rose verpasste ihm eins mit ihrem Elektroschocker. Die Starkstromladung war imstande, kaputte Schaltkreise zu schweißen und einen Menschen so wirkungsvoll zu betäuben, dass bei ihm von einem Moment zum anderen alle Lichter ausgingen. Finn krachte bewusstlos gegen die Wand.

Poe und die überlebenden Mitglieder der Widerstandsführung saßen beengt auf der Notbrücke der *Raddus* beisammen. Commander D'Acy, die gerade anderswo beschäftigt gewesen war, als der Angriff die Hauptbrücke zerstört hatte, richtete das Wort an die Versammelten. „General Organa … *Leia*", sagte sie voller Hochachtung, „ist ohne Bewusstsein, aber sie erholt sich. Doch ich fürchte, das ist auch schon die einzige gute Nachricht, die ich habe. Admiral Ackbar, unsere gesamte Führung – alle tot. Leia war die einzige Überlebende auf der Brücke."

C-3PO, der unweit von Poe stand, klang, als wäre er in einer Schleife gefangen. „Oje, oje …"

„Wenn sie hier wäre", fuhr D'Acy fort, „würde sie sagen, zum Trauern ist jetzt keine Zeit – erst nach dem Kampf. In diesem Sinne, die von ihr etablierte Rangordnung definiert eindeutig, wer ihren Platz einnehmen wird. Jemand, dem sie stets vollstes Vertrauen entgegenbrachte …"

Poe richtete sich vor Erwartung zu voller Größe auf. Ungeachtet ihrer Meinungsverschiedenheiten wusste Leia seit jeher um seine Loyalität gegenüber dem Widerstand, und es wäre ihm eine Ehre gewesen, jede Führungsrolle zu übernehmen, die sie ihm zugewiesen hatte.

„Vizeadmiral Holdo vom Kreuzer *Ninka*", verkündete D'Acy und trat einen Schritt zurück.

Diese Wahl war für Poe so überraschend, dass er nicht wusste, ob er niedergeschlagen oder dankbar dafür sein sollte, dass die Entscheidung nicht auf ihn gefallen war. Er war dem Vizeadmiral noch nie persönlich begegnet, doch er hatte gehört, dass sie und General Organa seit ihrer Jugend befreundet waren. Zudem wusste er, dass sie als fähige Strategin galt – selbst Ackbar hatte sie bewundert.

„Danke, Commander!" Mit einem figurbetonten Kleid mit langem Röhrenkragen, das farblich ein paar Schattierungen dunkler war als ihr lila Haar, strahlte Vizeadmiral Amilyn Holdo

Würde und Anmut aus. „Sehen Sie sich um! Es gibt noch vierhundert von uns, auf drei Schiffen … Wir sind der letzte Rest des Widerstands, aber wir sind nicht allein. In jeder Ecke der Galaxis kennen die Geknechteten und Versklavten unser Symbol und setzen ihre Hoffnung darauf. Wir sind der Funke, der das Feuer entfachen wird, das die Republik wiederauferstehen lässt. Dieser Funke, dieser Widerstand, *muss* überleben – das ist unsere Mission."

Ihre Stimme barg eine ruhige Stärke. Alle auf der Brücke hingen ihr andächtig an den Lippen, um ihren Worten zu folgen, auch Poe.

„Jetzt gehen Sie alle auf Ihre Stationen", schloss Holdo ihre Rede. „Und möge die Macht mit uns sein."

Poe blinzelte. War das alles? Sie hatte ihnen überhaupt keine Anweisungen erteilt. Doch irgendwie schien das niemanden außer ihm selbst zu verwirren. Poe lehnte sich zu C'ai Threnalli, der neben ihm saß. „*Das* ist Admiral Holdo? Die Schlacht-vom-Chyron-Gürtel-Admiral-Holdo?"

Der Abednedo brummelte eine Bestätigung.

Poe runzelte die Stirn. „Also, da hatte ich was anderes erwartet", meinte er. Er fand, dass eine so respektierte Militärstrategin ihnen mehr als ein paar ermutigende Worte mit auf den Weg hätte geben müssen. Während die anderen den Raum verließen, trat Poe zu Holdo und salutierte. „Vizeadmiral? Ich bin Commander Dameron. Mit Verlaub, aber bei unserem gegenwärtigen Treibstoffverbrauch können wir uns nur noch sehr begrenzte Zeit außerhalb der Reichweite dieser Sternenzerstörer halten."

„Sehr freundlich, dass Sie mich darauf hinweisen."

„Und wir müssen sie abschütteln, bevor wir uns einen neuen Stützpunkt suchen", erklärte er. „Also … Wie lautet unser Plan?" Holdo verwies ihn unverzüglich in seine Schranken. „Unser Plan, *Captain*? Nicht mehr Commander, richtig? Soweit ich mich erinnere, hat Leia Sie doch degradiert – wegen ihres Schlachtschiffplans, der uns unsere gesamte Bomberflotte gekostet hat."

„Captain, Commander – Sie können mich nennen, wie immer Sie wollen", sagte Poe. „Ich will nur wissen, wie es jetzt weitergeht."

„Sicher wollen Sie das. Ich verstehe Sie. Ich hatte es schon mit vielen schießwütigen Fliegerassen wie Ihnen zu tun. Sie sind impulsiv … gefährlich … und das Letzte, was wir gerade brauchen." Holdos Worte waren nicht sarkastisch gemeint. Sie meinte es vollkommen ernst.

Poe konnte seine Überraschung nicht verbergen. „Leia hat das Schicksal des Widerstands in Ihre Hände gelegt. Wissen Sie überhaupt, was Sie tun?"

„Captain Dameron, sämtliche Informationen über unsere nächsten Schritte fallen in die Kategorie ‚Kenntnis nur bei Bedarf'. Diese Informationen sind nur für einen kleinen Kreis bestimmt, zu dem Sie nicht gehören. Also bleiben Sie auf Ihrem Posten und befolgen Sie meine Befehle." Sie kehrte ihm den Rücken zu und wandte ihre Aufmerksamkeit einer der Computerkonsolen zu.

Poe stand da wie erstarrt, unsicher, was er als Nächstes tun sollte. BB-8 rollte um ihn herum, um ihn aufzuheitern, doch dazu brauchte es mehr als motivierende Piepser. Er brauchte Weisheit und guten Rat. Er brauchte General Organa.

9. KAPITEL

Luke schlug die Kapuze seines Umhangs hoch und schlüpfte aus seiner Hütte. Es war mitten in der Nacht. Draußen lag Rey schlafend auf einer Bank, zu tief in ihrem Schlummer versunken, um ihn zu bemerken. Er stieg den Hügel hinauf und marschierte dann im Mondlicht quer über die Insel. Wookiee-Geknurre führte ihn zum Landeplatz des *Millennium Falken*.

Chewbacca war gerade dabei, sich außerhalb des Schiffs sein Abendessen zu grillen. Er schnappte sich einen Spieß vom Lagerfeuer und führte das knusprige Fleisch, das darauf steckte, an seine Lippen. Doch bevor er hineinbeißen konnte, löste sich ein ungebratener Artgenosse, einer dieser kleinen Vögel, die auf Ahch-To heimisch waren, von seiner Gruppe, watschelte zu Chewie hinüber und sah ihn mit unschuldigem Blick an. Chewbacca grollte und bleckte die Zähne, und die anderen Vögel um ihn herum schossen in sämtliche Himmelsrichtungen davon, viel schneller, als man es ihnen aufgrund ihres Aussehens zugetraut hätte. Der Wookiee wandte sich wieder seiner Mahlzeit zu, ließ sie dann jedoch mit einem schuldbewussten Wimmern sinken.

Luke lächelte, als er die Einstiegsrampe hochstieg. Chewbaccas gutes Herz würde immer über seinen Hunger triumphieren.

Seit Lukes erstem Flug von Tatooine hatte sich das Innere des Schiffs nicht sonderlich verändert. Nach wie vor waren die Schottwände fleckig von Schmieröl. Im Boden klapperten lose Platten. Rost fraß an den Sprossen der Geschützturmleiter. Aus einem Wandsockel ragten ausgefranste Kabel. Doch nichts davon bereitete Luke Sorgen. Der *Falke* war nicht der *Falke*, wenn man nicht dauernd an ihm herumflicken musste.

Der Pilotensitz im Cockpit zeigte immer noch Hans Abdrücke, die nach Jahrzehnten, in denen sein Freund dort gesessen hatte, auch nie wieder verschwinden würden. Luke umklammerte die Lehne und blickte zum Nachthimmel hinaus. In der Nähe von Chewbaccas Platz baumelten zwei goldene sechsseitige Glückswürfel von den Armaturen unter der Decke. Luke ergriff sie mit seinen Metallfingern und registrierte ein praktisch nicht wahrnehmbares Gewicht auf einer Seite der Würfel, das mit ziemlicher Sicherheit die Wahrscheinlichkeit erhöhte, Sechsen zu würfeln.

Luke betrat den Aufenthaltsbereich, in dem Obi-Wan Kenobi ihm einst beigebracht hatte, ein Lichtschwert zu führen. Der Schutzhelm, den er getragen hatte, um beim Kampf gegen die Trainingsdrohne seine Augen zu bedecken, sodass er nichts sehen konnte, lag auf einem Regal. Vermutlich hatte ihn seit damals niemand mehr benutzt. Mit dem holografischen Schachbrett hingegen hatte erst kürzlich jemand gespielt. Die blinkenden Lichter an der Konsole deuteten auf eine unterbrochene Partie hin, die darauf wartete, wieder aufgenommen zu werden.

Luke ließ sich auf die Couch sinken und erinnerte sich an die Zeiten, die er auf diesem Schiff verbracht hatte. Dann verriet ihm eine Reihe leiser elektronischer Piepser, die ihm vertrauter waren als jedes andere Geräusch im Universum, dass er nicht allein war. „Erzwo?"

Der Astromech mit der silbernen Kuppel kam aus der Ecke gerollt. Doch obwohl sich an den Kanten des Droiden ein wenig Rost zeigte, hinderte ihn das nicht daran, freudig zu zwitschern, als er Luke sah, auch wenn er im nächsten Moment seiner Enttäuschung darüber Ausdruck verlieh, dass sein alter Herr ihn zurückgelassen hatte.

„Ja … ja, ich weiß …" Lukes Beschwichtigung hielt den Droiden allerdings nicht davon ab, in Binärsprache etwas zu plappern, von dem Luke wusste, dass er niemals darauf programmiert worden war. „Hey, heilige Insel! Achte auf deine Ausdrucksweise."

R2-D2 wechselte zwar sein Vokabular, jedoch nicht den entschlossenen Tonfall seiner Piepser. Der Droide wollte, dass Luke mit ihnen zurückkehrte und dem Widerstand half.

„Ich werde tun, was am besten ist, alter Freund. Nichts und niemand wird mich umstimmen." Luke berührte die Kuppel des Astromechs, wie er es auch in der Vergangenheit so viele Male getan hatte. Es war zwar eine rein menschliche Geste, hatte jedoch für gewöhnlich eine beruhigende Wirkung auf den hitzköpfigen Droiden.

Tatsächlich beruhigte sich R2-D2, so wie Luke gehofft hatte. Doch anstelle weiterer Piepser projizierte der Droide nun ein Hologramm in die Luft – dasselbe Hologramm, das er Luke gezeigt hatte, als sie einander vor über vierzig Jahren auf Tatooine das erste Mal begegnet waren.

Lukes Zwillingsschwester Leia kniete in Miniaturform vor ihm und äußerte eine stumme Bitte. In der Aufzeichnung war sie jung, kaum neunzehn, und trug das fließende Gewand einer Prinzessin von Alderaan. Ihr Mund bewegte sich, als sie Worte sagte, die Luke niemals vergessen würde: *Helft mir, Obi-Wan Kenobi! Ihr seid meine letzte Hoffnung.*

Ihre Worte – und ihre Schönheit – hatten sein jüngeres Selbst dazu verleitet, diesen verrückten alten Zauberer in der Wüste von Tatooine aufzusuchen. Diese Suche hatte ihn letztlich vor den imperialen Sturmtruppen gerettet, die seinen Onkel und seine Tante getötet und die Feuchtfarm der Familie bis auf die Grundmauern niedergebrannt hatten.

Luke sah R2-D2 stirnrunzelnd an. Der Astromech kannte ihn einfach zu gut. Er versuchte, in Luke Schuldgefühle zu wecken, weil er seine Freunde im Stich ließ. „Was für ein billiger Trick!"

Doch so billig dieser Trick auch sein mochte, er funktionierte. Denn als Leias Abbild vor ihm in der Luft flackerte, erinnerte Luke sich daran, dass er mehr war als der letzte der Jedi. Er war auch ein Bruder.

Finn lag auf einem Repulsorliftkarren, der Stück für Stück durch den Korridor gezogen wurde. Er versuchte, um sich zu treten, aber nichts geschah. Seine Beine reagierten nicht, und seine Handgelenke waren gefesselt. „Ich ... kann mich nicht ... bewegen", sagte er. „Du ... hast mich betäubt ... *Hilfe!*"

Rose starrte mit grimmiger Miene auf ihn herab. „Ich sperr dich ein, weil du vorhattest zu desertieren!"

„Quatsch, ich hab nicht vor zu desertieren!", sagte er. Sie hatte das alles falsch verstanden. Er musste ihr klarmachen, dass er kein Deserteur war. Er versuchte doch nur, Rey zu warnen. „Aber diese Flotte ist verloren, und falls meine Freundin jetzt zurückkommt, ist sie es ebenfalls! Ich muss diesen Sender weit von hier wegbringen, dann wird sie mich finden und ist in Sicherheit!"

Rose ließ den Karren los und beugte sich so weit hinunter, dass sie auf einer Höhe mit ihm war. „Du bist ein selbstsüchtiger Verräter!"

„Hör zu", sagte Finn – mittlerweile hatte er seine Zunge wieder besser unter Kontrolle. „Könnte ich Rey retten, indem ich die Widerstandsflotte rette, dann würde ich das tun. Aber das kann ich nicht. Das kann niemand. Wir können der Flotte der Ersten Ordnung nicht entfliehen."

„Wir können auf Lichtgeschwindigkeit gehen", erwiderte Rose.

„Die können uns trotz Lichtgeschwindigkeit erfassen!"

Ihr Argwohn wurde zu Besorgnis. „Die können uns trotz Lichtgeschwindigkeit erfassen?"

„Ja! Die tauchen nach dreißig Sekunden auf, und wir haben eine Tonne Treibstoff verpulvert, von dem leider nur noch ganz wenig da ist." Finn begann an seinen Fesseln zu rütteln. Seine Lähmung klang allmählich ab, doch sein Kiefer fühlte sich immer noch taub an. „Ich spür meine Zähne nicht! Womit hast du auf mich geschossen?"

Rose ignorierte seine Frage, in Gedanken versunken. „Aktive Erfassung ...", sagte sie. „Hyperraumerfassung ist neu, aber im Grunde funktioniert sie sicher genau wie jede andere aktive Erfassung. Ich habe solche Ortungsgeräte schon gewartet. Da gibt es immer nur eine Quelle, um Störungen zu vermeiden. Also ..."

Finn begriff den Großteil von dem, was sie da sagte. Wenn die Erste Ordnung immer bloß ein Hyperraum-Ortungsgerät zur selben Zeit betreiben konnte, musste es auf dem mächtigsten Schiff der Armada installiert sein, auf dem Megazerstörer.

„Also orten sie uns nur vom Führungsschiff aus!", sagten beide gleichzeitig.

Finn hielt seine Handgelenke in die Höhe und schenkte ihr sein einnehmendstes Lächeln. Einen angespannten Moment lang schien ihr Argwohn zurückzukehren, doch dann tippte sie den Code ein und befreite ihn von seinen Fesseln.

Sofort machten sich die beiden daran, einen Plan zu schmieden. Rose war sich sicher, das Ortungsgerät abschalten zu können, wenn es ihr gelang, sich Zutritt zum Versorgungsraum des Megazerstörers zu verschaffen, wo sie die Energie zum Gerät unterbrechen konnte. Finn versicherte ihr, sie dorthin führen zu können. Da er einen ganzen Ausbildungszyklus damit zugebracht hatte, zusammen mit seinem Trupplerteam dort die Böden zu wischen, kannte er den Grundriss der *Supremacy* in- und auswendig. Allerdings brauchten sie ein Schiff, das sie zu dem Megazerstörer brachte. Da Rose bloß Wartungstechnikerin war, war es ihr nicht gestattet, ein Widerstandsshuttle für eigene Zwecke zu beanspruchen. Poe hingegen konnte ihnen mit Sicherheit eins beschaffen …

Sie fanden den Piloten in General Organas Quartier, wo er zusammen mit C-3PO und BB-8 an Leias Bett wachte. Organa lag im Koma, und Medidroiden schwirrten um sie herum, um alles für sie zu tun, was in ihrer Macht stand.

Finn machte Poe mit Rose bekannt und erläuterte ihm ihren Plan, sich an Bord der *Supremacy* zu schleichen und das Ortungsgerät zu deaktivieren. Selbst eine kurzzeitige Unterbrechung des Ortungsgeräts würde dem Widerstand genügend Zeit verschaffen, um auf Lichtgeschwindigkeit zu gehen, ohne dass die Erste Ordnung ihnen folgen konnte. BB-8 piepte zustimmend, doch Poe war noch nicht überzeugt. „Poe", sagte Finn flehentlich, „wir müssen das machen! Es würde die Flotte retten und außerdem auch Rey!"

Poe ging zu General Organa hinüber, die auf ihrem Bett lag. Er schaute sie an und berührte sanft ihre Hand, als würde er sie stumm um Rat fragen.

„Warum muss ausgerechnet ich die Stimme der Vernunft sein?", wandte C-3PO ein. „Vizeadmiral Holdo wird diesem Plan niemals zustimmen."

Schlagartig veränderte sich Poes gesamte Einstellung. „Ja, du hast recht, Dreipeo. Der Plan ist nur für einen kleinen Kreis – und *sie* gehört nicht dazu."

„Ach, du liebe Güte!", entgegnete der Protokolldroide.

Poes Blick schweifte von Finn zu Rose. „Die Frage ist nur: Wie kriegen wir euch beide unbemerkt auf Snokes Zerstörer?"

„Wir stehlen ein Shuttle der Ersten Ordnung", schlug Rose vor.

„Das nützt uns nichts", meinte Poe. „Dafür brauchen wir die entsprechenden Zugangscodes."

„Dann stehlen wir eben auch die Zugangscodes", sagte Rose.

Finn schüttelte den Kopf. „Nein, die sind bio-hexakryptisch und werden stündlich erneuert. Das ist absolut unmöglich. Wir schaffen's nicht unentdeckt durch ihre Sicherheitsschilde – das schafft keiner."

„Ich bin sicher, dass jemand das schaffen kann, wenn der

Preis stimmt", widersprach Poe. „Dreipeo, setz dich mit deinen Droidenkontakten auf Takodana in Verbindung und hol so schnell wie möglich Maz Kanata in die Leitung!"

Der Droide schalt Poe dafür, dass er in solch rangniedriger Gesellschaft ein so streng geheimes Spionagenetzwerk enthüllt hatte, kam der Aufforderung jedoch unverzüglich nach.

Es dauerte nicht lange, bis der Holotransceiver im Raum die dreidimensionale Gestalt der kleinen Schmugglerin mit den großen Brillengläsern zeigte. Mit einem Blaster bewaffnet, schien Maz gerade in ein Feuergefecht verwickelt zu sein und schoss auf Feinde, die sie nicht sehen konnten. Poe kam gleich zur Sache und erkundigte sich, ob Maz ihnen die Zugangscodes besorgen könnte.

„Natürlich schaff ich das", entgegnete Maz. „Aber jetzt nicht. Ich bin gerade ein wenig beschäftigt. Ein Gewerkschaftsdisput – davon wollt ihr bestimmt nichts wissen. Aber ihr habt Glück. Es gibt da einen Typen, dem ich vertraue, der diese Sicherheitssysteme knacken kann. Er ist ein Meister-Codeknacker – ein Soldat, ein Freiheitskämpfer, ein Spitzenpilot, ein Poet mit dem Blaster und der zweitbeste Schmuggler, dem ich je begegnet bin."

„Du meine Güte!", rief C-3PO. „Das klingt, als könnte dieser Codeknacker wirklich alles."

„Oh ja, das kann er!"

Die Art und Weise, wie Maz das sagte, grinsend und mit ihren großen Augen blinzelnd, erinnerte ihn daran, wie sie mit Chewbacca geflirtet hatte, als Han sie nach Takodana geführt hatte. Irgendwie bereitete Maz' Verhalten ihm Unbehagen – und Rose offenbar auch, ihrer Grimasse nach zu urteilen.

Eine Blasterladung zischte an Maz vorbei. „Außerdem hegt er gewisse Sympathien für den Widerstand“, fügte sie hinzu. „Er sitzt an 'nem Tisch, an dem man mit hohen Einsätzen spielt – im Casino in Canto Bight.“

„Canto Bight? Nein, nein, das ist ...“ Poe hielt kurz inne und fuhr dann fort: „Maz, gibt's irgendeine Möglichkeit, dass wir das auch alleine schaffen?“

Maz erwiderte den Beschuss ihrer Feinde. „Tut mir leid, Kleiner, das ist anspruchsvolles Codeknacken. Wenn ihr auf diesen Zerstörer wollt, gibt es nur eine Lösung: Findet den Meister-Codeknacker! Ihr erkennt ihn an einer roten Plomblüte an seinem Revers ...“

„Eine rote Plom-*was*?“, fragte Finn, doch die Übertragung war bereits unterbrochen.

Als ihre Mission feststand, vertraute Finn Poe widerwillig den Armbandsender an, damit sein Freund ihn sicher verwahrte. Ihm war klar geworden, dass das Beste, was er tun konnte, um Reys Leben zu retten – um *ihrer aller* Leben zu retten –, darin bestand, dieses Ortungsgerät zu deaktivieren, sodass der Widerstand den Zerstörern der Ersten Ordnung entkommen konnte. Dann konnte Rey dem Signal zu ihrem Kreuzer folgen, ohne Gefahr zu laufen, getötet oder gefangen genommen zu werden. Zumindest hoffte Finn das.

Die Sonne über Ahch-To war noch nicht aufgegangen, als Luke ins Dorf zurückkehrte. Doch er ging nicht in seine Hütte. Stattdessen kam er zu der Bank, auf der Rey schlief, und wartete. Als sie schließlich die Augen öffnete, sagte er: „Morgen, bei Sonnenaufgang. Drei Lektionen. Ich werde dich mit der Macht der Jedi vertraut machen – und damit, warum ihre Ära enden muss. Sobald du das verstanden hast, wirst du mich hier auf dieser Insel allein auf meinen Tod warten lassen."

Mit diesen Worten wandte er sich von Rey ab, betrat seine Hütte und schloss die Tür hinter sich. Nun war es für ihn an der Zeit, sich auszuruhen. Er brauchte all die Kraft, die er aufbringen konnte, um seine Meinung nicht noch mehr zu ändern, als er es ohnehin schon getan hatte.

10. KAPITEL

Bleib hier! Ich komme zurück und hole dich, Schatz. Das verspreche ich dir.

Die Einstiegsluke des Raumfrachters schloss sich, und die Triebwerke liefen warm. Rey wollte auf das Schiff zulaufen, doch Unkar Plutts fleischige Pranke hielt sie zurück. Ganz gleich, wie sehr sie sich auch wand und sträubte, er ließ sie nicht los. Sie war bloß ein kleines Menschenkind, Plutt hingegen ein übergewichtiger, übergroßer Crolute. „Kommt zurück!", kreischte Rey zu dem Schiff empor. „Kommt zurück!"

Ihr Weinen brachte Plutt dazu, ihren Arm so fest zu drücken, dass es wehtat. Dieser Schmerz war allerdings nichts verglichen mit den Qualen, die es ihr bereitete, den Raumfrachter abheben zu sehen. Dann schoss das Schiff brüllend auf Jakkus Sonne zu und kehrte nie wieder zurück, wie man es ihr eigentlich versprochen hatte.

Rey erwachte im Sonnenschein einer anderen Welt. Das Licht der Morgendämmerung strömte durch die Türöffnung der Hütte herein, in der sie Zuflucht gesucht hatte, um dem Regenguss der vergangenen Nacht zu entfliehen. Glücklicherweise hatte der Regen mittlerweile aufgehört, genau wie der Albtraum von ihren Eltern, die sie auf Jakku zurückgelassen hatten. Sie blinzelte, und die Nachbilder des bösen Traums verblassten. Dieser Tag war zu wichtig, um sich von ihren Zielen ablenken zu lassen. Wenn sie wirklich die Wege der Jedi beschreiten wollte, musste sie sich voll und ganz darauf konzentrieren.

Rey rutschte von der Steinbank, streckte sich und ging zur Tür hinüber. Doch dann blieb sie stehen. Sie war nicht allein in der Hütte. Im Schatten lauerte die Präsenz von jemandem, den sie kannte – eine nachdenkliche, zornige Präsenz. Kylo Ren! Aus unerfindlichen, ihr völlig unbegreiflichen Gründen sah sie ihn direkt vor sich. Er wurde gerade einer Operation unterzogen und zuckte zusammen, als ihm ein Droide Nähte im Gesicht zog. Diese Wunde hatte sie ihm während ihres Duells beigebracht, und sie konnte den Schmerz und das Stechen der Verletzung so deutlich spüren, als würde Ren sein Leiden auf sie übertragen. Seine Pupillen brannten vor Hass.

Instinktiv zog Rey den Blaster, den Han Solo ihr geschenkt hatte, und schoss auf den Schatten. Die Energieladung riss ein Loch in die Wand, und von draußen fiel Licht herein, das die Dunkelheit vertrieb. Kylo Ren war nirgends mehr zu sehen. Rey lief hinaus. Zu ihrer Erleichterung schien Ren sich auch nirgends draußen im Dorf aufzuhalten. Er war offenbar bloß eine weitere seltsame Manifestation auf dieser merkwürdigen Insel gewesen – ein Geist.

Oder vielleicht auch nicht, denn in diesem Moment nahm Kylo Ren erneut vor Rey Gestalt an. Diesmal konnte sie seine Haarmähne, sein vernarbtes Gesicht und seine dunklen Augen überdeutlich vor sich sehen. Er deutete auf sie und sagte: „Du wirst Luke Skywalker zu mir bringen!"

Fast hätte sie laut gelacht. Glaubte dieser Mörder allen Ernstes, sie würde ihm gehorchen? Glaubte er, ihre Bewegungen kontrollieren oder ihr irgendwelche Geheimnisse entreißen zu können, wie er es zuvor getan hatte? Lieber würde sie sterben, als zuzulassen, dass er ihr solche Dinge erneut antat.

Ren ließ die Hand sinken, als wäre er überrascht von der Kraft ihres Widerstands. „Das wirst du nicht tun … Nein, die Anstrengung würde dich töten." Sein Blick schweifte umher, kehrte dann jedoch zu ihr zurück. „Kannst du meine Umgebung sehen?"

„Du wirst für deine Taten bezahlen!", entgegnete sie.

„Ich kann deine nicht sehen", sagte er, ohne ihre Drohung zu beachten. „Ich sehe nur dich. Oder nein, da ist noch etwas anderes."

Noch etwas anderes? Wovon redete er? Was ging hier eigentlich vor? War das Ganze überhaupt real? Hinter Rey ertönten Schritte, und sie drehte sich um. Luke Skywalker stand vor seiner Hütte. Aus Furcht schwieg sie. Wenn Kylo Ren erfuhr, dass sie den Jedi-Meister gefunden hatte, bestand die Gefahr, dass er selbst die bescheidenen Fortschritte, die sie bislang erreicht hatte, zunichtemachte.

Doch auch Reys Schweigen half nicht dabei, ihre Gefühle vor Ren zu verbergen. „Luke …", knurrte er.

Luke blieb stehen und blickte an Rey vorbei. „Was soll das da?"

Rey wirbelte wieder zu Ren herum. Doch wie zuvor war ihr Erzfeind nirgends zu entdecken. Anstelle von Kylo Ren sah sie eine Gruppe haarloser, humanoider Wesen mit weißen Gewändern und Kopfbedeckungen. Ihre Haut schien gummiartig wie die von Amphibien und war vom selben Graublau wie die See ringsum. Ihr melonenförmiger Kopf besaß zwei große Augen, zwischen denen sich zwei winzige Atemlöcher und ein vorgestülpter Mund befanden. Sie trotteten auf dreizehigen Füßen durch das Dorf, betrachteten Rey voller Misstrauen und redeten in einer singsangartigen Sprache miteinander. Eins der Wesen stieß einen dicken Finger in das Loch, das Rey in die Wand ihrer Hütte gepustet hatte. Als ihr bewusst wurde, dass Luke sich nach den von ihr angerichteten Schäden erkundigt hatte und nicht nach Kylo Ren, lief sie rot an. „Ich hab meinen Blaster gereinigt – und er ging los."

Luke kaufte ihr diese Lüge ohne weitere Nachfragen ab. Eines der Wesen flötete Luke irgendetwas zu, ohne Rey aus den Augen zu lassen. Luke antwortete in ihrer Sprache, ehe er das Dorf verließ.

Begierig darauf, von Kylo Ren und diesen Kreaturen wegzukommen, folgte Rey Luke. Er führte sie eine andere Treppe hinauf, die spiralförmig zu den höchsten beiden Bergen der Insel hin anstieg. „Was sind das für Dinger?", fragte sie.

„Das sind Hüterinnen", sagte Luke. „Die Ureinwohner der Insel. Sie kümmern sich um die Gebäude der Jedi, seit sie erbaut wurden."

Rey warf einen Blick zurück ins Dorf. Die sonderbaren Hüterwesen starrten sie an. „Ich glaub nicht, dass sie mich mögen."

„Kann mir gar nicht vorstellen, warum."

Ein Teil der Treppe war geradewegs in die Klippen gehauen. Aus kleinen dunklen Löchern in der Felswand drangen gurrende, zwitschernde Laute. Auf einer der Stufen hockte einer dieser merkwürdigen Vögel, der Rey mit großen schwarzen Augen ansah. „Da Ihr gerade so gesprächig seid: Was sind das für rundliche, vogelartige Geschöpfe?“, fragte sie.

„Porgs.“

„Porgs?“

„Porgs“, bestätigte Luke, ohne weiter darauf einzugehen.

Schließlich hatten sie mit unermüdlicher Anstrengung die letzte Stiege erklommen und erreichten einen schmalen Felsvorsprung nahe dem Gipfel. In den Berg hinter ihnen war eine Höhle gemeißelt. Rey spürte einen merkwürdigen Sog, der sie zum Eingang der Höhle hinzog, so wie zuvor bei dem Baum. Stattdessen jedoch führte Luke sie auf den Vorsprung.

Die Höhe gewährte ihnen einen unvergleichlichen Blick auf den Ozean. Riesige Wellen schlugen unten gegen die Felsen, und in der Ferne, am grauen Horizont, konnte man den Übergang zwischen Himmel und Meer kaum erkennen. Eigentlich hätte der Anblick sie entspannen müssen, doch ihre „Begegnung“ mit Kylo Ren hing über ihr wie eine giftige Wolke.

Luke brach einen Stängel von einer Pflanze ab, die in den Felsspalten wuchs, und rollte ihn auf seiner Handfläche hin und her. „Was weißt du über die Macht?“

Um ehrlich zu sein, wusste Rey so gut wie gar nichts darüber. Auf Jakku hatte nie jemand von der Macht gesprochen. Das Leben dort war zu hart, um an irgendetwas zu glauben, das nicht unmittelbar dafür sorgte, dass man etwas zu essen in den Magen bekam. Allerdings wagte sie es nicht, Luke ihre Unwissenheit zu gestehen. „Es ist eine besondere Fähigkeit der Jedi. Sie lässt sie Leute manipulieren und … durch sie können Dinge schweben“, erklärte sie, während sie das bisschen zum Besten gab, was sie über die Macht wusste.

„Beeindruckend“, spöttelte Luke. „Jedes Wort in diesem Satz war falsch.“

Rey kam sich töricht vor, dass sie Leia nicht mehr Fragen zu diesem Thema gestellt hatte. Sie hatte D'Qar in solcher Eile verlassen, dass ihr kaum Zeit geblieben war, sich auch nur von Finn zu verabschieden.

Luke deutete auf einen großen, glatten Felsen. „Lektion Nummer eins. Setz dich hierhin und hör mir zu!“ Als Rey auf dem Stein Platz genommen hatte, sprach Luke mit einer Ehrfurcht, die sie noch nie zuvor bei ihm gehört hatte. „Die Macht ist keine Fähigkeit, die man besitzt. Es geht nicht darum, Steine hochzuheben. Sie ist ein Energiefeld zwischen allen Dingen – eine Spannung, ein Gleichgewicht, das die Galaxis zusammenhält.“

„Alles klar“, sagte Rey. Seine Beschreibung hätte ebenso gut für tausend andere mystische Traditionen gelten können. „Worum geht es *dann*?“

„Schließ die Augen!“

Leicht verärgert darüber, dass er ihr keine Antwort auf ihre Frage gab, tat Rey trotzdem, was er sagte. Schnell wurde ihre Welt zu einer, die allein aus Geräuschen bestand – aus dem Brechen der Wellen, aus dem Krächzen der Möwen und aus dem gemessenen Klang von Lukes Stimme.

„Atmen!“, sagte er.

Rey atmete ein und aus, um ihre Lunge mit der salzigen Seeluft zu füllen. Mit jedem Atemzug wurde ihr Herzschlag langsamer, und ihre Ungeduld schwand. Eine Ruhe, die sie auf Jakku niemals erlebt hatte, breitete sich über sie.

„Jetzt … *fühlen!*“

Sie hob einen Arm und streckte die Hand aus. Etwas tanzte über ihre Fingerspitzen. „Ich ... fühle etwas!"

„Du fühlst sie?"

Das tat sie tatsächlich – so sehr, dass es kribbelte. „Ja, ich fühle sie!"

„Das ist die Macht", sagte Luke.

„Wirklich?" Es schien so einfach zu sein, sich dieser Kraft zu bedienen. Bloß ein paar Atemzüge, und ihre Handfläche kribbelte nur so vor neuer Energie. Hätte sie diese Methode schon vorher gekannt, wäre ihr mühseliges Leben vermutlich vollkommen anders verlaufen.

Luke klang gleichermaßen erstaunt. „Die Macht muss überaus stark in dir sein!"

Ihre Zuversicht wuchs. Das war das erste Nette, das er bislang zu ihr gesagt hatte. „Also, ich ..." Rey schrie auf, als ein kurzer Schmerz durch ihre Handfläche fuhr. Als sie die Augen aufriss, stellte sie fest, dass das, was sie gerade gespürt hatte, überhaupt nicht die Macht gewesen war, sondern Schilfgras, mit dem Luke ihr auf die Hand geschlagen hatte. Ihre Wangen röteten sich vor Verlegenheit darüber, so leicht ausgetrickst worden zu sein. Luke hatte mit seinen Worten überhaupt nicht gemeint, dass sie ihre Hände ausstrecken sollte. „Ihr meintet fühlen mit ..." Da sie nicht wusste, wie genau sie das ausdrücken sollte, deutete sie auf ihre Mitte – auf ihr Herz.

Luke nickte. „Okay, verstanden." Sie schloss die Augen, entschlossen, es erneut zu versuchen.

Luke dirigierte ihre Arme so, dass ihre Handflächen auf dem Stein ruhten, auf dem sie saß. Das half ihr dabei, der Versuchung zu widerstehen, ihre Gliedmaßen zu rühren.

„Atmen", sagte Luke noch einmal. „Einfach atmen."

Ihre Atemzüge gingen hinein und hinaus, langsam, aber stetig, und mit jedem Atemzug schwanden ihre Verwirrung und ihre Fragen. Erneut kam Frieden über sie, tiefer als zuvor.

„Jetzt", sagte Luke, „lass dich von deinen Gefühlen leiten."

Rey dachte nicht über seine Worte nach. Sie ließ es einfach geschehen. Jeder ihrer Sinne schien sich zu entfalten, anstatt dass einer die anderen beherrschte. Ein neues Bewusstsein der Welt erfüllte sie, beseelt von all den Kleinigkeiten, die sie andernfalls einfach übersehen hätte. Sie spürte die Feuchtigkeit auf dem Felsbrocken unter sich. Sie roch die Algen, die in den Wassertümpeln am Ufer gediehen. Sie schmeckte eine Brise muffiger Luft, die aus der Höhle hinter ihr drang. Sie hörte den Paarungsruf irgendeines weit entfernten Meeresungeheuers.

„Was siehst du?", fragte Luke.

Obwohl Reys Augen geschlossen waren, blitzten in ihrem Kopf Bilder auf. „Ich sehe die Insel", erklärte sie ihm, und tatsächlich sah sie das Eiland in all seiner Pracht, als wäre sie eine der Möwen, die darüber ihre Runden drehten. Schnell jedoch wich die Impression der von Blumen, die vor ihr erblühten. „Leben", sagte sie und genoss den lieblichen Duft der Blumen, doch zugleich war da auch die Fäule der Erde, in der sie wuchsen. „Tod und Verfall", fügte sie hinzu, während sie verfolgte, wie Grashalme aus dem Boden sprossen, „der neues Leben nährt." Ihr bot sich ein spektakulärer Ausblick auf den Berghang dar, gebadet im Sonnenschein. „Wärme", sagte Rey und erschauderte, als sie unvermittelt in die Tiefen der See hinabtauchte, „und Kälte." Ihre Wahrnehmung wandte sich den Klippen zu, auf denen eine Porgmutter in ihrem Nest brütete.

„Frieden", stellte Rey fest, berührt von der elterlichen Zuneigung. Doch wie zuvor wurde die Szene rasch ins Gegenteil verkehrt. Eine Welle brach über das Nest herein. „Gewalt", sagte sie, als die See die Eier verschlang.

„Und was ist dazwischen?", fragte Luke.

Rey verlagerte ihre Aufmerksamkeit. Sie ließ die Bilder und die Gerüche, die Gefühle und die Geräusche mit dem Hintergrund verschmelzen und konzentrierte sich stattdessen auf die Art und Weise, wie diese Details zu ihr drangen, auf die Mittel und Wege, die ihre Sinne mit Leben erfüllten.

Luke hatte recht. Da war etwas dazwischen – etwas, das sie mit dem Felsen, mit den Porgs, mit der See, mit den Wellen und dem Meer verband. Dieses Etwas war unberührbar, zugleich jedoch unleugbar konkret, es war unsichtbar, doch auch strahlend. „Gleichgewicht", versuchte sie es zu beschreiben. „Eine Energie." Aber es war mehr als nur eine Energiequelle – viel mehr. Es wurde von einer Reihe unumstößlicher Prinzipien beherrscht. Es übte Einfluss aus, ohne zu urteilen. Einfacher ausgedrückt, zog es Dinge an – wie die Schwerkraft, wie die Liebe. „Eine … Macht", sagte sie.

„Und in dir?"

„Was in mir ist?" Da war es, dieses Gefühl, das auch sie erfasste, als gäbe es keinen Unterschied zwischen dem Innern und dem Äußeren. „Dieselbe Macht."

„Und das ist die Lektion", sagte Luke. „Diese Macht ist nicht das Eigentum der Jedi. Sie ist so viel größer. Zu sagen, sterben die Jedi, stirbt auch das Gute, wäre Eitelkeit … Kannst du *das* fühlen?"

Die Freude, die die Entdeckung der Macht mit sich brachte,

war für Rey nur von kurzer Dauer. Ihre Sinne übernahmen wieder die Kontrolle. „Da ist noch etwas anderes. Ein machterfülltes Licht, blendend grell."

„Das ist der erste Jedi-Tempel. Die Konzentration des Lichts."

„Aber da ist *noch etwas* anderes." Vor ihrem geistigen Auge sah sie ein Loch im Fels, umringt von rötlichem Moos. „Unterhalb der Insel. Ein Ort, erfüllt von Dunkelheit. Er ist kalt ... Er ruft nach mir!"

Eine neue Dringlichkeit erfüllte Lukes Stimme. „Widersetze dich, Rey! Kämpf dagegen an!"

Doch das konnte sie nicht. Die Dunkelheit verschluckte sie. Sie vernahm ein Brüllen, spürte ein Beben. Der Boden bewegte sich, und am Himmel explodierte eine Supernova von Sternen. Eine Fontäne schoss aus einer unterirdischen Höhle empor. Jemand rief ihren Namen. Luke? Wo war er? Sollte er nicht auch hier sein, bei ihr, in der Macht, die doch angeblich alles und jeden miteinander verband?

„Rey ... *Rey!*"

Ihre Vision endete mit Schmerzen. Luke sorgte mit einer Ohrfeige dafür, dass sie wieder zu sich kam. Sie rang würgend nach Luft und zitterte. Sie war durchnässt, als wäre sie wirklich unter Wasser gewesen. „Dieser Ort", sagte sie, als ihr schließlich wieder einfiel zu atmen, „hat versucht, mir etwas zu zeigen ..."

Luke ließ sie ihre Erklärung nicht zu Ende bringen. „Du bist direkt in die Dunkelheit gegangen. Er machte dir ein Angebot – und du hast nicht mal *versucht,* dem zu widerstehen." Er machte auf dem Absatz kehrt und marschierte auf die Höhle hinter ihnen zu.

Rey rappelte sich mühsam von dem Felsen auf. „Ich habe alles gesehen – die Insel ... und jenseits davon spürte ich die Sterne singen. Ich dachte, mein Herz würde explodieren, aber ... Aber ich habe *Euch* nicht gesehen – gar nichts von Euch, weder Licht noch Dunkelheit." Selbst in diesem Augenblick, als sie direkt vor ihm stand, konnte sie ihn nicht spüren. Warum nicht? War er etwa kein Jedi-Meister? Sollte er nicht eigentlich heller scheinen als alles andere? „Ihr habt Euch von der Macht abgewandt", stellte Rey schließlich fest, als ihr klar wurde, dass Luke sich nicht nur vor dem Rest der Galaxis versteckte. Er versteckte sich ausgerechnet vor dem, was sein Schicksal bestimmte.

Doch ihre Anschuldigung fiel auf taube Ohren. „Ich sah diese rohe, ungebändigte Kraft nur einmal zuvor", raunte Luke. „In Ben Solo. Damals hat es mir nicht genug Angst gemacht – jetzt schon." Er ging in die Höhle.

Rey verharrte auf dem Felsvorsprung, noch immer starr vor Verblüffung. Sie bemerkte die Risse im Boden um sich herum. Ein Brocken der Felswand war abgebrochen und in die See gestürzt. Wann war denn das passiert? Hatte sie etwa irgendwie einen Erdrutsch ausgelöst? Sie schaute zum Eingang der Höhle hinüber und kehrte ihr dann den Rücken zu.

11. KAPITEL

Mit Poes Hilfe verschafften Finn und Rose sich Zutritt zu einem Minitransporter und ließen die *Raddus* hinter sich, ohne dass Vizeadmiral Holdo etwas davon mitbekam. Die Steuergondel war so klein, dass die Erste Ordnung sie nicht erfassen konnte. Dies ermöglichte ihnen, in den Hyperraum zu springen, ohne irgendwelche Aufmerksamkeit auf sich zu ziehen. Sie wurden nicht verfolgt und trafen genau nach Plan im Cantonica-System ein.

Wobei, eine Abweichung vom Plan gab es doch: Neben der Toilette entdeckte Finn einen blinden Passagier. „Beebee-Acht! Was machst du denn hier?"

Der Droide rollte in die Hauptkabine und piepste unschuldig.

Rose, die an der Tür stand, zog beim Anblick des Droiden eine Augenbraue in die Höhe. „Auf uns aufpassen?" Sie sah Finn an. „Wir befinden uns im Anflug. Schnall dich an!"

Finn starrte BB-8 finster an. „Wie sagt man ‚Dafür wird Poe mich umbringen' in deiner Piepssprache?" Eigentlich hätte BB-8 Poe an Bord der *Raddus* zur Seite stehen sollen, anstatt zu versuchen, sie wie ein zu klein geratener Babysitter zu beaufsichtigen. Der Droide gab schnippisch etwas zurück, von dem Finn wusste, dass es am besten unübersetzt blieb.

Finn folgte Rose ins Cockpit, wo der Planet Cantonica vor ihnen im Sichtfenster zu erkennen war. Ein mittelgroßer Ozean verlieh der ansonsten grauen, von Wüsten bedeckten Welt zumindest einen Spritzer Blau. Ihr Ziel befand sich entlang der sichelförmigen Meeresküste: die blinkenden Lichter von Canto Bight.

„Es ist ein furchtbarer Ort, an dem sich die schlimmsten Leute der Galaxis rumtreiben", klärte Rose Finn auf. Sie verriet ihm nicht, woher sie das wusste. Stattdessen verwandte sie den Rest des Sinkflugs darauf, Finn beizubringen, wie man einen Minitransporter landete. Das Resultat ihrer Bemühungen war eher ein halbwegs kontrollierter Absturz als eine Landung. Zum Glück schaffte Finn es, am Strand herunterzugehen, sodass der Sand den Großteil des Aufpralls auffing.

Als sie von Bord gingen, fing ein Abednedo in einem weißen Gewand an, sich darüber aufzuregen, dass sie an einem öffentlichen Strand gelandet waren. Sie ignorierten ihn und folgten dem Bürgersteig eilends in die Stadt.

Finn erkannte schnell, dass Rose' Einschätzung von Cantonicas Hauptstadt falsch war. Auf ihn machte Canto Bight alles andere als einen furchtbaren Eindruck. Tatsächlich handelte es sich dabei vielmehr um einen der erstaunlichsten Orte, den er je besucht hatte.

In der Bucht trieben Segelschiffe und Jachten schimmernd im Sonnenuntergang. Luxuriöse Landgleiter brausten über die Küstenstraßen hinweg. Die Hotels am Ufer boten den Wohlhabenden und gut Vernetzten romantische Rückzugsmöglichkeiten. Und jene, die sich keinen Meerblick leisten konnten, hatten kaum einen Block weit entfernt die Chance, das dafür nötige Vermögen zu gewinnen. Die Prachtmeile, in der sich die berühmten Casinos von Canto Bight drängten, glitzerte wie eine Schatulle mit Edelsteinen, wobei jedes Etablissement die anderen in puncto Extravaganz zu übertrumpfen suchte.

Da Maz keine konkreten Angaben dazu gemacht hatte, wie sie diesen Meister-Codeknacker finden konnten, betraten sie kurzerhand die größte Spielhölle, auf die sie stießen: das Canto-Casino. Das Casino war ein Palast für das Spiel mit hohen Einsätzen, in dem Millionen von Credits auf alles Mögliche gesetzt wurden, von Glücksrädern über Zinbiddle-Turniere und Pongobungo-Karten bis hin zu Blobrennen. Auf einer Nebenbühne spielten Musiker aktuelle Hits, während Kellner und Kellnerinnen den Zockern kostenlose Drinks servierten, und sämtliche Gäste waren in der angesagtesten Mode gekleidet.

Finn war hocherfreut. „Dieser Laden ist großartig!"

Rose teilte seinen Enthusiasmus nicht. „Laut Maz erkennen wir diesen Meister-Codeknacker an einer roten Plomblüte am Revers. Los, suchen wir ihn, und dann nichts wie weg hier!"

Finn folgte ihr und bemerkte, dass BB-8 hinter ihnen herrollte. Ein Amphibienwesen mit Monokel, Frack und Fliege rülpste von dem Fusel, den es trank, und hielt den kugelförmigen Droiden fälschlicherweise für einen Glücksspielautomaten. Es stopfte eifrig Creditchips in den Datenschlitz von BB-8 und wunderte sich darüber, dass nichts geschah. Finn machte sich keine Sorgen um den Droiden. BB-8 würde sie schon wiederfinden. Der Astromech war schon mit Schlimmerem fertig geworden als einem betrunkenen Spieler.

Rose marschierte schnellen Schrittes durch das umtriebige Casino und suchte die Revers der Leute ab. Finn indes verwandte mehr Zeit darauf, die Gäste selbst in Augenschein zu nehmen. Obgleich sein Wissen über die Populärkultur eher beschränkt war, erkannte sogar er einige dieser Wesen, die zu den Reichsten und Berühmtesten der Galaxis gehörten.

Ein lautes Brüllen lenkte Finn vom Studieren der Leute ab, und das durchdringende Rumpeln, das darauf folgte, ließ ihn und Rose unwillkürlich zurückweichen. Zum Entzücken der Gäste galoppierte eine Schar langohriger Kreaturen mit noch längeren Beinen an der Panoramafensterwand vorbei.

Rose' Augen weiteten sich. „War das etwa das, was ich denke?" Ohne weitere Erklärungen eilte sie durch einen Türbogen und verließ den Spielsaal.

Finn fand sie draußen auf dem Balkon. Unter ihnen lieferten sich die anmutigen, vierbeinigen Geschöpfe ein Wettrennen auf einer runden Rennstrecke, angetrieben von Jockeys, die auf ihren Rücken saßen, während die Zuschauer auf den Tribünen sie anfeuerten. „Was sind das für Dinger?"

Rose sah die Kreaturen voller Ehrfurcht an. „Fathiere! Als wir Kinder waren, waren das die Lieblingstiere meiner Schwester. Ich hab noch nie ein echtes gesehen. Sie sind so wunderschön."

Finn spähte durch ein Elektrofernglas, das am Balkongeländer angebracht war. Die vergrößerte Ansicht zeigte ihm, wie majestätisch die Fathiere waren. Sie hielten ihre gelbbraunen Köpfe hoch erhoben und liefen mit vornehmer Anmut, obwohl ihre Jockeys sie mit Elektrogerten antrieben. Finn fragte sich, warum sie dem Zauber von Canto Bight so abfällig gegenüberstand, wenn sie die Schönheit dieser Kreaturen so bewunderte? „Also, hier ist es echt wundervoll. Ich mein, komm schon … Warum hasst du das hier so sehr?", fragte er.

Rose blickte finster drein. „Meine Schwester und ich wuchsen in einem armen Minensystem auf. Die Erste Ordnung plünderte unser Erz, um ihre Armeen zu finanzieren. Dann haben sie ihre Waffen an uns getestet. Sie nahmen uns alles, was wir hatten." Rose ließ den Blick über die vornehm gekleideten Zuschauer schweifen. „Und was glaubst du, wer *diese* Leute hier sind? Es gibt nur ein Geschäft in der Galaxis, mit dem man so reich wird."

„Krieg", sagte Finn düster.

Rose nickte. „Indem man Waffen an die Erste Ordnung verkauft. Indem man sich am Leid anderer bereichert. Damals, bei uns zu Hause ..." Sie hielt inne und umklammerte das Medaillon, das an ihrer Kette hing. „Ich wünschte, ich könnte mit meiner Faust diese elende, wunderschöne Stadt zerschmettern."

BB-8 kam angerollt und machte ein Getöse mit den Creditchips, die im Innern seines runden Körpers klimperten. Er blieb vor Rose stehen und stieß eine Reihe schneller Piepslaute aus.

„Eine rote Plomblüte?" Rose schaute sich um. „Wo? *Au!*"

Finn hatte sie angestoßen, um ihre Aufmerksamkeit zu erregen, und deutete auf einen adretten Menschen mit zurückgegeltem Haar, der an einem der Tische saß, an denen mit hohen Einsätzen gespielt wurde. Am Revers seines weißen Dinnerjackets prangte eine Blume mit purpurroter Blüte.

„Der Meister-Codeknacker", flüsterte Rose.

Finn begriff sofort, warum Maz von dem Mann so hingerissen war. Von allen eleganten Spielern im Casino war er der eleganteste. Er strahlte die Aura einer magnetischen Ladung aus. Bewunderer – vor allem weibliche – drängten sich um ihn, um zu erröten, wann immer er ihnen auch nur zuzwinkerte. Er strahlte Selbstvertrauen aus wie ein paarungswilliger Hutt, und ungeachtet der unvorstellbaren Summen Credits auf dem Tisch hantierte er mit den Würfeln, als wäre das Ganze bloß eine Formalität und sein nächster großer Gewinn bereits garantiert.

In diesem Moment tauchte der Abednedo vom Strand vor ihnen auf. „Das sind die Typen!“, sagte er.

Ein Hochspannungsstromstoß in den Rücken hinderte Finn daran, irgendwelche Fragen zu stellen. So also war es, von Canto Bights Polizei verhaftet zu werden.

Während man Finn Handschellen anlegte, streifte der Meister-Codeknacker ihn mit einem beiläufigen Blick. Doch dann wandte der Mann sich ab und warf unter dem Jubel seines Publikums seine Würfel.

12. KAPITEL

Vom Fenster seines Bereitschaftsraums aus verfolgte Kylo Ren die emsige Geschäftigkeit unten im Hangar der *Supremacy*. Sturmtruppeneinheiten gingen an Bord von Angriffsshuttles. Piloten schnallten sich in ihren TIE-Jägern an. Bodenpersonal befestigte Droidenläufer mit Magnetarretierungen an den Seiten von Transportern. Und inmitten all dieses Treibens stand Captain Phasma in ihrer makellos blitzenden Chromrüstung, während der rot gesäumte Umhang ihr von einer Schulter hing.

Es ging das Gerücht, dass Saboteure Phasma auf der Starkiller-Basis überwältigt und in eine Müllpresse geworfen hatten. Doch selbst wenn daran etwas Wahres war, war schon mehr als eine Müllpresse nötig, um die Laufbahn einer Soldatin ihres Kalibers zu beenden. Obgleich sie sich normalerweise auf die Seite von General Hux schlug, war Ren froh darüber, dass sie nicht ihr vorzeitiges Ende gefunden hatte. Phasma würde die Streitkräfte der Ersten Ordnung anführen, um den Widerstand auszulöschen, wo immer er es schließlich wagen würden, ihnen ein letztes Mal die Stirn zu bieten. Nicht mehr lange, und der Sieg gehörte ihnen.

Allerdings gab es da noch eine andere Widersacherin, die

eliminiert werden musste. Die Schrottsammlerin. Dieses Mädchen. Rey.

Wieder spürte Ren das Kribbeln ihrer Gegenwart, wie Spinnweben, die er nicht aus dem Kopf bekam. Er hatte keine Ahnung, warum oder auf welche Weise sie miteinander verbunden waren. Das Mädchen schien nicht mächtig genug zu sein, um auf diese Art zu kommunizieren. Das änderte jedoch nichts daran, dass zwischen ihnen eine Verbindung existierte. Dabei war es nicht von Belang, dass Rey sich auf der anderen Seite der Galaxis befinden konnte. Die Macht war nicht an die Beschränkungen von Raum, Entfernung oder Zeit gebunden. Er spürte, dass sie im Regen stand, in der Nähe des ramponierten Schrotthaufens von einem Schiff, der einst Han Solo gehört hatte. Seine Nasenflügel bebten vor Verachtung.

Als Rens Verstand in ihren eindrang, dachte sie gerade an jemand Bestimmten: an diesen abtrünnigen Sturmtruppler, der die Erste Ordnung verraten und Ren auf der Starkiller-Basis angegriffen hatte. FN-2187. Der, den sie Finn nannte. Sie sorgte sich um ihn – so sehr, dass sie ihren barbarischen Wookiee-Freund dazu veranlasst hatte, eine Nachricht an den Widerstand zu schicken, um sich nach seinem Wohlergehen zu erkundigen, und nun daran dachte, noch eine weitere zu senden, weil sie bislang keine Antwort erhalten hatte. Ren lachte. Er war derjenige gewesen, der den Schlag geführt hatte, durch den Finn so schwer verletzt worden war. Er hoffte, der Verräter würde sterben.

Als das Mädchen Rens Präsenz wahrnahm, zischte sie: „Mörderische Schlange!"

Nun, wo sie ihm Beachtung schenkte, festigte sich das Band

zwischen ihnen. Sie konnte ihn sehen, und Ren sah sie, als würden sie sich an ein und demselben Ort befinden. Er trat auf sie zu. Regentropfen rannen ihr Gesicht hinab.

„Du kommst zu spät“, sagte Rey. „Du hast verloren. Ich hab Skywalker gefunden.“

„Und was soll das ändern?“, fragte Ren mit einem Achselzucken. „Hat er dir erzählt, was passiert ist? In der Nacht, als ich seinen Tempel zerstörte … Sagte er dir, warum?“

„Ich weiß alles über dich, was ich wissen muss!“

„Tust du das?“ Ren dachte nach. „Ja, du tust es … Du hast diesen Ausdruck in deinen Augen – wie bei unserem Duell in dem Wald, als du mich ein Monster genannt hast.“

Rey rührte sich nicht vom Fleck. „Du *bist* ein Monster.“

„Ja“, sagte er. „Das bin ich.“ Ren unterbrach die Verbindung und öffnete die Augen. Er war wieder allein, im Bereitschaftsraum. Doch die Erkenntnis darüber, was er war, hallte in seinen Gedanken nach. Ein Monster. Ja, er war tatsächlich zu einem Monster geworden.

Feuchtigkeit ließ seine Narbe kribbeln. Er wischte sich übers Gesicht und registrierte, dass sein Handschuh ebenfalls nass war, so als wäre er dort draußen bei Rey gewesen. Er ballte die Hand zur Faust, um die Nässe auszuwringen.

Um die Erinnerung an den Kontakt mit Kylo Ren abzuschütteln, beschloss Rey, sich zu verausgaben und mit ihrem Stab zu trainieren, wie sie es so oft auf Jakku getan hatte. Sie fasste einen zerklüfteten, aufrecht stehenden Felsen ins Auge und hieb mit beiden Enden des Stabes darauf ein. Sie duckte sich weg, parierte und sprang hin und her, als würde sie sich einem echten Gegner gegenübersehen – als würde sie sich Kylo Ren gegenübersehen.

Nachdem sie eine Weile trainiert hatte, gönnte sie sich eine kurze Ruhepause. Ihr Blick fiel auf ihre Tasche, die dort auf dem Boden lag, wo sie sie fallen gelassen hatte. Der Griff von Lukes Lichtschwert ragte daraus hervor. Sie musterte den Felsen und dann wieder den Schwertgriff. Ihr kam in den Sinn, dass sie, wenn sie tatsächlich die Künste der Jedi meistern wollte, auch den Umgang mit dem Lichtschwert beherrschen musste. Sie konnte sich nicht allein auf reines Adrenalin verlassen, um fähigere Widersacher wie Kylo Ren zu bezwingen.

Rey legte ihren Stab beiseite und nahm den Schwertgriff auf. Sie drückte den Aktivierungsknopf, sodass die Klinge ausfuhr, und bewunderte den hellblauen Energiestrahl. Die Waffe in ihrer Hand wog so gut wie nichts. Dieses Lichtschwert hatte in der jüngsten galaktischen Historie eine große Rolle gespielt, und hier war sie und hielt es in Händen, als wäre es ihr eigenes.

Sie schwang das Schwert und setzte ihr Duell mit der Felssäule fort. Sie schlug zu und blockte die Klinge eines unsichtbaren Gegners ab, sorgsam darauf bedacht, dabei nicht den Stein selbst zu treffen. Wie Luke es ihr beigebracht hatte, konzentrierte sie sich auf ihre Atmung und öffnete sich mit allen Sinnen ihrer Umgebung. Irgendwann spürte sie, wie die Macht auf subtile Weise ihre Bewegungen zu leiten begann, als wäre sie eine Tänzerin, die sich im Takt der Musik wiegte.

„Beeindruckend."

Lukes Stimme riss Rey unvermittelt ins Hier und Jetzt zurück. Ihre Klinge zischte durch die Luft und bohrte sich in den Stein, um den Felsen sauber in zwei Hälften zu teilen. Die obere Hälfte stürzte herunter und rollte den Hang hinab, um weiter unten in einen Radkarren zu krachen. Die beiden Hüterinnen, die mit dem Karren unterwegs waren, starrten finster zu ihr empor.

Rey zuckte zusammen und schaltete das Lichtschwert aus. Das war nicht ihre Absicht gewesen.

Luke stand hinter ihr. Sie hatte das Gefühl, dass er sie schon seit einer ganzen Weile beobachtete. Mit einem Winken bedeutete er ihr, ihm zu folgen.

Sie stiegen die Bergtreppe hoch, um auf den Meditationsvorsprung zurückzukehren. Diesmal jedoch gab er ihr keine Rätsel oder Atemanweisungen. Stattdessen führte er sie durch den Eingang in die Höhle, die zuvor nach ihr „gerufen" hatte, und wies ihr den Weg in den Jedi-Tempel.

Der Eingangsbereich weitete sich zu einer geräumigen Kammer. Rey folgte Luke zu einem Wasserbecken in der Mitte der Höhle, umgeben von einer niedrigen Mauer. „Ich habe dir gezeigt, dass du die Jedi nicht brauchst, um die Macht zu nutzen", sagte Luke. „Warum glaubst du, brauchst du den Jedi-Orden?"

Rey brauchte nicht erst über ihre Antwort nachzudenken. „Damit er gegen die zunehmende Dunkelheit kämpft. Die Jedi haben tausend Generationen lang den Frieden bewahrt." Aus dem spiegelgleichen Becken blickte ihre Reflexion zu ihr auf, während sich Lukes Stirn bei ihren Worten in Falten legte. „Und ich sehe Euch an, dass jedes Wort, dass ich gerade gesagt habe, falsch ist."

Lukes Tonfall wurde ernst. „Lektion zwei. Jetzt, da sie ausgerottet sind, werden die Jedi romantisiert, mystifiziert und verehrt wie Götter. Doch nimmt man die Mythen beiseite und betrachtet ihre Taten, ist das Vermächtnis der Jedi Versagen, Heuchelei, Überheblichkeit …"

„Das ist nicht wahr!", protestierte Rey. Auf Jakku hatte sie die alten Geschichten studiert, ja, sie hatte sogar einen Gutteil ihrer Essensrationen an Händler bezahlt, um alles über die Jedi zu erfahren, was sie wussten. Einige der Jedi mochten vielleicht Lügner und Heuchler gewesen sein, doch wie konnte man ihnen angesichts der Tatsache, dass sie die Galaxis so lange beschützt hatten, Versagen vorwerfen?

Luke indes wurde mit jedem Wort ernster. „Auf dem Höhepunkt ihrer Macht erlaubten sie Darth Sidious, sich zu erheben, ein Imperium auszurufen und sie zu vernichten. Es war ein Jedi-Meister, der verantwortlich war für die Ausbildung und die Erschaffung von Darth Vader."

„Und durch einen Jedi ist er gerettet worden", hielt Rey dagegen. Ihrer Meinung nach ging Luke ein bisschen zu streng mit den Jedi und sich selbst ins Gericht. Den Geschichten zufolge hatte seine Jedi-Ausbildung ihn dazu befähigt, den Imperator zu besiegen und Darth Vader vor seinem Tod dazu zu bringen, der dunklen Seite der Macht zu entsagen. „Vader war vielleicht der meistgehasste Mann der Galaxis, doch Ihr habt den Konflikt in ihm gefühlt. Ihr habt an das Gute in ihm geglaubt – daran, dass er bekehrt werden könnte."

„Und ich wurde zu einer Legende", sagte Luke mit einem Seufzen. „Viele Jahre gab es ein Gleichgewicht. Ich nahm keinen Padawan an, und die Dunkelheit erhob sich nicht. Und dann sah ich Kylo …" Er zögerte, bevor er sich korrigierte. „Ich sah Ben, meinen Neffen, mit diesem mächtigen Skywalker-

Blut. Überheblich, wie ich war, dachte ich, ich könnte ihn ausbilden, könnte meine Stärken an ihn weitergeben. Ich dachte, dass ich vielleicht doch nicht der letzte Jedi wäre." Sein Blick wanderte fort von dem Becken. „Han ...", sagte er. „Han hatte wie üblich ein ganz mieses Gefühl dabei. Er hätte es vorgezogen, wenn sein Sohn statt mit einem Lichtschwert mit einem Blaster umzugehen lernt. Aber Leia vertraute mir ihren Sohn an. Ich nahm ihn und ein Dutzend anderer Schüler und gründete einen Ausbildungstempel. Als mir schließlich klar wurde, dass ich keine Chance hatte gegen die Dunkelheit, die in ihm erwuchs, war es bereits zu spät."

„Was ist passiert?", fragte Rey. Diesen Teil der Geschichte kannte sie nicht. Das tat niemand.

Lukes Blick bohrte sich in die Schatten, die in der Höhle dräuten. Einige Sekunden verstrichen, bevor er schließlich weitersprach. „Eines Nachts ging ich in sein Schlafquartier, um zu sehen, ob ich die Sache irgendwie doch noch zum Guten wenden könnte." Seine Stimme klang angespannt. „Er erwachte und sah mich dort stehen, und dann ... explodierte die Dunkelheit in ihm. Er nutzte die Macht, um die Decke auf mich stürzen zu lassen. Ich wurde eingeklemmt, konnte mich nicht rühren, und es dauerte eine ganze Weile, bis es mir gelang, mich aus den Trümmern zu befreien. Er muss gedacht haben, ich sei tot." Luke kam zurück zum Becken, dessen Wasser ruhig und klar war. „Als ich wieder zu mir kam, stand der Tempel in Flammen. Er verschwand mit einer Handvoll meiner Schüler – die übrigen hatte er abgeschlachtet."

Seine Geschichte rief gewisse Erinnerungen in Rey wach. Sie erinnerte sich an die Vision, die sie auf Takodana gehabt hatte, von Luke, der in einem schwarzen Umhang vor einem brennenden Bauwerk kniete und seine künstliche Hand auf R2-D2s Kuppel legte. Das brennende Gebäude musste der Tempel gewesen sein, den Luke errichtet hatte.

Luke stieß einen tiefen Atemzug aus. „Leia gab Snoke die Schuld, aber es war meine. Ich hatte versagt. Und das nur, weil ich Luke Skywalker war, Jedi-Meister … eine *Legende*."

Rey konnte seine Seelenqual spüren, durchsetzt von Selbstzweifeln. „Ihr habt Kylo nicht hintergangen. Kylo hat *Euch* hintergangen." Sie richtete ihren Blick auf Luke. „*Ich* werde das nicht tun."

Der Wind pfiff durch den Höhleneingang. Doch als Rey lauschte, hörte, nein, *fühlte* sie, dass an diesem Geräusch mehr dran war als eine subtile Veränderung der Brise. Hatte Kylo Ren sie so schnell gefunden? Sie eilte aus der Höhle, hinaus auf den Vorsprung. Auf dem Meer vor der Insel trieb ein halbes Dutzend hölzerner Boote. Das war nicht die Erste Ordnung. Die Erste Ordnung würde niemals in etwas so Primitivem anrücken.

Luke kam heraus und blieb hinter ihr stehen. „Das ist ein Stamm von einer Nachbarinsel. Einmal im Monat kommen sie her, um das Dorf der Hüterinnen zu überfallen, zu plündern und zu brandschatzen."

Wie um seine Worte zu bestätigen, steuerten die Boote auf die Küste zu. Doch Rey verspürte keinerlei Erleichterung darüber, dass es sich nicht um Verbündete der Ersten Ordnung handelte. Die Hüterinnen konnten sie vielleicht nicht leiden, doch ihrerseits wünschte sie ihnen nichts Schlechtes. Sie wollte nicht, dass ihnen etwas zustieß. „Wir müssen sie aufhalten!", sagte sie. „Kommt mit!"

Luke rührte keinen Muskel. „Weißt du, was ein wahrer Jedi-Ritter in diesem Moment tun würde?" Er machte eine kleine Pause, wie um seiner Antwort mehr Gewicht zu verleihen. *„Gar nichts."*

Seine Gleichgültigkeit erschütterte sie. Dies war nicht die rechte Zeit für eine weitere Lektion. Es war an der Zeit, etwas zu unternehmen! Die Boote landeten bereits unten am Ufer. „Sie werden den Hüterinnen etwas antun! Wir müssen ihnen helfen!"

„Wenn du den Plündertrupp aufhältst, werden sie nächsten Monat mit noch mehr Leuten und noch mehr Gewalt wiederkommen. Und was dann? Bist du nächsten Monat auch da, um sie zu beschützen?"

Was spielte das für eine Rolle? Sie war *jetzt* hier, und sie konnte etwas tun, um Unrecht zu verhindern. Sie würde nicht einfach untätig zusehen. Es erzürnte sie, dass Luke – ein Jedi-Meister – so etwas auch nur in Erwägung zog.

„Dieses Brennen in dir, dieser Zorn beim Gedanken daran, was die Plünderer anrichten könnten", sagte Luke. „In den Büchern der Jedi-Bibliothek steht, dass man dieses Gefühl ignorieren soll. Dass man nur eingreifen soll, wenn man das Gleichgewicht bewahren kann. Selbst wenn das bedeutet, dass Leute verletzt werden."

Das war mit das Dümmste, das Rey je gehört hatte. Wenn das sinnbildlich für die Weisheit der Jedi stand, dann wollte sie damit nichts zu tun haben. Sie sprang von dem Felsvorsprung hinunter und schlitterte den Hang hinab.

„Warte, Rey!", rief Luke.

Irgendwie gelang es ihr, auf dem steilen Pfad nicht auszurutschen. Im Zickzack eilte sie die Felsen hinunter, bis sie das untere Ende der Treppe erreichte. Das Dorf befand sich unmittelbar hinter den seichten Gezeitentümpeln. Aus dem Gemeinschaftsbereich drang Kreischen und Schreien zu ihr herüber. Rey zog das Lichtschwert aus der Tasche, aktivierte die Klinge und lief, so schnell sie konnte, durch das flache Wasser. Als sie beim Dorf anlangte, stürzte sie sich in eine Schar von Hüterinnen und stieß einen Kampfschrei aus, das Lichtschwert hoch erhoben.

Das Kreischen verstummte sofort. Große Augen blinzelten Rey an, und sie wich einige Schritte zurück. Die „Plünderer" waren Männer derselben Spezies wie die Hüterinnen. Doch statt zu plündern und zu brandschatzen, tanzten und tranken sie mit ihren Gefährtinnen. Luke hatte sie belogen. Das hier war überhaupt kein Überfall. Sie war in eine Wiedersehensfeier geplatzt!

Die Männer und Frauen hießen sie mit Gejohle und Hurras willkommen. Auf selbst gebauten Instrumenten wurden schrille Töne gespielt. Das Jungvolk wedelte mit Büscheln von leuchtendem Seegras. Selbst Chewbacca und R2-D2 knurrten und piepsten sie an, während sie einige Hüterinnen im Hintergrund bei ihren Festivitäten anfeuerten.

Rey tat ihr Bestes, um ihre Verlegenheit zu verbergen, und winkte mit ihrem Lichtschwert, als würde sie sie begrüßen. Alle drehten vollkommen durch.

Rasch war die Party in vollem Gange, auch wenn Rey sich nicht wirklich daran beteiligte. Es gelang ihr, sich davonzuschleichen und unter dem Vordach einer Hütte Zuflucht zu suchen. Dort ließ sie den Blick über das Meer schweifen, während der

Mond höher stieg, und schmorte in ihrer eigenen Verärgerung. Wie konnte Luke ihr das nur antun? Sah er in ihr nichts weiter als eine törichte Närrin? Scherte er sich denn wirklich um niemanden als um sich selbst?

Ein schwaches Licht schien durch den Stoff ihrer Tasche. Sie öffnete sie und holte das Peilsenderarmband hervor, das sie darin verstaut hatte, um es sicher zu verwahren. Im Sonnenschein wäre das Licht kaum zu sehen gewesen, doch in der Dunkelheit strahlte das Armband ein sanftes Glühen aus, das ihr neuen Mut schenkte. Leia hatte ihr erklärt, wenn der Sender dunkel wurde, sei das ein Zeichen dafür, dass Rey nicht zurückkommen sollte. Dass das Licht noch leuchtete, bedeutete, dass der Widerstand noch existierte.

Rey dachte an Leia, die Rey in den wenigen gemeinsamen Tagen auf D'Qar gezeigt hatte, was es hieß, eine gute Mutter und eine starke Frau zu sein. Dann dachte sie an Finn, an den ersten wahren Freund, dem sie seit langer Zeit begegnet war. Hatte er sich mittlerweile von seinen Wunden erholt? Dachte er vielleicht genauso sehr an sie wie sie an ihn?

Mit einem Mal fühlte sie sich selbstsüchtig, weil sie ihn alleingelassen hatte, um nach Ahch-To zu fliegen, nachdem er auf der Starkiller-Basis sein Leben riskiert hatte, um sie zu retten. Falls ihm etwas zustieß, während sie fort war, würde sie sich das niemals verzeihen.

Als Rey hörte, wie sich jemand näherte, legte sie den Peilsender in die Tasche zurück. Sie wusste, ohne hinzusehen, wer es war, und sofort kehrte ihr Zorn darüber, dass er sie an der Nase herumgeführt hatte, zurück. „Plündern und brandschatzen, hm?", meinte sie.

„Jedenfalls in gewisser Weise", sagte Luke.

„Ich dachte wirklich, die Hüterinnen seien in Gefahr. Ich wollte etwas unternehmen!"

„Dann solltest du dich vielleicht fragen, was der Widerstand *wirklich* braucht. Denn die kläglichen Überbleibsel einer alten, gescheiterten Religion sind es mit Sicherheit nicht."

Rey wandte sich an diese traurige Gestalt in ihrem schmutzigen Gewand. „Die Legende von Luke Skywalker, die Ihr so sehr hasst", sagte sie. „Ich habe daran geglaubt. Doch das war ein Fehler." Es schmerzte, diese Worte auszusprechen, weil sie sich dabei fühlte, als würde sie ihre Vergangenheit und ihre Träume verleugnen. Doch in diesem Moment entsprachen sie der Wahrheit. Sie ging davon, ohne zurückzuschauen, bis Luke bloß noch ein vager Schemen im Mondschein war.

13. KAPITEL

Rose umklammerte die Gitterstäbe der Gefängniszelle, in die die Polizei von Canto Bight sie und Finn ohne viele Umschweife gesteckt hatte. „Das Ganze ist ein großer Fehler. Wir haben nichts verbrochen."

Der Mann, der vor der Zelle Wache stand, verdrehte die Augen. „Ihr habt mit einem Shuttle eine Bruchlandung auf einem öffentlichen Strand hingelegt."

Es ärgerte Rose, dass er es eine „Bruchlandung" nannte. Gewiss, sie hätte Finn besser beibringen müssen, wie man den Minitransporter landet, und selbst dann hätten sie vielleicht ein Loch im Sand hinterlassen, doch zumindest war er intakt geblieben. „Was, haben wir etwa den Sand kaputt gemacht? Man kann Sand nicht kaputt machen! Hey, wir haben nichts …"

Die Wache ging den Korridor hinunter, ohne ihr zuzuhören, und ließ sie allein.

Während Rose von den Stäben zurücktrat und in der Zelle auf und ab ging, versuchte Finn sein Glück mit dem Schloss der Zellentür. Er drückte willkürlich irgendwelche Tasten auf der Codetafel, schlug ein paarmal mit der flachen Hand auf den Schließmechanismus ein und stocherte dann mit einem Fingernagel im Schlüsselloch herum.

„Na, das ist ja super gelaufen", meinte Rose. „Und wie geht's jetzt weiter?"

Das Schloss brummte, und einen Moment lang glaubte sie, dass er es tatsächlich geschafft hatte, doch dann klappte eine Metallplatte über das Tastenfeld, um unbefugtem Zugriff vorzubeugen, und Finn gab es auf. „So jedenfalls nicht", brummte er missmutig.

„Die Flotte fliegt nur noch mit heißer Luft", sagte Rose besorgt. „Ohne einen Codeknacker, der uns auf Snokes Sternenzerstörer bringt, ist der Widerstand erledigt. Selbst wenn die uns morgen hier rauslassen und wir diesen Meister-Codeknacker wirklich finden, geht unseren Schiffen vorher der Treibstoff aus! Was machen wir bloß?"

„Keine Ahnung", gestand Finn. „Hast du zufällig was für einen Ausbruch dabei? Sonst ist unser Plan gescheitert." Er seufzte.

Da ertönte hinter ihnen eine heisere Stimme. „Ich krieg das hin." Die Zelle war groß, und in einer der dunklen Ecken erhob sich ein Fremder von einer quietschenden Pritsche. Er war ein Mensch in mittleren Jahren, auch wenn er ebenso gut als eine der riesigen Ratten durchgegangen wäre, die Rose auf dem Marsch durch das Gefängnis in den Gängen umherhuschen gesehen hatte. Er trug einen schäbigen ledernen Staubmantel über zerlumpter Kleidung und kratzte sich ziemlich ungeniert am Hintern. Die Schnürsenkel seiner Stiefel waren zusammengebunden, was es ihm erlaubte, sie sich um den Hals zu hängen. „'tschuldigung, aber ich konnt nicht verhindern, mit anzuhören, was ihr da alles erzählt habt – sehr laut, während ich versucht hab zu schlafen. Codeknacken? Ausbruch?" Er hob zwei schmutzverkrustete Daumen, um auf sich selbst zu deuten. „Ich krieg das hin."

„Wir reden hier nicht von 'ner kleinen Nummer", sagte Finn. „Das ist ein bisschen was anderes als Taschendiebstahl."

Ihr Zellengenosse gluckste bei sich. „Lass dich von der Verpackung nicht täuschen, mein Freund. Die Codes der Ersten Ordnung und ich, wir kennen uns schon ewig. Und wenn der Preis stimmt, dann bring ich euch rein ... in des alten Mannes S-Snokes B-Boudoir."

„Danke, aber wir haben alles im Griff", meinte Rose.

Der Mann zuckte die Schultern, als würde ihn das nicht weiter kümmern.

„Abgesehen davon", sagte Finn. „Wenn du so ein toller Codeknacker bist, was machst du dann hier drin?"

„Bruder, das ist der einzige Ort in der ganzen Stadt, wo ich 'ne Runde pennen kann, ohne mir Gedanken wegen der Cops machen zu müssen." Er nahm eine Stoffkappe vom Bett und setzte sie sich verwegen schief auf den Kopf. Daran war ein kleines silbernes Schild mit rostigen Rändern angeheftet, auf dem in Großbuchstaben die Worte DON'T JOIN – NICHT ANSCHLIESSEN – standen. „Lasst mich mal einen Blick auf das Schloss werfen."

Finn trat beiseite, als der selbst ernannte Dieb und Meister-Codeknacker zur Tür hinüberschlurfte und sich daran zu schaffen machte. Mit einem metallenen Klacken schwang sie auf, und er marschierte hinaus, als wäre überhaupt nichts dabei.

Rose sah Finn erstaunt an – dann heulten Alarmsirenen los. Als sie hastig die Zelle verließen, konnten sie den Codeknacker draußen nirgendwo entdecken, darum drehten sie sich um und liefen den Gang hinunter. Aus den Zellen, an denen sie vorbeieilten, riefen andere Gefangene nach ihnen. Weitere Sirenen ertönten.

Eine knisternde Stimme drang aus den Lautsprechern: „Ein Ausbruchsversuch! Die Ausgänge verriegeln! Alle Mann ausschwärmen!"

Hinter und vor ihnen leuchteten Glühstäbe auf, die mit jeder Sekunde näher kamen. Die Wachen rückten auf sie vor. Da stieß Rose mit dem Stiefel gegen etwas Metallisches. In den Boden war ein Eisengitter eingelassen. Mit vereinten Kräften gelang es ihr und Finn, es frei zu ruckeln. Ein gewaltiger Gestank stieg aus dem Loch empor, so grässlich, dass sie sich Mund und Nase zuhalten musste. Doch ihnen blieb keine andere Wahl. Entweder stiegen sie dort hinunter, oder man würde sie erwischen. Und wenn man sie erwischte, würde man sie an einen Ort bringen, der wesentlich schlimmer war als das städtische Abwassersystem.

Rose packte die oberste Sprosse und kletterte hastig ins Zwielicht hinunter. Bevor Finn ihr nach unten folgte, versuchte er, das schwere Gitter wieder an Ort und Stelle zu rücken, doch es rührte sich nicht, ganz gleich, wie sehr er sich auch anstrengte, darum ließ er das Loch unbedeckt und kletterte rasch die Leiter hinab.

Im ersten Moment wussten sie nicht recht, welche Richtung sie einschlagen sollten, und stritten darüber, doch dann zwangen Echos über ihnen sie dazu, sich zu entscheiden. Anstatt dem Abwasserkanal bis zu seinem Abfluss zu folgen, stapften sie die leichte Schräge des Tunnels hinauf.

Finn musste sich bücken, um sich nicht den Kopf anzuschlagen. „Das ruft Erinnerungen wach – unangenehme Erinnerungen“, meinte er, während sie durch den Modder wateten. „Ich habe einen ganzen Ausbildungszyklus damit verbracht, das Abfallsystem der Starkiller-Basis zu reinigen.“

Rose tat ihr Bestes, um nur durch den Mund zu atmen. „Du hast Fußböden gewischt, Abwasserkanäle geschrubbt ... Ich dachte, du warst Sturmtruppler?“

„So hat die Erste Ordnung uns zu Sturmtrupplern gemacht. Entweder lernst du zu kämpfen – oder du schrubbst den Rest deines allzu kurzen Lebens Dreck vom Boden.“

Je weiter sie gingen, desto grässlicher wurde der Gestank, sodass Rose bald das Gefühl hatte, jeden Moment ohnmächtig werden zu müssen. Sie verlor schon fast das Bewusstsein, als sie schließlich auf eine andere Leiter stießen. Rose kletterte hinter Finn die Sprossen hoch, froh darüber, dem Abwasserkanal den Rücken zu kehren – bloß um festzustellen, dass der Ort, an den sie nun gelangt waren, nicht viel besser roch.

Sie befanden sich in den Ställen der Rennstrecke, wo die prächtigen Fathiere in schäbigen Boxen gehalten wurden. Eines der Tiere schob seine Schnauze durch die Öffnung seines Verschlages, um an ihnen zu schnüffeln. Das Geschöpf trug noch immer den Sattel vom abendlichen Rennen.

Ohne auf den Gestank zu achten, trat Rose geradewegs auf das Tier zu, um es zu streicheln. Dann jedoch bemerkte sie einen hageren, halb verhungerten Stallburschen, der sie ängstlich ansah. Er ließ den Besen fallen, mit dem er den Stall fegte, und langte nach dem Alarmknopf an der Wand.

„Nein, nein, nein!“, rief Finn.

„Wir sind vom Widerstand!“, sagte Rose. Als Beweis dafür,

wem ihre Loyalität galt, legte sie den kleinen Hebel an ihrem Ring um, der aufglitt, um das Sternenvogelsymbol der alten Rebellenallianz zu enthüllen.

Der Junge zog die Hand vom Alarmknopf zurück. Langsam breitete sich ein Lächeln in seinem Gesicht aus, und Rose lächelte zurück. Aufregung und Tumult draußen verhinderten eine förmlichere Begrüßung. Die Wachleute waren ihnen dicht auf den Fersen. Der Stallbursche öffnete das Gatter und gab dem Fathier einen Klaps auf den Steiß. Das Tier senkte seine Hinterbeine auf den Boden. Rose stieg zuerst auf, dann Finn. Ein weiterer sanfter Hieb auf die Kehrseite, und das Fathier setzte sich in Bewegung und trottete auf ein Doppeltor zu, das auf die Rennstrecke führte.

„Woher wusstest du, dass der Junge uns helfen würde?", fragte Finn.

„Auf meiner Heimatwelt gibt es viele wie ihn, deren Familien von der Ersten Ordnung zerstört wurden. Die meisten unterstützen heimlich den Widerstand."

Das Tor vor ihnen öffnete sich genau in dem Moment, als hinter ihnen ein lautes Krachen ertönte. Die Polizei von Canto Bight verschaffte sich gewaltsam Zugang zum Stall und stürmte herein. „Da sind sie!", rief der Captain.

Der Junge schenkte Rose ein Grinsen und betätigte ein Tastenfeld. Jede Box im Stall sprang auf. Die Fathiere sprinteten in die Freiheit und hielten die Polizisten so von Rose und Finn fern.

Das Fathier mit Rose und Finn schoss auf die Rennstrecke hinaus. Sie hielt sich am Hals des Tieres fest, während Finn ihre Hüfte umklammerte. Die Kreatur hatte so schnell beschleunigt, dass der Sturz von seinem Rücken einen gebrochenen

Hals oder ein kaputtes Rückgrat bedeutet hätte – sofern sie nicht von der Herde totgetrampelt würden, die dicht hinter ihnen folgte.

Über ihnen sausten Polizeigleiter umher, deren Scheinwerfer den Nachthimmel erhellten. Sie waren so gebaut, dass sie gut in der Enge der Stadt manövrieren konnten, und die Fahrer waren mittels eines Sicherheitsgeschirrs mit den Kontrollarmaturen verbunden, während vier horizontale Stabilisatoren für das nötige Gleichgewicht sorgten. Geschütze an den zentralen Pylonen der Gleiter nahmen sie ins Visier.

Doch das Fathier, auf dem Rose und Finn ritten, war kein einfältiges, dummes Geschöpf. Sich der Gefahr, in der sie schwebten, wohl bewusst, schnüffelte das Tier und raste dann von der Rennbahn fort und mit einem Sprung durch das Panoramafenster des Casinos.

Rose hielt sich die Hände vors Gesicht, als überall um sie herum Glas zersplitterte. Das Fathier preschte durch die Cocktaillounge, krachte gegen die Bar und führte die Herde in wildem Galopp quer durch das Casino. Spieltische wurden von Hufen umgeworfen. Glücksräder lösten sich von ihren Ständern. Credits regneten aus zerstörten Glücksspielautomaten. Die Reichen und Berühmten liefen um ihr Leben.

Das Fathier trug Rose und Finn durch ein weiteres Fenster an der Vorderseite des Casinos. Diener stoben auseinander, als die Herde in einer irrsinnigen Stampede durch die Stadtmitte preschte und dabei Luxuslandgleiter, Café-Stühle und alles andere umwarf, das ihr in die Quere kam. Die Polizei setzte die Verfolgung in der Luft fort, doch ihre Suchscheinwerfer und Repulsoren konnten nicht mit den Fathieren mithalten.

Rey reist auf den abgelegenen Planeten Ahch-To, um Jedi-Meister Luke Skywalker davon zu überzeugen, sich dem Widerstand anzuschließen. Doch es fällt ihr nicht leicht, bei Luke Gehör zu finden.

General Leia Organa führt den Widerstand gegen die Erste Ordnung an und hofft, dass ihr Bruder Luke sich ihrer Sache anschließt.

Bomber des Widerstands greifen die Flotte der Ersten Ordnung an.

Poe Dameron ist ein mutiger Held des Widerstandes, der sich dem Kampf gegen die Erste Ordnung verschrieben hat.

BB-8 ist ein treuer Astromechdroide, der es immer wieder schafft, in äußerst brenzlige Situationen zu geraten.

Kylo Ren folgt weiter seinem Pfad zur dunklen Seite der Macht und steht in Diensten der Ersten Ordnung, …

… die von dem mächtigen und angsteinflößenden Obersten Anführer Snoke befehligt wird.

Finn und Wartungstechnikerin Rose Tico unternehmen eine Geheimmission zum glamourösen Planeten Canto Bight.

Rey wird von der Macht zu einem mysteriösen Baum auf Ahch-To geführt …

… dort findet sie die ursprünglichen Schriften der Jedi, die von Luke bewacht werden.

Captain Phasma führt Sturmtruppler der Ersten Ordnung gegen den Widerstand.

General Leia versucht Poe beizubringen, was es heißt, ein guter Anführer zu sein.

Rose und ihre Schwester mussten früher sehr unter der Ersten Ordnung leiden. Rose versucht alles, um anderen dieses Schicksal zu ersparen.

Chewbacca schließt Freundschaft mit den niedlichen Porgs vom Planeten Ahch-To.

Kylo wundert sich über seine starke Macht-Verbindung zu Rey.

Vizeadmiral Holdo hat einen Plan für den Widerstand. Doch Poe stellt ihn in Frage.

Luke kann es kaum glauben, dass Yoda den Baum mit den alten Jedi-Schriften darin zerstört.

Rey und Kylo Ren kämpfen Seite an Seite gegen Snokes Prätorianergarde. Doch wie lange wird diese Allianz dauern?

Die Herde donnerte eine Gasse entlang, ehe die Fathiere über die Dächer der Gebäude in einem tiefer gelegenen Teil der Stadt hinweggaloppierten. Ihre Hufe pulverisierten ein Sonnendach, und die gesamte Schar brach durch in eine dampferfüllte Sauna, in der sich eine bunte Ansammlung verschiedener Spezies tummelte, einige mit Handtüchern bedeckt, andere nicht. Alle schwitzten. Als sie auf den feuchten Fliesen Halt fanden, richteten sich die Fathiere rasch auf und jagten aus dem Gebäude ins Freie hinaus – sie verloren nur wenig von ihrem Schwung, als sie über das Kopfsteinpflaster der Straßen jagten.

Rose atmete den Wind tief ein. „Yie-ha!“ Das war ja sogar noch besser, als sie es sich immer erträumt hatte. Ihre Schwester hätte es geliebt.

Finn hingegen stöhnte vor Entsetzen, als ihr Fathier schnurstracks auf die Ufermauer zulief.

Nur Sekundenbruchteile vor dem scheinbar unvermeidlichen Zusammenprall sprang das Fathier an der Spitze über die Mauer hinweg, und die Herde tat es ihm gleich. Sie landeten auf dem Strand und galoppierten am Rande des mondbeschienenen Ozeans dahin. Sand spritzte unter ihren Hufen empor.

Von den Gleitern, die ihnen auf den Fersen waren, schossen Energiestrahlen auf sie zu. Eins der Fathiere wurde getroffen. Das Tier strauchelte und stürzte, doch die Stampede stoppte nicht, sondern die Fathiere rannten nur noch schneller.

Der Strand endete an einem Steilufer. Genau wie zuvor bei der Mauer, rannte die Herde direkt darauf zu, doch um die Klippen einfach hochzuspringen, dafür waren sie zu hoch. Stattdessen bohrten sich die Hufe der Geschöpfe in den Boden, und dann kletterten sie die Seite der Steilwand hinauf. Rose umklammerte den Hals des Fathiers so fest, wie sie nur konnte, während Finn ihr fast allen Atem aus der Lunge presste.

Als sie zu einem Felsvorsprung gelangten, liefen die Fathiere in einer Reihe hintereinander weiter, damit sie um das Steilufer herumkamen. Doch die Kletterpartie hatte sie langsamer gemacht, was es den Polizeigleitern erlaubt hatte aufzuholen. Eins nach dem anderen stürzten die Fathiere von der Klippe, getroffen von den Waffen der Gleiter.

„Das ist der reinste Schießstand!", sagte Finn. „Bring uns hier weg!"

So wie sie es bei den Heldinnen in Holofilmen gesehen hatte, zog Rose sanft an der Mähne des Fathiers, um die Kreatur nach rechts zu dirigieren. Das Tier gehorchte und galoppierte einen steilen Felspfad hinauf, der zu einer Wiese führte, die übrige Herde folgte dicht dahinter.

Grasland war das natürliche Terrain der Fathiere, sodass die schnellen Geschöpfe die Polizei in diesem Umfeld rasch wieder abhängten. Doch Rose konnte es nicht ertragen, dass nur wegen ihnen noch mehr Fathiere niedergemäht wurden. Sie schnalzte mit der Zunge und zog von Neuem an der Mähne, darauf vertrauend, dass die Jockeys auf Cantonica ihre Reittiere mit denselben Gesten und Befehlen kontrollierten, wie man es auf Otomok tat. Sie hatte Glück. Während der Rest der Herde nach links abdrehte, rannte das Reittier von Rose und Finn nach rechts. Wie Rose gehofft hatte, blieben die Suchscheinwerfer der Polizeigleiter auf sie gerichtet, anstatt den anderen Fathieren zu folgen.

„Sie lassen die Herde in Ruhe!", rief Rose. „Wenn es uns jetzt noch gelingt …"

„*Vorsicht, Klippe!*", brüllte Finn da mit einem Mal so laut, wie seine Lunge es zuließ.

Das Fathier stoppte abrupt in einem Gestöber aus aufgewirbelter Erde und warf sie ab. Rose schlug auf dem Boden auf, doch das weiche Gras bewahrte sie vor gebrochenen Knochen. Als sie und Finn wieder auf den Füßen standen, stellten sie fest, dass sie sich am Rande eines gewaltigen Abgrunds befanden. Hunderte Meter weiter unten wogte der Ozean. Die andere Seite der Schlucht – falls es eine gab – blieb in der Dunkelheit verborgen.

Die Polizeigleiter kamen näher, ihre Scheinwerfer wurden zusehends heller. „Also, ich finde, das war's aber wert", sagte Finn. „Die Stadt zu verwüsten. Ihnen zu schaden."

Rose wusste, dass Finn bloß versuchte, dieser üblen Situation etwas Positives abzugewinnen, doch in diesem Moment galt ihre einzige Sorge dem Fathier, das sie hierher gebracht hatte. Sie löste den Sattel vom Rücken des Tieres. „Danke!" Dann versetzte sie dem treuen Geschöpf einen behutsamen Klaps, und es galoppierte davon, um zu seiner Herde zurückzukehren. „*Jetzt* war's das wert."

Hinter ihnen ertönte ein lautes Surren. Rose drehte sich um, schon drauf und dran, die Hände zu heben, um sich zu ergeben, als sie das Schiff sah, das vor ihr aus dem Abgrund in die Höhe stieg. Es war eine schnittige Raumjacht mit zwei Repulsorlenklappen am Bug, die Art von Schiff, die man sonst nur in Rennmagazinen sah – der Traum eines jeden mit genug Geld. Dieses Schiff konnte nur jemandem gehören, der ... „Der Meister-Codeknacker?" An der Außenhülle öffnete sich eine Luke, und die Kuppel eines Astromechs lugte heraus.

„Beebee-Acht!“, rief Finn. „Fliegst du etwa dieses Ding?“

Der Droide schalt sie in Binärsprache dafür, ihn einfach in dem Casino zurückgelassen zu haben.

„Nein, wir wären schon noch zurückgekommen, um dich zu holen“, versicherte Finn ihm, ohne die näher kommenden Gleiter aus den Augen zu lassen. „Jetzt komm schon, sei nicht beleidigt und hol uns an Bord!“

Hinter BB-8 tauchte ihr ehemaliger Zellengenosse mit der Kappe auf. „Ah, da seid ihr ja. Wollt ihr vielleicht mit? Dann sagt einfach die Zauberworte.“

„Ähm … bitte?“, stammelte Finn.

Der Dieb legte die Stirn in Falten. Rose wusste, dass es nicht unbedingt gute Manieren waren, die Männer wie ihn antrieben. „Du bist engagiert“, sagte sie.

Das waren tatsächlich die Zauberworte. Der Mann fuhr die Rampe hinunter, und sie kletterten an Bord. Noch bevor sich die Luke zur Gänze geschlossen hatte, schoss die Jacht bereits an den Polizisten vorbei auf eine Höhe, die Luftgleiter nicht erreichen konnten – hinauf zu den Sternen.

14. KAPITEL

„Chewie, mach das Schiff startbereit. Wir verschwinden von hier." Rey sprach in ihr Komlink, während sie denselben Pfad zurückmarschierte, der sie am Tag ihrer Ankunft hier zu Luke geführt hatte. Jetzt würde sie auf diesem Wege zum *Millennium Falken* und dann zum Widerstand zurückkehren. Sie hatte alles versucht, was in ihrer Macht stand, um den halsstarrigen Luke Skywalker dazu zu bringen, mit ihnen zu kommen. Doch diese Mühe hätte sie sich ebenso gut sparen können. Eine dunkle Präsenz erzeugte bei ihr ein Kribbeln im Hinterkopf wie schon zweimal zuvor. Sie biss die Zähne zusammen. „Das sollte ich jetzt lieber nicht machen."

„Ja, ich auch nicht", sagte Kylo Ren.

Beim Klang seiner Stimme wirbelte sie auf dem Ansatz herum. „Warum hast du deinen Vater gehasst?"

„Weil er ein willensschwacher Narr war", knurrte Ren.

Rey sah ihn in seinem Quartier an Bord eines Sternenzerstörers stehen, ohne Hemd, sein Oberkörper so weiß wie gebleichte Knochen. Einen Moment lang wandte sie verlegen den Blick ab, auch wenn die Vision durch die Macht zu ihr kam – weggucken nützte nichts. „Gib mir eine ehrliche Antwort. Du hattest einen Vater, der dich geliebt hat. Du hast ihm was bedeutet."

„Ich habe ihn nicht gehasst."

Seine Lüge machte sie wütend. „Wieso hast du ihn dann umgebracht? Ich versteh's nicht."

„Nein?", sagte Ren mit einem Lachen. „Deine Eltern haben dich weggeworfen wie Abfall."

„Das ist nicht wahr!", widersprach Rey.

„Oh doch, genau das haben sie getan. Aber du kannst trotzdem nicht aufhören, sie zu vermissen. Das ist deine größte Schwäche. Du siehst sie überall – in Han Solo, jetzt in Skywalker."

Rey wollte protestieren, doch sie wusste nicht, was sie sagen sollte. Denn ausnahmsweise hatte Kylo Ren recht. Nachdem sie Finn, Han Solo und Chewbacca getroffen hatte, war sie nicht nach Jakku zurückgekehrt, um dort auf ihre Eltern zu warten, so wie sie andauernd behauptet hatte, dass sie es tun würde. Stattdessen war sie bei Han geblieben, der sie unter seine Fittiche genommen hatte. Und selbst nachdem Kylo Ren ihn ermordet hatte, war sie nicht zurückgegangen. Vielmehr war sie nach Ahch-To geflogen und hatte ihre Freunde – wie Finn und Poe – zurückgelassen, um sich jemand anders zu suchen, der sie unterweisen würde. Ihr wurde klar, dass sie selbstsüchtig war – denn sie suchte nach mehr als nur nach einem Mentor. Sie suchte nach Eltern.

Rens Lippen verzogen sich zu einem Lächeln. Er wechselte das Thema und kam auf Luke zu sprechen. „Hat er dir erzählt, was damals passiert ist, in jener Nacht?"

„Ja", sagte sie. Doch sie bezweifelte, dass Luke ihr jede Einzelheit anvertraut hatte – und sie wusste, dass Ren ihre Zweifel spüren konnte.

„Nein, hat er nicht", sagte Ren.

Eine neue Vision befiel Rey, die Kylo Rens Unterkunft im Jedi-Tempel zeigte. Ren schlief auf einer Pritsche, in ein unheilvolles grünes Leuchten getaucht. Luke Skywalker, in eine schwarze Robe gehüllt, ragte über ihm auf, mit einem Lichtschwert in der Hand. Das Gesicht des Jedi-Meisters war nicht so alt und verbraucht, wie Rey es kannte, sondern gequält und verzerrt zu einer Fratze – zur Fratze eines Monsters. Luke senkte sein Lichtschwert, um den Jungen zu töten! Doch Ren war bereits erwacht und ließ sein eigenes Lichtschwert durch die Luft zu sich schnellen. Mit seiner blauen Klinge parierte er Lukes grüne. Die Schwerter trafen surrend aufeinander. Energie schlug Funken. Ren streckte die andere Hand zur Decke empor, die sogleich bebte, Risse bekam und dann über Luke Skywalker einstürzte, um ihn unter den Trümmern zu begraben.

„Lügner!", sagte Rey und schüttelte die Vision ab. Vielleicht hatte Luke ihr nicht die ganze Wahrheit erzählt, aber er war kein Mörder. Oder doch?

„Lass die Vergangenheit sterben", sagte Kylo Ren. „Töte sie, wenn du musst. Das ist der einzige Weg, deine Bestimmung zu erfüllen."

Sein Bild und seine Präsenz verschwanden aus Reys Bewusstsein. Seine Worte jedoch hallten in ihr nach wie Salz in einer Wunde. Sie spürte ein neuerliches Ziehen in der Macht, weiter unten, am Fuß der Klippen, doch in der Richtung, die dem *Falken* entgegengesetzt war. Rey widersetzte sich diesem Ziehen nicht, stattdessen ging sie geradewegs darauf zu. Sie war entschlossen, so viele der Geheimnisse wie möglich zu ergründen, die Luke ihr vorenthalten wollte, solange sie auf dieser Welt war.

Nach einer Weile gelangte Rey zu einem großen Loch im

Boden. An den Rändern wuchs dunkles Moos. Es war dasselbe Loch, das sie in ihrer Vision gesehen hatte, als sie mit Luke trainiert hatte. Dies war ein Ort der Dunkelheit. Sie beugte sich vor und berührte das Moos. Es war schwammig und feucht und lieferte ihr nicht den geringsten Hinweis darauf, was sich dort unten befand. Sie schaute sich um. Sonst wuchs auf dieser Felsebene nur wenig.

Plötzlich rutschte sie mit dem Fuß aus. Es gelang ihr nicht, das Gleichgewicht zurückzugewinnen. Das Moos unter ihr teilte sich, und sie fiel in das Loch, in die Dunkelheit. Mit einem Spritzen landete sie in einem Wassertümpel. Keuchend und schnaubend paddelte sie zu einer Felszunge hinüber. Sie konnte von Glück sagen, dass sie nicht ertrank. Auf Jakku hatte Schwimmunterricht nicht unbedingt zu ihren Prioritäten gehört.

Rey zog sich auf den Vorsprung hoch und erkannte, dass sie sich in einer Höhle befand, vermutlich unterhalb des Meeresspiegels. Und vor ihr stand – durchnässt bis auf die Knochen, das Haar wirr und durcheinander vom Sturz – niemand anders als sie selbst. Sie brauchte einen Moment, um zu begreifen, dass ihr Doppelgänger bloß ein Spiegelbild von ihr war. Das Obsidiangestein, aus dem die Höhlenwände bestanden – von Jahrhunderten der Erosion glatt geschliffen –, war wie ein gebogener Spiegel. Auf der glasartigen Oberfläche sah sie auch nicht nur ein einziges Abbild von sich selbst, sondern unendlich viele Reflexionen, die zu einem Punkt in der Mitte der Höhle hin strebten.

Als Rey den Kopf drehte, wandten auch die Spiegelbilder einen Moment später ihre Köpfe, wie um ihrem Beispiel zu folgen. Sie schnippte mit den Fingern, und die Reflexionen taten dasselbe, eine nach der anderen. Jede Bewegung, die sie machte, wurde exakt wiederholt, wenn auch ein wenig zeitverzögert. Im Spiegel schienen all ihre Abbilder genauso zu sein wie Reys physisches Selbst. Es war, als bestünde sie aus einer unendlichen Zahl von Einzelteilen, wäre zugleich jedoch ein einzelnes Ganzes.

Vielleicht hatte Luke ja das gemeint, als er von der Macht sprach. Die Macht war wie ein Spiegel, der das Äußere *und* das Innere widerspiegelte, um im Paradoxon des Lebens alles mit sich selbst zu verbinden. Doch da war noch etwas anderes. Irgendwo in dieser Kette von Spiegelbildern lag das Geheimnis ihrer Vergangenheit verborgen, das Geheimnis um ihre Eltern. Das hatte sie in ihren Albträumen gesehen. Nun musste sie tief in sich selbst hineinblicken, um dieses Geheimnis zu ergründen. „Zeig sie mir", sagte sie. „Zeig mir, wer sie sind! Bitte!"

Sie streckte eine Hand nach dem dunklen Glas aus. Auf der Oberfläche breitete sich Nebel aus, der sich auflöste, um unvermittelt anstelle von Tausenden Spiegelbildern nur noch ein einziges zu zeigen. Die Hand von Reys Spiegelbild folgte der Bewegung von Reys physischer Hand. Ihre Finger näherten sich einander, vermochten es jedoch nicht, sich vollends zu berühren – das Gestein der Höhlenwand hinderte sie daran.

Rey ließ ihre Hand sinken. Nun beherrschten wieder die Tausend anderen Reflexionen das Obsidian und senkten ihre Hände ebenfalls. Das einzige Geheimnis, das der Spiegel ihr offenbarte, war, dass sie trotz ihrer unzähligen Spiegelbilder letzten Endes vollkommen allein war. Sie schloss die Augen – und obwohl sie sie nicht länger sehen konnte, stellte sie sich vor, wie ihre Abbilder dasselbe taten. Zumindest ihre Tränen waren real.

15. KAPITEL

Ahch-To hatte zwei Sonnen, aber nur einen Mond. In jener Nacht hing er riesig und voll am Himmel, und sein unheimliches Licht ließ den Regen auf dem Bergvorsprung des Tempels glitzern, auf dem Luke stand. Er legte seine Hände auf den Meditationsstein, auf dem Rey einige Stunden zuvor gesessen hatte. Noch immer konnte er sie dort fühlen – winzige Körnchen und Partikel ihrer Präsenz trieben in den Strömungen der Vergangenheit. Doch sie war es nicht, um die er sich sorgte. Seine Gedanken galten jemand anders.

Luke schloss die Augen und atmete tief durch. Das Prasseln der Regentropfen und das Rauschen der Wellen, die weiter unten gegen die Felsen schlugen, erfüllten ihn mit innerer Ruhe, als er sich von der Macht dorthin führen ließ, wohin er musste. Vor seinem geistigen Auge sah er Leia, die auf einem Sternenkreuzer im Bett lag, angeschlossen an medizinische Geräte. Sie war dem Tode nahe – ihr Leben hing allein an der Macht.

Die mentale Berührung ihres Bruders ließ Leia zu sich kommen. „Luke?"

Ihre Präsenz in der Macht wurde heller. Die Anzeigen der Geräte zeigten eine Zunahme der Lebenszeichen, und Luke bemühte sich, die Verbindung zu seiner Schwester aufrechtzuerhalten. Es war lange her, seit er zuletzt mit ihr kommuniziert hatte, und sie hatten sich auseinandergelebt – nicht bloß als Geschwister, auch in der Macht. „Leia", sagte er und übertrug so viel von seiner eigenen Kraft auf sie, wie er nur konnte, bevor die Verbindung zwischen ihnen vollends abbrach.

Als Luke die Augen wieder öffnete, sah er die Dinge mit neu gewonnener Klarheit. Nicht die Galaxis brauchte ihn, sondern seine Schwester. Sie war verletzt. Er eilte hinunter ins Dorf, sein Gewand durchweicht vom Sturm. „Du hattest recht, Rey!", rief er lauthals. „Ich komme mit dir ... Rey?"

Niemand antwortete ihm, doch in der Türöffnung ihrer Hütte schimmerte ein Licht. Stimmen waren zu hören.

Luke ging zu ihrer Tür hinüber und schaute hinein. Rey saß auf dem Boden und sprach mit jemandem, den Luke nicht sehen konnte.

„Ich dachte, ich würde hier Antworten finden", sagte sie. „Ich hab mich geirrt. Selbst in all diesen Jahren in der Wüste von Jakku habe ich mich nie so allein gefühlt wie jetzt."

„Du bist nicht allein."

Beim Klang der zweiten Stimme verkrampfte sich Luke. Er hörte sie durch die Macht. Ben Solo – oder Kylo Ren, wie er sich selbst nun nannte – kommunizierte mit Rey.

„Genauso wenig wie du", entgegnete Rey. „Es ist noch nicht zu spät." Sie streckte eine Hand aus und krümmte die Finger, als würde sie die Hand ihres Gegenübers ergreifen.

In diesem Moment stürmte Luke in die Hütte, um ihre gemeinsame Vision zu unterbrechen. Die Macht offenbarte ihm, dass sein in Ungnade gefallener ehemaliger Schüler Reys Hand in der seinen hielt, als hätten die beiden ein Bündnis miteinander geschlossen. „Hör auf!" Lukes Hand schnellte in Richtung der Wände und der Decke der Hütte. Mit einem Mal schossen sämtliche Steinblöcke nach außen, als würden sie von einer gewaltigen Explosion in ihrer Mitte fortgeschleudert.

Ben sah Luke an und verschwand. Dort, wo Rey eben noch Bens Hand gehalten hatte, umfassten ihre Finger bloß noch leere Luft. Sie sprang auf, nass von dem Regen, der nun hereinströmte, da das Dach der Hütte fortgerissen worden war. „Ist es wahr? Habt Ihr versucht, ihn umzubringen?"

„Verlass diese Insel! *Sofort!*" Luke drehte sich um und marschierte davon. Er würde einen anderen Weg finden, um Leia zu helfen. Er konnte dem Mädchen nicht trauen.

„Nein, bleibt stehen! Sagt mir die Wahrheit!"

Luke blieb nicht stehen. Dass dieses Mädchen die Frechheit besaß, auch nur … Er stürzte zu Boden, sein Hinterkopf dröhnte vor Schmerz. Sie hatte ihm von hinten einen Schlag mit ihrem Stock verpasst! Luke rollte durch den Dreck und schaute mit pochendem Schädel hoch.

Rey ragte über ihm auf und schwang ihren Stab. „Habt Ihr es getan? Habt Ihr Kylo Ren erschaffen, indem Ihr versucht habt, Ben zu töten?"

Luke verdrängte den Schmerz und rappelte sich wieder auf. Er wollte davonschlurfen, doch Rey holte erneut aus. Aber diesmal war er bereit. Er öffnete sich der Macht, riss einen Blitzableiter vom Dach einer Hütte und ließ ihn in seine Hand fliegen, um Reys Angriff damit zu parieren, ehe er sie von den Füßen stieß.

Rey richtete sich unverzagt wieder auf und wirbelte ihren Stab herum, um einen weiteren Treffer zu landen. Ihre Waffen trafen aufeinander, um mit jedem Hieb mehr und mehr in eine

Art Rhythmus zu verfallen. Ihre Aggressivität überraschte den Jedi im selben Maße wie ihr Kampfgeschick, und es gelang ihr, ihn zurückzutreiben.

Doch Lukes Zurückweichen war kein Zeichen für seine Niederlage. Stattdessen blockte er ihre Attacken ab und ließ das andere Ende des Blitzableiters nach unten sausen, um ihr damit den Stab aus der Hand zu schlagen. Dieser entglitt ihr auch und landete ein paar Schritte entfernt. Nun war sie unbewaffnet – aber das blieb sie nicht lange.

Rey ließ sein altes Lichtschwert aus ihrer Tasche zu sich schnellen, aktivierte es und schlug zu. Die blaue Klinge teilte den Blitzableiter in zwei Hälften, und Luke ging taumelnd zu Boden. Sie hielt das Lichtschwert auf ihn gerichtet, Regen verdampfte zischend auf der Energieklinge. Doch sie schlug nicht zu. Stattdessen deaktivierte sie das Schwert. „Sagt mir die Wahrheit!", forderte sie.

Die Anstrengung des Kampfes ließ Luke keuchen. Er wusste, dass er nicht mehr länger an der Vergangenheit festhalten konnte. Und er war nicht Obi-Wan Kenobi. Er konnte die Dinge nicht „von einem gewissen Standpunkt aus" betrachten – mit diesen Worten hatte sein erster Jedi-Lehrmeister die Halbwahrheiten entschuldigt, die er Luke über seinen Vater erzählt hatte. Luke hingegen war außerstande, so zu lügen. „Ich sah Dunkelheit", erklärte er. Er konzentrierte seine Gedanken auf die schreckliche Erinnerung, die er niemals abschütteln konnte, auf jenen schicksalshaften Moment, als er damals Bens Unterkunft betreten hatte. Er erinnerte sich daran, wie er die Hand über seinen schlafenden Neffen hielt und dann die Augen schloss, um Bens Bewusstsein zu ergründen. „Ich spürte, wie sie in ihm erwuchs. Ich sah es in kurzen Momenten während seiner Ausbildung. Doch dann blickte ich tiefer in ihn hinein – und was ich sah, war jenseits meiner Vorstellungskraft."

Grässliche Gedanken, die nicht Lukes eigene waren, stiegen in ihm auf wie brodelnde Lava. Ben schrie, Ben kreischte, Ben tötete, Ben verwandelte sich. Ein blaues Lichtschwert, das durch ein knisterndes rotes ersetzt wurde.

Dennoch hielt Luke an der Erinnerung fest, sosehr es ihn auch schmerzte. „Snoke hatte sein Herz bereits bekehrt. Er würde Zerstörung, Schmerz und Tod bringen – das Ende von allem, das ich liebte – durch das, was er werden würde, und nur für einen kurzen Augenblick, aus einem reinen Instinkt heraus, dachte ich wirklich, ich könnte es aufhalten."

In der Erinnerung löste Luke sein Lichtschwert vom Gürtel. Er aktivierte es und betrachtete die grüne Energieklinge, jedoch ohne sie zu heben, um den tödlichen Schlag zu führen, auch wenn er diese Option einen Moment lang durchaus in Erwägung gezogen hatte. Ben lag vollkommen wehrlos auf seiner Pritsche.

„Doch dieser Moment verstrich wie ein flüchtiger Schatten", fuhr Luke fort, „und ließ mich zurück mit Scham."

Ben erwachte und sah Luke, sein Lichtschwert umklammernd, über sich stehen. Als er erkannte, was Luke für Gedanken hegte, verzog er das Gesicht, und ein Ausdruck nackter Verzweiflung trat in seinen Blick.

„Das Letzte, was ich sah, waren die Augen eines verängstigten Jungen, dessen Meister ihn hintergangen hatte."

Ben ließ sein eigenes Lichtschwert zu sich schnellen und aktivierte es, um anzugreifen. Luke seinerseits riss seine Klinge in die Höhe, um sich zu verteidigen, und die beiden Schwerter trafen knisternd und summend aufeinander.

„Nein, Ben!"

Doch nichts, das Luke sagen oder tun konnte, würde das Vertrauen seines Neffen in ihn je wiederherstellen. Der junge Mann hob eine Hand, und die Decke stürzte ein, um seinen Onkel unter einem Trümmerhaufen zu begraben.

Eine warme Hand auf seinem Arm sorgte dafür, dass Luke aus seinen Erinnerungen in die Gegenwart zurückkehrte. Er war wieder auf Ahch-To, mit Rey, die neben ihm im Schlamm kniete. „Ihr habt ihn nicht hintergangen", sagte sie. „Ihr dachtet, er hätte seine Wahl bereits getroffen. Doch so war es nicht. Es gibt immer noch einen Konflikt in ihm. Wenn er der dunklen Seite entsagt, könnte das das Blatt wenden. Das könnte der Weg sein, wie wir gewinnen!"

Luke schüttelte den Kopf. „Das wird nicht so laufen, wie du dir das vorstellst!"

„Doch, das wird es", widersprach Rey. „Gerade eben, als sich unsere Hände berührten, da sah ich seine Zukunft, so klar, wie ich Euch jetzt vor mir sehe. Wenn ich zu ihm gehe, wird Ben Solo sich bekehren lassen!"

„Ich habe Ben Solo in jener Nacht getötet – vielleicht nicht seinen Körper, aber seine Seele. Jetzt gibt es nur noch Kylo Ren, und er ist stärker, als du ahnst, Rey." Er blickte zu dem Mädchen auf und flehte sie an, auf ihn zu hören. „Tu das nicht!"

Rey stand auf und hielt Luke sein altes Lichtschwert hin, genauso, wie sie es getan hatte, als sie ihm erstmals oben auf den Klippen gegenübergetreten war. Zwar bewunderte er ihre Beharrlichkeit, doch er wusste, dass sie allein nicht genügen würde. Wie es schien, war eine Person niemals genug, um die Dunkelheit zu verbannen. Ja, Luke hatte seinen Vater zurück ins Licht geführt, aber das Böse, das Darth Vader so lange beherrscht hatte, war zurückgekehrt, um Besitz von Lukes Neffen zu ergreifen. Der Kreislauf von Licht und Dunkelheit war unausweichlich, genauso, wie es unausweichlich war, dass der Mond am Ende des Tages Ahch-Tos Sonnen vertrieb.

Luke nahm das Lichtschwert nicht an.

„Dann ist *er* unsere letzte Hoffnung“, sagte Rey. Sie kehrte ihm den Rücken zu und stapfte in Richtung des *Falken* davon.

Luke erhob sich, klopfte sich den Matsch vom Gewand und schüttelte seinen Schmerz ab. Diesmal war er derjenige, der ihr folgte, den Berghang hinab. Doch falls sie seine Schritte vernahm, drehte sie sich nicht um, um ihn zur Kenntnis zu nehmen.

Unten an der Treppe blieb Luke stehen. Von hier aus konnte er Chewbacca im Cockpit des *Falken* erkennen. Der Wookiee entdeckte Luke ebenfalls und bedeutete ihm mit einem Winken, an Bord zu kommen. Doch Luke schüttelte den Kopf. Er hatte Angst, dass der Wookiee womöglich angelaufen kommen würde, um zu versuchen, ihn mit Gewalt ins Schiff zu zerren. Aber Chewbacca fletschte bloß seine Zähne und wandte den Blick von Luke ab, um sich mit den Steuerkontrollen an der Konsole vor dem Co-Pilotensitz zu beschäftigen.

Der *Falke* erwachte brummend zum Leben und bereitete sich auf den Start vor. Wasser strömte in Bächen an den Seiten des Schiffs hinab. Der neugierige R2-D2 suchte unter dem Raumfrachter Zuflucht, um an der Einstiegsrampe auf Rey zu warten, die seine gepiepsten Nachfragen kurzerhand ignorierte und wortlos an Bord des Frachters ging. Ein paar eigensinnige Porgs watschelten hinter ihr her.

Luke wollte sie daran hindern fortzugehen, doch er wusste, dass der Versuch sinnlos gewesen wäre. Hatte er selbst nicht genauso gehandelt, als er seine Jedi-Ausbildung auf Dagobah vorzeitig abgebrochen hatte, um loszuziehen und seine Freunde zu retten? Rey würde ihre Lektionen selbst lernen müssen, wie auch er es damals getan hatte.

R2-D2 rollte hinter Rey her, doch am Fuß der Rampe blieb der Droide stehen, schwang die Kuppel herum und richtete sein Sensorauge auf Luke. *Piep?*

Luke zwang sich zu einem Lächeln. „Danke für alles, alter Freund! Es war richtig von dir, mir diese Nachricht zu zeigen. Richte Dreipeo meine besten Wünsche aus."

Die Rampe fuhr in die Höhe. R2-D2 piepste und wackelte von einem Bein aufs andere. Hätte Luke nicht eine Hand gehoben, wäre der Droide vermutlich von der Rampe gefallen.

„Nein, du musst bei dem Mädchen bleiben. Sorg dafür, dass sie in Sicherheit ist."

Die Rampe fuhr weiter nach oben, und R2-D2 ruckelte weiter hin und her.

Luke hatte Mühe, die Haltung zu wahren. „Möge die Macht mit dir sein, Erzwo."

Das Letzte, was Luke von seinem treuen Gefährten sah, war das Signallämpchen in der Kuppel des Astromechs, das rot im Regen blinkte. Dann, als sich die Einstiegsluke gänzlich schloss, drang ein leises, trauriges Geräusch durch das Grollen der Triebwerke des Raumfrachters. *Piiieeep.*

Luke ließ den Kopf sinken und stieg die Stufen wieder hoch.

Von einer Klippe in der Nähe verfolgte er, wie der *Millennium Falke* in den Wolken verschwand. Regentropfen rannen ihm über den Bart, die Stirn und auch von den Augen herab. Er war zwar den Trümmern des Tempels entkommen, den er erbaut hatte, doch die Bürde der Verantwortung lastete nach wie vor schwer auf seinen Schultern.

16. KAPITEL

Als der Megazerstörer die *Anodyne* und die *Ninka* vernichtete, gelangte Poe blitzartig zu einer zwingenden Erkenntnis. Er musste den Widerstand retten – im Alleingang. Er ging schneller, um zügig zur Notbrücke des Kreuzers zu gelangen. Da die meiste Energie, die sonst die nicht lebenswichtigen Systeme des Schiffs versorgte, zu den Triebwerken umgeleitet worden war, wurde der Korridor allein von der Notbeleuchtung erhellt. Die *Raddus* war dabei, ihre letzten Treibstoffreserven zu verbrauchen, und sobald die Tanks leer waren, würde der Kreuzer unweigerlich langsamer werden, um schließlich von der Armada der Ersten Ordnung zerstört zu werden, genau wie die anderen beiden Schiffe zuvor. Vizeadmiral Holdos Plan – falls sie überhaupt einen hatte – funktionierte nicht.

An der Tür versperrte Commander D'Acy Poe den Weg. „Sie wurden von der Brücke verbannt. Lassen Sie uns keine Szene machen."

„Doch, lassen Sie uns genau das tun." Er schob sich an ihr vorbei auf die Brücke.

Holdo schaute von einem Monitor auf. „Fliegerass!"

Poe salutierte nicht. „Sparen Sie sich das! Wir hatten eine Flotte. Jetzt ist nur noch ein Schiff übrig, und Sie haben uns noch immer nichts darüber gesagt, wie es weitergehen soll. Sagen Sie uns, dass wir einem Plan folgen! Dass es Hoffnung gibt! Bitte!"

Holdo verzog keine Miene. „Als ich unter Leia diente, sagte sie immer: Hoffnung ist wie die Sonne. Wenn du nur an sie glaubst, wenn du sie am Himmel sehen kannst ..."

„... wirst du niemals die Nacht überstehen", brachte Poe den Satz für sie zu Ende. Als er sich dem Widerstand angeschlossen hatte, hatte General Organa ihn mit ebendiesem Sprichwort in ihren Reihen willkommen geheißen.

Auf einem Bildschirm neben ihm erschien das Bild eines eiförmigen Lastschiffs, und mit einem Mal wusste Poe, was sie vorhatte. „Lassen Sie die Transporter betanken? Etwa alle?"

Weder bestätigte Holdo seinen Verdacht, noch verneinte sie ihn.

„Wir verlassen das Schiff?", fragte Poe aufgebracht. „Das ist alles, was Sie draufhaben? Das ist Ihr Plan? Sie Feigling! Diese Transportschiffe besitzen keine Waffen, keine Schilde! Wenn wir diesen Kreuzer aufgeben, war's das. Wir haben dann keine Chance mehr!"

„Captain ..."

Poe ließ sie nicht zu Wort kommen. „Damit verdammen Sie den Widerstand zum Untergang! Sie sind nicht nur ein Feigling – Sie sind eine Verräterin!"

Holdo wandte sich an ihre Sicherheitsoffiziere. „Entfernt diesen Mann von meiner Brücke!"

Die Offiziere packten Poe und schleiften ihn zur Tür hinaus. Er setzte sich nicht zur Wehr. Draußen im Korridor hielt er die Hände in die Höhe und versicherte den Sicherheitsoffizieren, dass er friedlich mit ihnen kommen würde. Aus Respekt vor seiner Person legten sie ihm keine Handschellen an, und er begleitete sie aus freien Stücken zum Hangar. Einige der Transporter hatten Zellen für Gefangene. Wahrscheinlich würde er die letzten Minuten seines Lebens darin verbringen.

Als sie um eine Ecke bogen, traten Lieutenant Connix und eine Gruppe von sechs Sternenjägerpiloten – einer davon Poes Staffelkamerad C'ai Threnalli – vor sie hin, um ihnen den Weg zu versperren. „Von hier an übernehmen wir Dameron", erklärte Connix in einem Tonfall, der keine Widerworte duldete.

Die Sicherheitsoffiziere zogen sich zurück. Keine Blaster wurden gezückt. Connix und ihr Gefolge führten Poe in einen Wartungsraum, wo sie ihm ein Komlink reichten.

„Was hat das zu bedeuten?", wollte Poe wissen.

Eine knisternde Frauenstimme drang aus dem Komlink. „Captain Dameron, sind Sie das?"

Poe brauchte einen Moment, um die Sprecherin zu identifizieren. „Rose?"

„Bleiben Sie dran!" Die Lautstärke ihrer Stimme wurde leiser, als würde sie ihren Kopf zur Seite drehen. „Finn, komm hier rauf! Ich bin zur Flotte durchgekommen. Poe ist in der Leitung!"

Sekunden später war Finn am Kom. „Poe, wir sind unterwegs!"

„Holdo macht die Transporter startbereit. Sie hat vor, den Kreuzer zu verlassen!", erklärte Finn. „Wo seid ihr?"

„Wir sind auf dem Rückweg zur Flotte. Wir sind ganz dicht dran."

„Den Meister-Codeknacker – habt ihr ihn gefunden?", fragte Poe.

„Na ja, wir haben … *einen* Codeknacker gefunden", sagte

Finn ohne viel Zuversicht. „Aber ich verspreche dir, wir können das Ortungsgerät abschalten. Verschaff uns einfach noch ein bisschen mehr Zeit!"

Poe sah Threnalli und die anderen an. Sie waren auf seiner Seite, bereit zu tun, was immer nötig war, um den Widerstand zu retten. „Alles klar", sagte er zu Finn. „Aber beeilt euch!"

Rey zog die Schublade unter dem Krankenbett in der Lounge des *Millennium Falken* heraus. Bevor sie Ahch-To verlassen hatten, hatte sie einige Dinge von der Welt mitgenommen, die ihr wichtig erschienen, und sie in dem Fach verstaut. Sie glaubte, diese Dinge könnten ihr in Zukunft vielleicht einmal von Nutzen sein – ihr oder jemand Ähnlichem, für den Fall, dass sie von dort, wo sie hinwollte, nicht wiederkam. Denn je mehr sie darüber nachdachte, was sie vorhatte, desto mehr beschlich sie die Angst, dass sie *nicht* wiederkommen würde.

Auf dem Flug von Ahch-To ließ sie R2-D2 die Koordinaten, die ihr Binärsender übermittelte, in den Navicomputer einspeisen. Der Droide entgegnete piepsend, dass es gefährlich war, sich an diesen Ort zu begeben. Es lagen Berichte vor, dass sich die Flotte der Ersten Ordnung in dieser Region des Weltraums aufhielt. Doch das bestärkte Rey nur in ihrem Entschluss. Sie musste dorthin, wo Kylo Ren war.

Möglicherweise war das Ganze bloß eine fixe Idee von ihr. Möglicherweise war die Güte, die sie verspürte, als sie Rens Hand berührt hatte, nichts weiter als Wunschdenken. Sie versuchte, ihre Besorgnis vor Chewbacca und R2-D2 zu verbergen, als sie sich in der Rettungskapselbucht des *Falken* versammelten, was sich jedoch als ziemlich schwierig erwies, als sie feststellte, dass die Kapseln Särgen ähnelten. Womöglich unterschrieb sie mit dem, was sie plante, ihr eigenes Todesurteil. „Sobald ich gestartet bin, springst du außer Reichweite. Bleib dort, bis ich dir mein Signal schicke, wo wir uns treffen", wies sie Chewie an.

Der Wookiee jaulte. Er hielt nicht das Geringste von ihrem Plan.

Doch Rey war dankbar, dass Chewie trotzdem nicht versuchte, sie aufzuhalten. Er half ihr, in die Kapsel zu steigen. „Falls du Finn vor mir siehst, sag ihm …" Sie war außerstande, die richtigen Worte zu finden.

Chewbacca nickte bloß und röhrte etwas.

„Ja, perfekt! Sag ihm das." Sie zwängte ihren Körper in das Innere der Kapsel und reckte dann den Daumen in die Höhe.

Chewbacca schloss den Deckel. Der Wookiee schlurfte nach vorn ins Cockpit, doch R2-D2 blieb in der Rettungsbucht. Durch das Fenster der Kapsel sah sie, dass er seinen großen roten Fotorezeptor auf sie gerichtet hatte.

Rey grinste dem Droiden zum Abschied zu. Als der *Falke* den Hyperraum verließ, schoss ihre Kapsel auf die Armada der Ersten Ordnung und ihren Megazerstörer zu. Der *Falke* indes verweilte nicht und jagte mit Lichtgeschwindigkeit wieder davon. Nun hatte Rey es ganz allein mit der mächtigen Ersten Ordnung zu tun.

Rose, die im Pilotensessel der Raumjacht *Libertine* saß, schob den Lichtgeschwindigkeitsregler nach vorn, um den Hyperraum zu verlassen. Rings um sie herum drängten sich Finn, BB-8 und der schnell plappernde Tausendsassa, der sich selbst

DJ nannte – gemäß den Initialen des Slogans auf seiner Kappe. Rose bezweifelte, dass dieser Spitzname das Geringste mit seinem richtigen Namen zu tun hatte, sofern er selbst sich überhaupt noch daran erinnerte, wie er eigentlich hieß. Doch er hatte sie gerettet, deshalb verzichtete sie darauf, ihn mit bohrenden Fragen zu löchern.

Allerdings erkundigte Rose sich nach der Jacht, mit der sie unterwegs waren, woraufhin BB-8 ihr verriet, dass DJ sie gestohlen hatte. Der Kugeldroide erklärte piepend, dass er dem Dieb begegnet sei, während er im Gefängnis nach Finn und Rose gesucht habe. DJ war sehr beeindruckt davon gewesen, dass BB-8 die Wachen durch Beschuss mit Creditchips aufgehalten hatte. Daher verriet er dem Droiden, dass er mit seinen Freunden in einer Zelle gesessen hatte. Dann machten sich die beiden gemeinsam auf den Weg zum Raumhafen von Canto Bight, um sich ein Schiff zu besorgen und Finn und Rose vor der Polizei zu retten.

Normalerweise hätte Rose darauf bestanden, die Jacht zurückzugeben, doch die Datenbank der *Libertine* wies darauf hin, dass der Vorbesitzer mit Waffen gehandelt hatte, um vom Krieg zu profitieren, weshalb sie keinerlei Schuldgefühle verspürte, das Schiff für einen besseren Zweck zu verwenden. Doch als die blauen Schlieren des Hyperraums zu Sternen zusammenschrumpften und vor ihnen eine Flotte von Zerstörern der Ersten Ordnung auftauchte, kam Rose der Gedanke, dass dieser Zweck womöglich auch nicht viel besser war.

„Noch vier Parsec“, erklärte Finn. „Das Ding ist echt flott unterwegs.“

Rose justierte den Anflugwinkel des Schiffs auf den Megazerstörer. „Ich hoffe nur, wir kommen nicht zu spät. Du kriegst das doch sicher hin, oder?", wollte sie von DJ wissen.

„Ja, was das angeht ... Leute, ich krieg das hin. Aber wir sollten noch mal 'ne kleine Grundsatzdiskussion über den Preis führen."

„Wenn das erledigt ist, gibt dir der Widerstand, was du willst." Rose war sich nicht sicher, ob das tatsächlich der Wahrheit entsprach oder ob der Widerstand überhaupt irgendwelche Credits besaß. Doch so, wie Captain Dameron ihnen vorhin die gegenwärtigen Koordinaten der Zerstörer übermittelt hatte, wusste sie, dass er bei der Widerstandsführung mit Nachdruck dafür eintreten würde, den Dieb zu bezahlen – *falls* sie alle überlebten.

Davon wollte DJ jedoch nichts hören. „Wie sieht's denn mit 'nem Vorschuss aus?" Sein Blick fiel auf den Anhänger an ihrer Halskette. „Ist das haysianisches Metall? *Das* wär doch was."

Rose' Hand glitt in die Höhe, um sich um ihr Medaillon zu schließen, das die letzte Verbindung zu ihrer toten Schwester war und kein schnödes Tauschobjekt. Das wusste auch Finn, der an ihrer Stelle sagte: „Nein, tut mir leid. Wir haben dir unser Wort gegeben! Man wird dich bezahlen. Das sollte doch wohl genügen." „Leute, ich *will* euch ja helfen", sagte DJ. „Aber eine Hand w-wäscht nun mal die andere."

Rose musterte die Sternenzerstörer der Armada und dachte an ihre Schwester. Paige wäre verärgert darüber gewesen, dass Rose das Medaillon behielt, obwohl sie damit den Widerstand retten konnte. Paige war für mehr gestorben als für ein Schmuckstück. Rose riss den Anhänger mit einem Ruck von der Kette und warf ihn dem Dieb zu. „Tu es", sagte sie.

17. KAPITEL

Wäre die lodernde Fackel nicht gewesen, die Luke in der Hand hielt, wäre er wie ein Schatten mit der Nacht verschmolzen. Die Fackel leuchtete seinen Weg die Klippen hinauf aus, zu dem riesigen Baum, wo er das tun würde, was er schon längst hätte tun sollen. Doch bevor er den Stamm betreten konnte, spürte er mit einem Mal, wie eine Präsenz aus der Vergangenheit hinter ihm auftauchte. „Meister Yoda“, sagte Luke.

Klein und grün, mit spitzen Ohren, neckischen Augen und einem Gespinst weißen Haars auf dem ansonsten kahlen Schädel, lehnte der weise, alte Gnom auf einem Gehstock und grinste. „Junger Skywalker“, krächzte er, ganz so, als wären keine Jahrzehnte vergangen, seit er Luke zuletzt auf Dagobah gesehen hatte.

Zwar wusste Luke, dass selbst so viele Jahre in Yodas Lebensspanne keine große Rolle spielten, doch Luke selbst kam es vor, als wäre seit damals eine Ewigkeit vergangen. Und im Zuge dieser Ewigkeit war er zu einer bitteren Erkenntnis gelangt. Yoda und Obi-Wan mochten ihn vielleicht zu einer Waffe geschmiedet haben, um den Imperator und Darth Vader zu besiegen, doch hatten sie es versäumt, ihn außerdem auch mit dem Wissen auszustatten, wie man die Dunkelheit ein für alle

Mal in die Schranken wies. Ihr Glaube an die Rückkehr der Jedi hatte Luke dazu gebracht, sich in seinen Lehren zu verrennen und mit Kylo Ren einen neuen Darth Vader zu erschaffen. „Ich vernichte das alles hier. Den Baum, die Schriften, die Jedi ... Ich brenne alles nieder. Versucht nicht, mich daran zu hindern", sagte Luke und reckte seine Fackel noch höher.

Yoda tat überhaupt nichts. Stattdessen schlurfte er beiseite, ohne irgendetwas zu unternehmen.

Luke trat auf den Baum zu, innerlich zerrissen von dem, was er vorhatte. Eine einzige Flamme würde Lehren aus Jahrtausenden verbrennen. Dann wären die Geschichte der Jedi, ihre geheimen Überlieferungen und ihr uraltes Wissen für alle Zeit verloren – und das nicht, weil irgendein böser Imperator oder Dunkler Lord sie vernichtet hatte, sondern weil er, Luke Skywalker, beschlossen hatte, dass es am besten war, dass niemand mehr dieses Wissen erlernte. Er hatte sich seit Jahren auf das hier vorbereitet. Doch nun brachte er es nicht über sich, zu tun, was getan werden musste.

Yoda schniefte verdrossen, genau so, wie er es auf Dagobah getan hatte, wenn Luke bei einer seiner Lektionen versagt hatte. Er wies mit einem knorrigen Finger auf den Baum. Ein Blitz schoss hernieder und traf den Stamm, um das zu tun, wozu Luke nicht imstande war. Die Bibliothek ging in Flammen auf.

Mit einem Mal ergriffen Schuldgefühle Lukes Herz. Was hatte sein alter Meister nur getan? Er ließ die Fackel fallen und versuchte, das Feuer mit seinem Gewand zu ersticken.

Yoda kicherte nur. „Hihihi! All dem ein Ende ich mache! Hahahaha! Ach, Skywalker, vermisst ich dich habe!"

Luke lief zu dem Hohlraum im Baum hinüber, in dem vergeblichen Bemühen, irgendetwas zu retten. Doch das Feuer schlug ihm brüllend entgegen und hinderte ihn daran, die Bibliothek zu betreten. Er wich vor den lodernden Flammen zurück. Er konnte nichts mehr tun. Aber wenn Yoda dieses Feuer entfacht hatte, war Lukes Entscheidung vielleicht doch richtig gewesen. „Nun ist es also tatsächlich so weit. Die Zeit der Jedi *ist* zu Ende …"

„An der Zeit es ist", sagte Yoda, „für dich, hinwegzusehen über einen Stapel alter Bücher."

„Aber die heiligen Schriften der Jedi …" Äste fielen vom Baum, und das Feuer brannte wie ein Scheiterhaufen, um alles im Innern des Stamms zu verschlingen. Luke hatte nicht erwartet, dass der Verlust der Bibliothek ihn mit Bedauern erfüllen würde, doch genauso war es.

„Gelesen du sie hast?", fragte Yoda. „Fesselnde Bücher es nicht waren."

Luke blickte auf die zierliche Gestalt hinab. War er wahrhaftig der Geist des Jedi-Meisters, der einst dem Rat vorgesessen und sich ins Exil begeben hatte, um den Orden zu retten? Oder war er bloß ein Hirngespinst, das Lukes eigener Fantasie entsprang?

„Skywalker, Skywalker …", sagte Yoda mit einem schweren Seufzen. „Noch immer seinen Blick gerichtet auf den Horizont … Niemals auf das *Hier*, auf das *Jetzt* – die Notwendigkeit vor seiner Nase." Er versetzte Luke mit seinem Gehstock einen Stupser auf die Nase. „Ja, ja, ja, Weisheiten sie enthielten, diese Bücher, und Gutes der Jedi-Orden birgt. Aber in dieser Sammlung stand nichts, was das Mädchen Rey nicht bereits beherrscht. Einen Meister – das war es, was sie brauchte."

Luke hasste es, das einzugestehen, doch damit hatte der kleinwüchsige Jedi-Meister nicht ganz unrecht. Luke war so starrsinnig gewesen – so festgefahren in seiner Überzeugung, dass das Ende der Jedi gekommen wäre –, dass er nicht zugelassen hatte, dass er zu einem Mentor für sie geworden war, so wie Yoda einst seiner gewesen war. „Die Jedi haben versagt. Ich ... habe versagt, Meister Yoda", sagte Luke und schloss für einen Moment die Augen. „Ich war schwach, unbedacht. Ich kann für sie nicht das sein, was ich sein müsste."

„Meine Worte, nicht gehört du sie hast? Gib weiter, was du gelernt", sagte Yoda und wiederholte damit die Worte, die er Luke auf seinem Totenbett mit auf den Weg gegeben hatte. „Weisheit, ja, doch auch Torheit. Stärke, Beherrschung, *hm,* aber Schwäche, blinder Eifer und Versagen ebenso – ja, Versagen ganz besonders ... Der größte Lehrer Versagen ist. Doch gelernt dies du hast nicht."

Ebenso gut hätte Yoda über sich selbst reden können. War das Versagen des Jedi-Ordens, den Aufstieg des Imperiums zu verhindern, vielleicht der Grund dafür, warum Yoda auf einen Sumpfplaneten geflüchtet war, anstatt dem Imperator die Stirn zu bieten? Hätte Yoda mit seinen unvergleichlichen Machtfähigkeiten den Kampf von Anfang an angeführt, hätte er den Jedi zu neuer Blüte verhelfen und der Galaxis viel Leid und Kummer ersparen können.

Doch Yoda hatte den Krieg nicht noch mehr angeheizt. Er hatte sich ins Exil zurückgezogen und sich in seine persönliche Niederlage gefügt. *Groß machen Kriege niemanden*, hatte er

Luke bei ihrer ersten Begegnung erklärt. Sein Exil hatte es nötig gemacht, dass die Galaxis – in Gestalt des jungen Luke Skywalker – zu ihm gekommen war.

Später war Luke Yodas Beispiel gefolgt, indem er sich auf Ahch-To verkrochen hatte. Er hatte sein Versagen und seine Niederlage akzeptiert, doch wozu er sich schlichtweg nicht durchringen konnte, war, sich selbst zu vergeben. Ja, er hatte beim Unterweisen von Ben Solo Fehler gemacht, doch das bedeutete nicht, dass das, was er ihm beigebracht hatte, falsch gewesen war, und schon gar nicht, dass Rey von vornherein dazu verdammt war, denselben Pfad einzuschlagen wie Ben. Gute Lehrer waren keine Tyrannen. Sie konnten nicht kontrollieren, wie die Schüler das Wissen einsetzen, das sie ihnen vermittelten. Lehrer konnten nur das weitergeben, was sie selbst gelernt hatten. Und hatte Yoda ihn nicht trotzdem unterrichtet, obwohl er um die Sünden seines Vaters Anakin Skywalker wusste? Der Jedi-Meister hatte niemals die Hoffnung aufgegeben, dass jeder Schüler, ganz gleich, woher er stammte oder welchen Hintergrund er besaß, das, was er gelernt hatte, einsetzen konnte, um das Universum mit Licht zu erfüllen.

„Wir sind, worüber sie hinauswachsen." Die Falten von neun Jahrhunderten gruben sich in Yodas Stirn. „Das ist die wahre Bürde aller Meister."

Die Hitze der Flammen versengte Lukes Haut, doch er rührte sich nicht vom Fleck. Als schließlich der Morgen kam und das Feuer erstarb, schaute Luke den Rauchkringeln nach, die vom verkohlten Stamm des Baumes aufstiegen und im ersten Schein des neuen Tages zu nichts vergingen. Er war allein.

18. KAPITEL

Kylo Ren inspizierte die Kapsel, die die TIE-Jäger in den Hangar des Megazerstörers geschleppt hatten. Über einem krakeligen Schriftzug, der besagte „Eigentum von Han Solo – bitte zurückgeben!" war die Kapsel mit den Lettern RETTUNGSKAPSEL, KLASSE A940 – *MILLENNIUM FALKE* beschriftet. Es amüsierte Ren, dass man Han Solo nun nichts mehr zurückgeben konnte.

Der Deckel öffnete sich mit einer Dampfwolke, und Rey kletterte heraus. Ren ergriff sie am Arm und half ihr aus der Kapsel. Sie verkrampfte sich, riss ihren Arm aber nicht zurück.

Stattdessen ließ Ren sie selbst los. „Ich habe auf dich gewartet", sagte er. „Da du jetzt eine Gefangene der Ersten Ordnung bist, erfordern es die Vorschriften, dass man dich einer raschen Durchsuchung unterzieht."

„Ich habe nichts zu verbergen", sagte sie.

Zwei Sturmtruppler traten vor und legten ihr Handschellen an. Dann tasteten sie sie ab und durchsuchten den Inhalt ihrer Tasche. Einer der Soldaten zog ein Lichtschwert daraus hervor.

Ren grinste. „Nichts, hm?"

„Du hattest mir gesagt, es wäre *deins*."

„Ja, ich glaube, ich habe so was erwähnt." Mit einem

Lächeln nahm Ren das Lichtschwert von dem Truppler entgegen. „Komm mit mir, Rey von Jakku!"

Ren eskortierte sie zum Turbolift, und die Truppler folgten ihnen im Gleichschritt. Als sich die Türhälften mit einem Zischen öffneten, bedeutete er Rey mit einer Geste einzutreten und befahl den Trupplern, die Gefangene ihm zu überlassen. Sie betraten den Turbolift, und Ren tippte einen speziellen Code ein. Die Türen schlossen sich, und der Lift rauschte in die Höhe.

„Bringst du mich jetzt zu Snoke?", fragte Rey.

Ren erwiderte nichts und betrachtete stattdessen das Lichtschwert. Er hatte jahrelang danach gesucht. Sein Großvater hatte es gebaut, doch Obi-Wan Kenobi hatte es ihm gestohlen und an Luke weitergegeben. Jetzt gehörte es ihm.

„Du musst das nicht tun", sagte Rey unvermittelt. „Ich fühle den Konflikt in dir. Er quält dich, seit du Han getötet hast – er zerreißt dich förmlich."

Ren lachte. „Bist du deshalb hergekommen? Um mir zu sagen, dass ein Konflikt in mir tobt?"

„Nein. Sieh mich an." Ihre Stimme wurde sanfter. „Ben."

Er schaute sie an. Voller Zuversicht stand sie da, anscheinend ohne Furcht. Was hatte Luke ihr beigebracht? Wenn man bedachte, dass sie bloß ein paar Tage bei ihm gewesen war, gewiss nicht allzu viel.

„Als sich unsere Hände berührten, sah ich deine Zukunft", erklärte Rey ihm. „Nur teilweise, aber dafür klar und deutlich. Du wirst dich Snoke nicht beugen. Du wirst ihm entsagen – und ich werde dir dabei helfen. Ich hab's *gesehen*. Das ist dein Schicksal."

„Du irrst dich. Als wir uns berührten, habe ich auch etwas gesehen. Nicht deine Zukunft – deine *Vergangenheit*. Und bei dem, was ich sah, wusste ich, wenn der Moment gekommen ist, wirst du bekehrt werden. Du wirst an meiner Seite stehen." Sein stärkstes Argument hatte er sich bis zum Schluss aufgehoben. „Rey, ich habe gesehen, wer deine Eltern sind."

Diese Offenbarung traf Rey mit solcher Wucht, wie er es beabsichtigt hatte – mitten ins Herz. Die Zuversicht in ihren Augen machte Schrecken Platz. Fast hätte Ren Mitleid mit ihr empfunden – fast.

Die Tür teilte sich, und Ren führte das Mädchen in den riesigen Saal. Die Prätorianer blieben an Ort und Stelle, vier Gardisten zu beiden Seiten des Throns, auf dem der Oberste Anführer saß. Ren sank vor ihm auf ein Knie.

„Ausgezeichnet, mein guter und treuer Schüler. Mein Vertrauen in dich ist wiederhergestellt." Snoke bedachte Ren mit einem Grinsen, ehe sein Blick auf Rey fiel. „Junge Rey, willkommen!"

Das einzige Gefühl, das Kylo Ren bei dem Mädchen spürte, war Angst.

Die Verschwörer bauten sich im Hangar vor Vizeadmiral Holdo und ihrem Stab auf. Holdo war sichtlich überrascht, dass Poe sich nicht in Gewahrsam befand, und er vergeudete keine Zeit damit, sich ihr gegenüber lange zu erklären. Stattdessen informierte er sie darüber, dass Rose und Finn versuchten, das Hyperraum-Ortungsgerät der *Supremacy* zu deaktivieren.

„Sie machen *was?*"

„Sie versuchen, uns zu retten!", sagte Poe. „Das ist die beste

Chance für uns zu entkommen. Sie müssen Finn und Rose so viel Zeit verschaffen, wie Sie nur können!"

Holdos Verärgerung wuchs rasant. „Sie haben fahrlässig das Überleben des Widerstands aufs Spiel gesetzt und damit alle in Gefahr gebracht – bloß um den Helden zu spielen! Und ihr unterstützt ihn dabei?" Diese Worte galten den Mannschaftsmitgliedern, die zwischen den umfunktionierten Frachtshuttles umhereilten. „Uns läuft die Zeit davon. Wir müssen von dem Kreuzer runter! Transporter fertig machen!"

Die Hangartore öffneten sich im Zuge der Startvorbereitungen. C'ai Threnalli warf Poe einen Blick zu und gab ihm ein Zeichen.

„Ich hatte befürchtet, Sie würden das sagen", erklärte Poe an Holdo gewandt. Eigentlich wollte er das, was er nun machen würde, nicht tun, doch was blieb ihm für eine Wahl? Also zog er seinen Blaster und richtete ihn auf den Vizeadmiral. Threnalli, Lieutenant Connix und der Rest der Gruppe taten es ihm gleich. „Vizeadmiral Holdo, ich entbinde Sie von Ihrem Kommando – für das Überleben dieses Schiffs, seiner Crew und des Widerstands!"

Holdo hob die Hände und starrte Poe finster an. Ihr Stab ergab sich ebenfalls. „Ich hoffe, Sie wissen, was Sie da tun, Dameron", sagte sie.

Poe wandte sich an Threnalli. „Ich geh auf die Brücke. Wenn sich einer von ihnen bewegt, Betäubungsschuss!" Als er aus dem Hangar eilte, wurde ihm mit einem Mal vollends die Tragweite dessen bewusst, was er gerade getan hatte. Er hatte soeben eine Meuterei angezettelt.

Finn hielt den Atem an, während die *Libertine* auf den Megazerstörer *Supremacy* zudriftete. Er fürchtete, dass man sie jeden Moment wegpusten und in Weltraumschrott verwandeln würde. DJ hingegen schien sich diesbezüglich keine Sorgen zu machen. Bevor sie den Hyperraum verließen, hatte er irgendetwas in der Steuerkonsole der Jacht installiert, das sie – so behauptete er – für die Sensoren des Flaggschiffs der Ersten Ordnung unsichtbar machen würde. Allerdings hatte Finn schon so viele maßlos übertriebene Geschichten über Tarnvorrichtungen gehört, von denen keine tatsächlich funktionierte, dass er ernste Zweifel hegte, dass es diesmal anders sein würde. Wäre es so einfach gewesen, ihr Schiff zu tarnen, wie es DJ zufolge war, hätte schließlich *jeder* dieses Zaubergerät besessen. Trotzdem verzichtete Finn darauf, einen Streit vom Zaun zu brechen, als etliche TIE-Jäger, ohne innezuhalten, an der *Libertine* vorbeisausten. Vielleicht war DJs Spielzeug ja doch nicht so unnütz, wie er befürchtete.

Sobald die Jacht die Schutzschilde der *Supremacy* passiert hatte, atmete Finn erleichtert auf. DJ mochte vielleicht nicht der Meister-Codeknacker sein, den Maz ihnen empfohlen hatte, doch er hatte offenbar einiges auf dem Kasten. Er hatte sich in die Deflektorschildkontrolle des Megazerstörers gehackt und eine zeitliche Lücke von wenigen Sekunden einprogrammiert, die es ihnen erlaubt hatte, durch den Schild zu schlüpfen. Unwillkürlich erinnerte Finn sich daran, wie Han Solo die Starkiller-Basis infiltriert hatte, indem er eine ähnliche Lücke in den Schilden der Station ausgenutzt hatte. Allerdings hatte Han mit seinem geliebten *Millennium Falken* anschließend unten auf dem Planeten eine Bruchlandung hingelegt. Glücklicherweise waren sie nicht so schnell unterwegs, dass ihnen ein solches Missgeschick passieren konnte. Rose steuerte die *Libertine* sicher in die Ausstoßdüse der *Supremacy* und dockte an einer Wartungsluke an – alles, ohne dass die Erste Ordnung etwas davon mitbekam. Ihr verrückter Plan funktionierte tatsächlich – bis jetzt.

Als sie die Jacht verließen, übernahm BB-8 die Führung und rollte den Reparaturschacht entlang, um den Bereich, in dem sie sich befanden, zu kartografieren und zu scannen. Finn, Rose und DJ krabbelten dem Droiden hinterher, auch wenn Rose nach kurzer Zeit vor einem Ventilationsgitter stoppte, das über und über mit Fusseln verklebt war.

Rose begann, das Gitter zu lösen. „Das ist unser Weg rein."

Sobald das Gitter aus dem Weg war, schlängelten sie sich durch den Schacht und gelangten in einen nach Seife riechenden Raum, in dem große Wärme herrschte. Offiziersuniformen ruckten an einem Förderband vorbei, an dem ein Droide mit Gliedmaßen, die in Bügeleisen endeten, die Kleidungsstücke eins nach dem anderen mit Heißdampf zu sorgsam gefalteten Paketen zusammenpresste.

Finn warf Rose einen fragenden Blick zu. „Die Wäscherei?"

„Wir sollten besser aussehen, als würden wir hierher gehören, meine Herren", sagte sie.

Das ergab Sinn. Wenn sie aussahen, als würden sie hierher gehören, konnten sie sich viel freier bewegen, anstatt die ganze Zeit herumzuschleichen. „Vergesst nicht, das Hemd richtig in die Hose zu stecken", sagte Finn. „Die Erste Ordnung hat was gegen Knitterfalten."

Sie suchten sich Kleiderpakete in ihrer jeweiligen Größe und zogen sich hinter den Reinigungsröhren um. Finn vermisste die Bequemlichkeit von Poes Fliegerjacke, die er an Bord der Jacht verstaut hatte. Die triste Uniform, die er jetzt trug, war steif und kratzte. Von der Offiziersmütze bekam er Kopfschmerzen, und der Gürtel quetschte seinen Bauch ein. Warum gab die Erste Ordnung sich eigentlich alle Mühe, den Leuten die Dinge so unangenehm wie möglich zu machen?

Um BB-8 zu tarnen, schnappte Finn sich kurzerhand einen schwarzen Mülleimer und stülpte ihn umgedreht über den Astromech. Sofern man nicht zu genau hinschaute, konnte man BB-8 durchaus fälschlicherweise für einen Mausdroiden halten.

Um in den Technikbereich zu gelangen, wo Rose das Ortungsgerät deaktivieren konnte, mussten sie in einen Turbolift am anderen Ende einer Betriebszentrale steigen. Also hielten sie das Kinn hoch erhoben und marschierten mit großen Schritten durch ein Labyrinth aus Computerkonsolen, Holoschirmen und Zielerfassungssystemen. Offiziere der Ersten Ordnung patrouillierten zwischen den Stationen und brüllten Analysten Befehle zu.

Ein Lieutenant trat vor sie und hielt Rose ein Datapad hin. „Captain, könnten Sie das vielleicht absegnen?“

Sie überflog das Datapad des Lieutenants, sagte knapp: „In Ordnung“, und ging zusammen mit Finn und DJ weiter, als hätte sie etwas Wichtiges zu erledigen.

BB-8 erregte mehr Aufmerksamkeit – und zwar bei den Mausdroiden, die durch die Gänge flitzten. Doch abgesehen von einigen neugierigen Piepsern ließ man sie in Ruhe. Niemand löste Alarm aus. Erst als sie sich den Turbolifts näherten, warf einer der ranghöheren Offiziere ihnen einen fragenden Blick zu.

„Das wird nicht funktionieren", raunte DJ.

Finn hielt die Augen unbeirrt nach vorn gerichtet. „Sind fast da."

Bei den Aufzügen angelangt, rief Rose mit einem Knopfdruck den Lift. Die Tür öffnete sich, und sie traten in die Kabine – zu einem halben Dutzend Sturmtruppler. Der ranghohe Offizier eilte auf sie zu. Rose war so nervös, dass sie Probleme mit der Bedientafel hatte. Zwei der Sturmtruppler schauten einander an. Unter Finns engem Hemdkragen quoll Schweiß hervor. Sollte die ganze Sache etwa so enden? Der Offizier war bereits bis auf ein paar Schritte herangekommen, als sich die Lifttür endlich vollends schloss und sich die Kabine in Bewegung setzte.

Sie schossen an etlichen Etagen vorbei. Niemand sprach. Allerdings wandte einer der Truppler Finn seinen Helm zu und starrte ihn an. DJ ließ eine Hand in Reichweite seines Halfters baumeln.

Finn musste irgendetwas unternehmen, bevor der Dieb die Nerven verlor und etwas tat, was sie alle bitter bereuen würden. Er warf dem Truppler einen grimmigen Blick zu. „Gibt es ein Problem, Soldat?"

„FN-zwei-eins-acht-sieben?" Der Kom-Filter des Sturmtrupplers konnte seine Überraschung ebenso wenig verbergen wie die Ausdruckslosigkeit seines Helms.

Finn erkannte die Stimme. Der Truppler war ein alter Kamerad von ihm, mit dem er sich seinerzeit einen hitzigen Wettstreit um den Titel als bester Schütze ihrer Einheit geliefert hatte. Doch Finn stellte sich dumm.

„Du erinnerst dich nicht an mich?“ Der Truppler klang enttäuscht. „Ich bin's, Neun-Zwei-Sechs, aus dem Ausbildungslager, Einheit acht. Aber ich erinnere mich an *dich*.“

Nun sahen auch die übrigen Truppler Finn und seine Begleiter an. Rose wechselte nervöse Blicke mit DJ, der bereit war, jederzeit den Blaster zu ziehen.

Finn beugte sich näher zu dem Truppler und flüsterte: „Neun-Zwei-Sechs, bitte … tu das nicht!“

„Tut mir leid, Zwei-Eins-Acht-Sieben“, entgegnete der Truppler. „Ich weiß, dass es mir nicht erlaubt ist, mit Offizieren in Kontakt zu treten, wenn sie mich nicht zuerst ansprechen. Aber sieh dich nur an! Ich hätte nie gedacht, dass du das Zeug zum Captain hast. Einheit acht, hey-ho!“ Er klopfte Finn auf den Rücken, wie es alle Kadetten in der Ausbildung zu tun pflegten, um sich gegenseitig zu motivieren.

Rose bedeutete DJ mit einem Wink, die Hand vom Blaster zu nehmen. Die Kabine stoppte, und die Tür öffnete sich.

Finn schlug seinem alten Kameraden seinerseits auf den Rücken. „Einheit acht!“, sagte er solidarisch.

Alle verließen den Turbolift. Die Truppler marschierten in eine Richtung davon, und Finn, Rose, DJ und BB-8 wandten sich in die andere. Erst als sie um die nächste Ecke des Korridors gebogen waren, gestatteten sie es sich, sich wieder zu entspannen.

Finn zog eine gewisse Befriedigung aus dem Wissen, dass die Überheblichkeit der Ersten Ordnung ihnen gerade den Hals gerettet hatte. Das Einzige, womit die Sturmtruppler sich beschäftigen durften, waren Kampftraining und Gefechtsstrategien. Offensichtlich hatte Finns alter Kamerad nicht die geringste Ahnung, dass die Erste Ordnung Finn als Verräter gebrandmarkt hatte. Und endlich konnte Finn auch seinen Nutzen aus dem grässlichen Ausbildungszyklus ziehen, bei dem er damals die Böden des Megazerstörers schrubben musste. Im Eilschritt führte er sie durch ein Labyrinth von Gängen zu einer verschlossenen Panzertür. „Hier ist es. Das Ortungsgerät ist hinter der Tür."

DJ machte sich an der Zugangskonsole zu schaffen. Er zog Rose' Medaillon aus der Tasche und drückte es gegen die Kontakte der Konsole. Bevor Rose deswegen protestieren konnte, sprühten Funken, und die Konsole war kurzgeschlossen. „Haysianisches M-M-Metall ist der beste Leiter", erklärte DJ und warf Rose den Anhänger zu. „Übrigens, gern geschehen."

„Danke", sagte Rose.

Finn kam der Gedanke, dass er sich in dem Dieb geirrt hatte. Vielleicht war DJ doch nicht so gierig, wie er geglaubt hatte.

Während sich DJ also weiter an der Konsole zu schaffen machte, wartete Rose neben Finn. „Wird Zeit zu überlegen, wie wir zurück zur Flotte kommen."

„Ich weiß, wo die Rettungskapseln sind", sagte Finn.

Rose lächelte amüsiert. „Das war ja klar."

Finn verzog das Gesicht. Vermutlich würde sie ihm das bis ans Ende aller Tage vorhalten.

DJ drückte einige Tasten an der Kontrollkonsole. „Fast geschafft ..."

Poes Stimme drang knisternd aus dem Lautsprecher von BB-8. „Beebee-Acht, lass mal was Gutes hören!"

Der Droide schoss ein Komlink aus seinem Gehäuse, das Finn geschickt auffing. „Poe? Wir haben's fast geschafft. Lichtgeschwindigkeit vorbereiten!"

„Ja, bin schon dabei, Kumpel", sagte er. „Beeilt euch einfach!"

„Jetzt oder nie!", sagte Finn zu DJ.

Der Dieb sah sie an. „Jetzt", meinte er, und die Panzertür öffnete sich.

Der Raum dahinter war vollgestopft mit Astronavigationssystemen. An der Rückwand waren eine Reihe von Schaltkreisunterbrechern installiert. Wenn sie diese Hebel umlegten, wurde die Energieversorgung des Ortungsgeräts unterbrochen. Nur noch ein paar Sekunden, und ihr verrückter Plan wäre vollbracht!

Allerdings war ihre Freude nur von kurzer Dauer, denn im nächsten Moment stürmte eine ganze Einheit Sturmtruppler durch die angrenzenden Türen, angeführt von dem ranghohen Offizier, der sie vorhin in der Betriebszentrale entdeckt hatte.

Ein Truppler in chromschimmernder Rüstung trat aus der Menge hervor. „FN-zwei-eins-acht-sieben. Wie nett, dich wiederzusehen!"

Finns Miene verfinsterte sich. Er hätte wissen müssen, dass eine Müllpresse nicht genügen würde, um seiner einstigen befehlshabenden Offizierin Captain Phasma ein für alle Mal den Garaus zu machen.

19. KAPITEL

Mit dem Blaster in der Hand bereitete Poe die *Raddus* für einen Hyperraumsprung vor. Wenige Minuten zuvor hatte er die vollständige Kontrolle über die Brücke übernommen und die Crew in den Hangar geschickt. Die Einzigen, die bei ihm geblieben waren, waren Lieutenant Connix und General Organas persönlicher Assistent C-3PO.

Obgleich der Protokolldroide sogar noch ängstlicher war als sonst, befolgte er Poes Befehle und öffnete mit Hilfe von BB-8 einen Kom-Kanal, um das Team auf dem Megazerstörer zu kontaktieren. Doch Finns Statusmeldung, dass sie das Ortungsgerät mittlerweile fast erreicht hatten, fachte C-3POs Unruhe nur noch mehr an. „Sir, ich habe beinah Angst, danach zu fragen, aber …"

Poe hatte im Augenblick keine Zeit, mit dem Droiden zu streiten. „Gute Einstellung, Dreipeo. Bleib dabei." Gerade, als er die Hyperraumkoordinaten eingab, loderte auf einem Bildschirm, der den Hangar zeigte, Blasterfeuer auf. Holdo und ihre Leute wehrten sich, und Poe wusste, dass seine kleine Schar von Meuterern, die den Hangar sicherte, nicht lange durchhalten würde. „Versiegelt die Tür!", rief er Connix zu.

Der Lieutenant tat wie geheißen und lief dann zu einer Konsole hinüber, um bei der Astronavigation zu helfen. C-3PO indes trippelte auf die Türsteuerung zu.

„Dreipeo, du kannst doch nicht einfach so wegmarschieren!"

„Aber es würde gegen meine Programmierung verstoßen, Teil einer Meuterei zu sein, Captain Dameron!", sagte der Droide, dem offensichtlich nicht länger verborgen geblieben war, was vorging. „Das ist nicht das korrekte Protokoll!"

Die Ränder der Tür begannen zu glühen und Funken zu schlagen. Jemand versuchte, sich mit einem Schneidbrenner Zutritt zur Brücke zu verschaffen. Auf dem Bildschirm tobte noch immer die Schießerei, was bedeutete, dass das dort draußen nicht Holdos Leute sein konnten. Hatten sich etwa jene, die vorhin noch auf Poes Seite gestanden hatten, gegen ihn gewandt?

C-3PO wich zwar von der Tür zurück, plapperte jedoch aufgeregt weiter. „Wenn dies alles vorbei ist, werde ich mich in aller Form in meinem offiziellen Bericht über dieses Vorgehen beschweren!"

Poe schlug mit der Faust auf den Kommunikationsknopf. „Finn?" Er erhielt keine Antwort. „Finn, bist du da?" Wo steckte Finn bloß? *„Finn!"*

Dann hörte Poe Schreie und Worte des Protests über das Kom dringen. Offenbar war das Schlimmste passiert. Die Truppler der Ersten Ordnung hatten seine Freunde enttarnt und gefangen genommen. Und es schien ganz so, als erwartete Poe ein ähnliches Schicksal. Ein Teil der Brückentür fiel krachend zu Boden, von der anderen Seite aufgeschweißt. Ohne seine Hand vom Hyperraumsprunghebel zu nehmen, richtete Poe seine Pistole auf den Eindringling.

General Leia Organa trat geduckt durch das Loch in der Tür.

Überrascht, aber überglücklich, zu sehen, dass sie wieder genesen war, ließ Poe seine Waffe sinken.

Leia ihrerseits zögerte keine Sekunde, den Abzug ihres Blasters zu betätigen. Ein Betäubungsschuss traf Poe und überlastete seine Nerven. Er sackte bewusstlos zusammen.

Rey stand wie gelähmt in dem gewaltigen Thronsaal. Das Wesen in dem goldenen Gewand wirkte mehr tot als lebendig, wie ein Leichnam, der von irgendeiner bösen Kraft wieder zum Leben erweckt worden war. Wie ein Riese ragte er auf dem Thron empor, doch seine Augen waren klein, Nadelstiche des Unheils, die Rey in kaltem Entsetzen erstarren ließen.

Das war er also, der Oberste Anführer der Ersten Ordnung, der, den sie Snoke nannten. Er krümmte einen Finger, und die Fesseln lösten sich von Reys Handgelenken, um mit einem metallischen Laut auf dem Boden aufzuschlagen. „Komm näher, Kind."

Rey musste jedes bisschen Willenskraft aufbringen, um sich ihm zu widersetzen.

„So überaus stark", sagte er. „Die Dunkelheit erhebt sich, genau wie das Licht, um sich miteinander zu messen. Ich habe meinen jungen Schüler gewarnt, dass, wenn er stärker würde, sich jemand Ebenbürtiges auf der hellen Seite erhebt."

Kylo Ren kniete noch immer und rührte sich selbst dann nicht, als ihm Lukes Lichtschwert aus der Hand gerissen wurde, um in Snokes Hand zu fliegen.

Der Oberste Anführer studierte die Waffe. „Dieser Jemand wäre Skywalker, hatte ich angenommen …", sagte er, „… irrtümlich." Er legte den Griff des Lichtschwerts auf die Lehne seines Throns und deutete auf Rey. „Komm näher, sagte ich."

Rey stemmte sich mit den Absätzen gegen den Boden, doch sie wurde gegen ihren Willen von unsichtbaren Kräften nach vorn gezogen, vorbei an zwei Wachen in roten Rüstungen, bis sie schließlich vor dem Thron stand. Doch während ihr Körper sich weigerte, ihr weiter zu gehorchen, war ihr Verstand nach wie vor frei. „Ihr unterschätzt Skywalker – und Ben Solo", sagte sie trotzig und schaute zu Kylo Ren hinüber, „und mich. Es wird Euer Untergang sein!"

„Oh!" Snoke klang fasziniert. „Hast du etwas gesehen? Eine Schwäche in meinem Schüler? Ist das der Grund, warum du hier bist?" Er lachte. „Du junge Närrin! *Ich* war es, der euren Geist verbunden hat. *Ich* habe den Konflikt in Rens Seele geschürt! Ich wusste, er würde nicht stark genug sein, um es vor dir zu verbergen – und *du* würdest nicht klug genug sein, dem Köder zu widerstehen."

Wie eine Marionette an Fäden wurde Rey die Stufen hochgezerrt, bis Snokes verzerrtes Gesicht nur noch eine Handbreit von ihrem entfernt war.

„Und jetzt gibst du mir Skywalker!", sagte der Oberste Anführer. „Und dann werde ich euch mit dem grausamsten Schlag zerschmettern!"

Rey wollte ihm eine angemessene Erwiderung entgegenschleudern, doch alles, was sie über die Lippen brachte, war ein trotziges „Nein!".

Snoke schürzte seine schmalen Lippen. „Doch!" Er vollführte eine ruckartige Geste mit der Hand, und Rey wurde hochgerissen, um einige Meter entfernt gegen eine unsichtbare Wand zu krachen. Er ließ sie hoch über dem Boden in der Luft schweben, während die heimtückischen Fühler seines Geistes in ihren Verstand eindrangen, sodass sie vor Qual das Gesicht verzog. „Gib … mir … alles!“, forderte er.

Snokes Gedankenstränge schlängelten sich wie Tentakel durch Reys Gehirn, um mit einem einzigen brutalen Ruck ihre Hirnlappen auseinanderzureißen – jedenfalls kam es ihr so vor. Sie schlug um sich und schrie, doch die Schmerzen nahmen kein Ende. Mit ihrem Verstand schwand auch ihr Widerstand. Sie gab Snoke alles.

Die Sturmtruppler stießen Rose unsanft vor sich her, als Captain Phasma und ihr Gefolge sie in einen Hangar des Megazerstörers brachten. Finn wurde sogar noch heftiger zugesetzt. DJ hingegen war nirgends zu sehen.

Der Hangar bot ihnen keinerlei Gelegenheit zur Gegenwehr oder zur Flucht. Die Feuerkraft der Ersten Ordnung präsentierte sich ihnen in einer schwindelerregenden Ansammlung von TIE-Jägern, Droidenläufern, Angriffsshuttles und kampfbereiten Sturmtrupplern. Und über alles wachte ein großer, adretter Militäroffizier mit rotblondem Haar.

„General Hux, ich habe die Eindringlinge gefasst“, sagte Phasma.

Der Mann wandte sich ihnen zu, und Rose erkannte ihn sofort. Obwohl Armitage Hux viel zu jung aussah, um General zu sein, wusste Rose, dass die Erste Ordnung auf die Leidenschaft und Arroganz der Jugend setzte – beides Eigenschaften, die er im Übermaß besaß.

Hux baute sich vor Finn auf und versetzte ihm eine schallende Ohrfeige, wobei dieser jedoch keine Miene verzog. „Gut gemacht, Phasma. Ich kann zwar nicht behaupten, dass ich Ihre Methoden gutheiße, doch an den Resultaten gibt es nichts zu bemängeln", sagte er.

DJ trat hinter einer Reihe von Trupplern hervor, während ein Stück entfernt die schnittige *Libertine* auf dem Hangarboden aufsetzte. Flugoffiziere dirigierten einen Repulsorschlitten voller Creditkisten in den Frachtraum des Schiffs.

„Ihr Schiff und Ihre Bezahlung, wie vereinbart", sagte Phasma zu DJ.

Rose starrte den Dieb finster an. „Du verlogene Ratte!"

„Wir ... wurden erwischt", versuchte DJ sich zu rechtfertigen. „Ich hab 'n D-D-Deal gemacht."

Sofort bereute Rose es, nicht ihrem Instinkt vertraut zu haben. DJ war genau das, was er auf den ersten Blick zu sein schien: eine betrügerische, verlogene, hinterhältige Schlange. Selbst sein Motto „Nicht anschließen" war eine Lüge, denn offensichtlich hatte er eine Seite gewählt – die falsche Seite. Und falls sie je die Chance dazu bekäme, sich für seinen Verrat zu revanchieren, würde er teuer dafür bezahlen. „Du elende, doppelzüngige ..." Sie schlug nach dem Verräter, doch keiner ihrer Hiebe traf ihn, denn sofort waren mehrere Truppler bei ihr und packten sie. Vor Wut wie von Sinnen wand sie sich in ihrem Griff, während ein anderer Offizier Hux Bericht erstattete.

„Sir, die Informationen dieses Mannes wurden überprüft. Wir ließen einen Enttarnungsscan laufen, und tatsächlich sind gerade dreißig Transporter von dem Kreuzer aus gestartet."

Hux bedachte DJ mit einem schiefen Grinsen. „Er hat uns die Wahrheit gesagt! Es geschehen noch Zeichen und Wunder."

Er wandte sich wieder an den Offizier. „Sind unsere Waffen bereit?"

„Bereit und ausgerichtet, Sir."

Finn warf Rose einen verzweifelten Blick zu. DJ hatte nicht nur sie ans Messer geliefert, sondern ebenso Poe und den gesamten Widerstand.

„Tut mir leid, Leute", sagte der Dieb mit einem gleichgültigen Achselzucken und ging rüber zu den Creditkisten.

„Feuern nach eigenem Ermessen!", befahl Hux dem Offizier.

20. KAPITEL

Als die Wirkung des Betäubungsschusses abklang, traf Poe ein Schock anderer Art. Er stellte fest, dass er im Frachtabteil eines Transporters lag. Durch ein Sichtfenster sah er die *Raddus* in der Ferne kleiner werden. Das konnte nur bedeuten, dass sein Versuch, mit dem Kreuzer auf Lichtgeschwindigkeit zu gehen, gescheitert war. Holdo hatte gewonnen – der Widerstand war dem Untergang geweiht.

„Poe, sehen Sie!" General Organa stand zusammen mit Commander D'Acy an einem Fenster auf der anderen Seite des Frachtabteils. Sie winkte Poe zu sich.

Poe stand auf und ging zu ihnen hinüber, um die Hand des Generals zu ergreifen. Ihre Geste verriet ihm, dass jedwede Unstimmigkeit zwischen ihnen durch die jüngsten Ereignisse vergessen war.

Draußen vor dem Sichtfenster zeichnete sich eine große weiße Kugel ab, die heller strahlte als jeder Stern. „Was ist das?", fragte Poe. „Es sind doch überhaupt keine Systeme in der Nähe."

„Keine kartografierten, nein", sagte General Organa. „Allerdings gibt es tief im All immer noch einige Schattenplaneten, die wir in den Tagen der Rebellion als Versteck benutzt haben."

„Das ist der Mineralplanet Crait“, erklärte D'Acy.

Poe entdeckte nur geringe Variationen in der Topografie dieser Welt. Es gab keinerlei Anzeichen für Meere oder Seen. „Und dort gibt es einen Rebellenstützpunkt?“

„Aufgegeben, aber schwer gepanzert und mit genügend Energie, um ein Notsignal an unsere Verbündeten im Äußeren Rand zu senden“, sagte D'Acy.

Ihre Worte verwirrten Poe. Hatten sie vergessen, dass ihnen eine Flotte feindlicher Sternenzerstörer auf den Fersen war?

Bevor Poe danach fragen konnte, klärte General Organa ihn auf. „Holdo wusste, dass die Erste Ordnung unser großes Schiff verfolgt. Da fallen die kleinen Transporter nicht auf.“

Endlich fügten sich die Puzzleteile in Poes Kopf zusammen. „Dann landen wir unbemerkt auf dem Planeten und verstecken uns, bis sie vorbeigeflogen sind.“ Er grübelte einen Moment lang darüber nach, ehe er laut aussprach, was er dachte: „Das könnte funktionieren!“ Er betrachtete den Planeten und die anderen Transporter des Widerstands, die darauf zuflogen. „Warum hat der Vizeadmiral nichts davon gesagt?“

General Organa löste das Peilsenderarmband von Poes Handgelenk. In dem ganzen Durcheinander hatte er ganz vergessen, dass er es trug. „Je weniger davon wussten, desto besser. Sie war mehr daran interessiert, das Gute zu schützen, als daran, heldenhaft zu wirken.“

Poe wandte sich dem anderen Sichtfenster zu. Die *Raddus* erschien ihm zusehends kleiner, während der Kreuzer den Megazerstörer und die Armada der Ersten Ordnung von dem Planeten weglockte. Holdo und ihre Mannschaft opferten ihr Leben für den Widerstand. Poe schämte sich dafür, ihre Loyalität jemals infrage gestellt zu haben. Sie spielte nicht bloß die Heldin – Vizeadmiral Holdo *war* eine Heldin.

Mit einem Mal feuerte der Megazerstörer eine blendend grelle Energiesalve ab – nicht auf den Kreuzer, sondern daran vorbei, auf die Transporter. Die Sichtfenster wurden automatisch abgedunkelt, um die Helligkeit der Explosion abzuschwächen.

D'Acy rang nach Luft, General Organa seufzte, und Poe taumelte nach vorn zum Cockpit, als die Schockwellen weiterer Detonationen den Transporter durchschüttelten. Die Erste Ordnung hatte Holdos Plan zunichtegemacht. Die Reichweite der Kanonen des Megazerstörers war groß genug, um die Transporter selbst dann zu erwischen, wenn die *Supremacy* dem Kreuzer auf den Fersen blieb.

Als Poe einen Moment später das Cockpit erreichte, waren fünfzehn der dreißig Widerstandstransporter in Stücke geschossen worden. „Kommen Sie, geben Sie vollen Schub auf die Triebwerke! Alles, was drin ist!"

Das Gesicht der Pilotin war rot vor Stress. „Schon dabei, Sir!"

Poe wusste, dass die Pilotin nicht viel mehr tun konnte als das. Diese Schiffe waren für den Transport von Fracht entworfen, nicht für den Kampf. Es käme einem Wunder gleich, wenn es auch nur einem einzigen Transporter gelingen würde, auf dem Planeten zu landen.

Kylo Ren wandte den Blick von der mentalen Folter ab, die Snoke Rey zuteilwerden ließ. Doch das änderte nichts daran, dass er ihre Schreie hörte. Er wusste, wie schmerzhaft es war, wenn jemand in den eigenen Verstand eindrang, ihn gewaltsam in Stücke riss und einem alle Geheimnisse entlockte, die man in seinem tiefsten Innern verborgen hatte. Er selbst hatte schon viele dieser Prozedur unterzogen, darunter auch Rey, nachdem er sie auf Takodana gefangen genommen hatte.

Als sein Meister sich schließlich genommen hatte, was er wollte, fiel Rey unweit von Ren mit einem knirschenden, dumpfen Krachen zu Boden. Sie wälzte sich stöhnend auf den Rücken.

„Oh ja, ja", amüsierte sich Snoke. „Ich hätte nicht erwartet, dass Skywalker so weise ist. Wir werden ihm und dem Orden der Jedi das Ende angedeihen lassen, das er so sehr ersehnt. Nachdem wir die Rebellen vernichtet haben, begeben wir uns auf seinen Planeten und löschen die ganze Insel aus!"

Diese Enthüllung überraschte Ren. Luke Skywalker war ein Feigling, gewiss, aber niemand, der von sich aus den Tod suchte. Wenn er unbedingt sterben wollte, warum hatte er seinem Leben dann nicht längst selbst ein Ende gesetzt?

Vor Schmerz wimmernd wand Rey sich auf dem Boden und streckte eine Hand nach Snoke aus. Das Lichtschwert flog von der Armlehne des Throns auf sie zu.

Snoke vollführte eine unscheinbare Geste mit dem Handgelenk, und das Lichtschwert segelte in einem Bogen um Rey herum, um ihr gegen den Hinterkopf zu donnern, als würde der Oberste Anführer ein unartiges Kind zurechtweisen. Anschließend kehrte der Schwertgriff zum Thron zurück und landete wieder auf der Armlehne. „So couragiert ... Jetzt sieh her!"

Eine kleine Handbewegung von Snoke, und Rey schwebte an der stummen Prätorianergarde vorbei auf das ovale Oculus-Sichtgerät zu, das ihr einen Blick ins All gewährte.

Auch Ren trat etwas vor, um durch die Linse zu schauen. Das, was er sah, gefiel ihm. Die Geschütze des Megazerstörers feuerten durch die Leere, um die flüchtigen Transporter des Widerstands zu eliminieren. Der feindliche Kreuzer flog weit hinter ihnen – die Triebwerke des Schiffs stotterten, als die letzten Treibstoffreserven aufgebraucht wurden.

„Der gesamte Widerstand ist in diesen Transportern", erklärte Snoke Rey. „Schon bald werden sie alle Vergangenheit sein. Für dich ist alles verloren!"

Doch Rey war nicht bereit, sich der Verzweiflung hinzugeben. Denn in dem Wüstenmädchen brannte mehr als bloß Courage. In ihren Augen loderte ein stummes Feuer – sie hatte immer noch Hoffnung.

Wieder hob Rey die Hand, und Ren war von ihrem tollkühnen Widerstand so fasziniert, dass ihm gar nicht auffiel, dass ihr Ziel überhaupt nicht Lukes altes Lichtschwert war, wie er instinktiv angenommen hatte, sondern sein eigenes. Der Schwertgriff löste sich von seinem Gürtel und schnellte in ihre Hand. Die feurige Klinge erwachte surrend zum Leben.

Es war töricht von ihm gewesen, sich so überrumpeln zu lassen – nun hatte sie ihn vor seinem Meister in Verlegenheit gebracht. Zusammen mit den Prätorianern rückte er gegen sie vor.

Spöttisch lachend hob Snoke eine Hand, um ihnen Einhalt zu gebieten. „Und immer noch dieser blühende Funken Hoffnung", sagte er an Rey gewandt. „Du besitzt das Temperament eines wahren Jedi." Mit einem Wink derselben Hand schleuderte er sie quer durch den Raum. „Und deswegen … musst du sterben!"

Das Lichtschwert flog ihr aus der Hand, und die Klinge erlosch, als die Waffe neben Ren landete. Er hob sie nicht auf. Stattdessen wappnete er sich für die Bestrafung, die seinem Mangel an Aufmerksamkeit unweigerlich folgen würde.

Doch die Strafe blieb aus, ja, sein Meister schalt ihn nicht einmal dafür. Stattdessen sagte der Oberste Anführer in fast liebenswürdigem Tonfall: „Mein würdiger Schüler, Sohn der Dunkelheit, rechtmäßiger Erbe des Lord Vader. Wo es einst einen Konflikt gab, fühle ich nun Entschlossenheit, wo es einst Schwäche gab, Stärke. Schließe deine Ausbildung ab und erfülle dein Schicksal!"

Ren blickte auf das Lichtschwert hinab. Jetzt war es also so weit. Dies war der Moment, auf den er so lange gewartet hatte. Irrtümlicherweise hatte er angenommen, er hätte seine Ausbildung bereits mit dem Töten seines Vaters abgeschlossen gehabt. Nur durch den Tod des Mädchens konnte er das Schicksal erfüllen, das sein Meister für ihn vorhersah. Er nahm sein Lichtschwert zur Hand und marschierte mit großen Schritten auf Rey zu. Alles, was nötig sein würde, war ein einziger gezielter Schlag. Man könnte sogar sagen, dass er ihr gegenüber Gnade walten ließ, indem er ihr die weitere Folter, der sein Meister sie fraglos unterziehen würde, ersparte.

Snoke krümmte einen Finger. Die Arme des Mädchens wurden von unsichtbaren Kräften hinter ihren Rücken verdreht, während sie auf die Knie gezwungen wurde.

„Ben!", wisperte Rey.

„Ich weiß, was ich zu tun habe", knurrte er. Doch als er ihr nun in die Augen sah, zögerte er – genau so, wie er gezögert hatte, die Torpedos abzufeuern, die seine Mutter umgebracht hätten. Emotionen brodelten in ihm, ein plötzliches Aufbäumen von Furcht und Schuld, das er niemals vollends auslöschen könnte. Diese Gefühle erinnerten ihn an einen Teil seiner selbst, von dem er glaubte, ihn vernichtet zu haben – an ein anderes Schicksal, an das er einst geglaubt hatte, das ihm ein anderer Meister prophezeit hatte.

„Du denkst wirklich, du könntest ihn bekehren? Du armseliges Kind!", verhöhnte Snoke Rey. „Es ist nicht möglich, mich zu verraten. Es ist nicht möglich, mich zu besiegen! Ich sehe seine Gedanken. Ich sehe seine Absichten – jede einzelne."

Ren hielt das Lichtschwert auf Reys Brust gerichtet. Er musste sie nicht sterben sehen. Alles, was er zu tun hatte, war, die Klinge zu aktivieren – dann war es sofort vorbei. Snoke schloss die Augen und verzog den Mund zu einem Grinsen. „Ja, ich sehe ihn das Lichtschwert schwingen, bereit loszuschlagen."

In diesem Moment erkannte Kylo Ren sein wahres Schicksal. Es war ein Schicksal, das ihm keiner seiner Meister vorhergesagt hatte, sondern ein Schicksal, das er selbst für sich wählte. Er ließ die freie Hand hinter seinen Rücken wandern und vollführte eine Geste, woraufhin das Lichtschwert auf der Armlehne des Throns eine Vierteldrehung vollzog.

Snoke hielt die Augen weiter geschlossen, sein Grinsen eine scharfe Sichel in seiner hageren Fratze. „Und jetzt, törichtes Kind", rasselte er, „zündet er sein Schwert und tötet seinen wahren Feind!"

Rache zu üben, fiel ihm leichter, als Kylo Ren sich je vorgestellt hätte. Ein Zucken seines Fingers genügte, um für all die Bestrafungen Vergeltung zu üben, die er im Laufe der Jahre erlitten hatte.

Mit einem scharfen Zischen erwachte die blaue Klinge von Lukes Lichtschwert auf der Armlehne zum Leben und durchbohrte Snokes Hüfte. Der Oberste Anführer stieß ein überraschtes Keuchen aus und starrte seinen Schüler ungläubig an. Ren konzentrierte sich von Neuem auf die Macht, um die Klinge zur Seite zu bewegen und seinen Meister in zwei Hälften zu schneiden. Snoke hätte wissen müssen, dass es unklug war, jemals seine Deckung fallen zu lassen.

Als die beiden Körperhälften vom Thron kippten, verspürte Ren eine Woge düsterer Genugtuung. Das, was er eigentlich mit Skywalker hätte tun sollen, hatte er nun mit Snoke gemacht. Von diesem Moment an war er sein eigener Meister.

Die Prätorianer stürmten mit ihren Waffen auf ihn zu. Ren warf Rey Lukes Lichtschwert zu. Sie sprang auf, fing den Griff und sah ihn an. Die Hoffnung in ihren Augen brannte nun sogar noch heller. Sie wandten einander den Rücken zu, um sich gegenseitig Deckung zu geben, und kämpften, als wären sie eins.

Bei jeder Salve ihrer Megalaserbatterien durchfuhr ein Beben die *Supremacy*. Durch den Magnetschirm des Hangarportals sah man, wie die als winzige Punkte erscheinenden Transporter des Widerstands einer nach dem anderen ihr Ende fanden.

„Du verfluchter Mistkerl!", rief Finn. Obwohl er sich im Griff der Sturmtruppler wand, war seine Beleidung ganz klar an DJ gerichtet.

Der Dieb freute sich über die Stapel von Credits, die an der Rampe seines gestohlenen Schiffs auf ihn warteten, und fühlte sich nicht im Geringsten beleidigt. „Ach, jetzt tu doch nicht so,

F-F-Freundchen. Heute pusten sie dich weg, morgen pustest du sie weg. Ist a-alles nur ein Geschäft."

„Du irrst dich", knurrte Finn.

DJ zuckte die Schultern. „Schon möglich."

Scheinbar zufrieden mit dem Verlauf des Angriffs, kehrte General Hux dem Portal den Rücken zu und sah seine Gefangenen an. Dabei fiel ihm Rose' Halskette ins Auge. Er nahm den tropfenförmigen Anhänger zwischen die Finger. „Das Otomok-System, richtig? Da werden gewisse Erinnerungen wach", sagte er in fast sanftem Ton. „Vielleicht beißt Ungeziefer wie ihr gelegentlich zu, um uns hier und da eine kleine Wunde zuzufügen, doch letzten Endes gewinnen wir *immer*."

Wie von seinen Worten auf eine Idee gebracht, beugte Rose sich unvermittelt vor und biss Hux so fest in die Hand, dass ihre Zähne seine Haut durchbohrten. Er kreischte auf wie ein Welpe, während die Sturmtruppler sie von ihm fortzerrten. Blut klebte an ihren Zähnen.

„Exekutiert sie beide!", rief Hux Phasma zu. Seine verletzte Hand umklammernd, eilte er davon.

Auf Phasmas Nicken hin zwangen die Truppler Finn und Rose auf die Knie. „Exekution durch Blasterfeuer ist zu gnädig für sie", befand Phasma. „Machen wir es schmerzhaft!"

Die Truppler holten Laseräxte aus einem Waffenschrank. Die Klingen der Waffen brummten und vibrierten mit unglaublicher Schnelligkeit. Finn und Rose versuchten, sich zur Wehr zu setzen, sich zu befreien, doch ohne Erfolg. Finn schaute sich nach BB-8 um, konnte den Droiden aber nirgends entdecken. Vielleicht würde es ihm gelingen zu entkommen, um Poe zu berichten, was hier geschehen war.

„Auf mein Kommando!“, sagte Phasma.

Mit einem Mal verspürte Finn großes Mitgefühl für die Dorfbewohner, die sie damals auf Jakku überfallen hatten. Diese armen Leute hatten für die Erste Ordnung nicht die geringste Bedrohung dargestellt, doch Phasma hatte keine Sekunde gezögert und auf Kylo Rens Befehl hin alle erschießen lassen. Finns Entscheidung, nicht zusammen mit dem Rest seiner Einheit das Feuer zu eröffnen, hatte sein ganzes Leben verändert. In diesem Moment hatte er die Tyrannei und die Indoktrination der Ersten Ordnung hinter sich gelassen und mit ihrer herzlosen Gewalt gebrochen. Seitdem ging es ihm darum, die Unschuldigen zu schützen, anstatt die Tyrannei zu bewahren. Seitdem folgte er einem Pfad, der ihn zu Poe, zu Rey und nun zu Rose geführt hatte, den ersten wahren Freunden, die er jemals besessen hatte.

Wenn Finn nun sterben würde, konnte er zumindest in dem Wissen ruhen, dass er seinen Freunden dabei geholfen hatte, in der Galaxis einen Unterschied zu machen. Dabei bedauerte er nur eins. Er wünschte, er hätte andere Sturmtruppler davon überzeugen können, es ihm gleichzutun.

21. KAPITEL

Rein körperlich war Rey nicht unbedingt in der Verfassung zu kämpfen, nachdem Snoke sie quer durch den Thronsaal geschleudert hatte – und mental pochte ihr Verstand wie eine offene Wunde, als ihr Geist sich nach seinem gewaltsamen Eindringen wieder sortierte. In der Macht jedoch hatte Rey sich noch nie stärker gefühlt. Sie hatte recht mit dem gehabt, was sie gesehen hatte, und Luke hatte sich geirrt. Kylo Ren war noch nicht verloren. Unter seinem dunklen Panzer flackerte ein Funken Licht. Er konnte erlöst werden.

Rey schloss sich ihm im Kampf gegen die Wachen an, und sie erwiesen sich als bemerkenswertes Team. In einem wilden Gestöber von Laserklingen ging ein roter Prätorianer zu Boden, dann noch einer, dann zwei weitere und schließlich noch zwei. Die Waffen der Prätorianer fielen neben ihren Leichen mit dumpfem Klappern zu Boden, während durchtrennte Vorhänge wie Leichentücher von den Wänden flatterten.

Als Reys vierter Gegner sie zu enthaupten versuchte, wirbelte sie einmal um die eigene Achse, schwang ihr Lichtschwert, durchbohrte seine Rüstung und streckte den Prätorianer nieder. Die letzte Wache indes bereitete Kylo Ren größere Schwierigkeiten. Der Prätorianer stieß von hinten mit seiner

Stangenwaffe nach Ren und nagelte sein Lichtschwert fest, sodass Ren gezwungen war, es fallen zu lassen.

„Ben!" Rey reagierte blitzschnell, deaktivierte die blaue Klinge und warf ihm das Lichtschwert zu.

Ren fischte den Griff geschickt aus der Luft, parierte einen ansonsten tödlichen Hieb, drehte sein Handgelenk nach hinten und drückte auf den Aktivierungsknopf, sodass sich die Energieklinge geradewegs durch den Helm des Gardisten bohrte. Der letzte Elitekrieger der Ersten Ordnung sackte in sich zusammen, um zwischen seinen Kameraden und den sterblichen Überresten des Obersten Anführers auf dem zerkratzten, rauchenden Boden liegen zu bleiben. Ren kam allmählich wieder zu Atem.

Auch Rey atmete tief durch. Ihre Blicke trafen sich, und in diesem Moment erkannte Rey in Kylo Ren den guten Menschen, der er in seinem tiefsten Innern sein wollte. Hinter ihm sah sie jedoch das Massaker, das sich in dieser Sekunde draußen im Weltraum abspielte. Sie eilte zu der Wand, an der vorhin noch die Vorhänge gehangen hatten. Ein gewaltiges Fenster gab den Blick auf die Zerstörer frei, die gegen den Widerstandskreuzer vorrückten, während die *Supremacy* unbeirrt weiter auf die Transporter feuerte. Soweit sie es erkennen konnte, waren bloß noch zehn von ihnen übrig. Sie wandte sich an Ren. „Gib den Befehl, das Feuer einzustellen! Wir können die Flotte immer noch retten!"

Mit Lukes Lichtschwert in der Hand ragte Ren über Snokes Leichnam auf, als wollte er seinen Meister erneut mit der Klinge durchbohren.

„Ben!", wiederholte Rey.

Ren schaute von der Leiche auf. „Das ist mein alter Name."

„Was?"

„Es wird Zeit, dass die Vergangenheit stirbt, Rey. Ich will, dass du dich mir anschließt." Irgendwie schien es, als würde er körperlich wachsen, als er sich zu voller Größe aufrichtete. „Snoke, Skywalker, die Sith, die Jedi, die Rebellen – lass alle sterben! Rey, verbünde dich mit mir! Wir können gemeinsam herrschen und der Galaxis eine neue Ordnung bringen!"

Ihr war, als legte sich ihr ein eiserner Ring um die Brust. Sofort waren ihre Kopfschmerzen wieder da. Die Hoffnung, an die sie sich so verzweifelt geklammert hatte, begann zu schwinden und starb. Nein, das konnte nicht sein! Sie hatte das Gute in ihm gespürt. Sie hatte den wahren Ben gesehen – Ben Solo. „Nein, tu das nicht, Ben! Bitte geh nicht diesen Weg!"

Ihr Flehen ließ Ren leise lachen. „Willst du die Wahrheit über deine Eltern wissen?", fragte er. Seine Augen funkelten grausam und unheilvoll. „Oder hast du sie immer schon gewusst und bloß verdrängt, weil du sie dir selbst nicht eingestehen wolltest?"

Rey wollte ihm nicht zuhören. Sie wollte, dass er mit dieser Scharade aufhörte. Sie wollte zurück zu Leia, doch zugleich wollte sie es unbedingt wissen.

„Du hast sie nur verdrängt", stellte Ren fest. „Du kennst die Wahrheit. Sag es!"

Sie wusste bloß, wovor sie sich am meisten fürchtete. Und was sie am meisten fürchtete, war die Wahrheit über die Stimme aus ihren Träumen – die Stimme in den Träumen, die sie seit jenem Tage heimsuchten, an dem ihre Eltern sie auf Jakku zurückgelassen hatten.

Bleib hier! Ich komme zurück und hole dich, Schatz. Das verspreche ich dir.

Es war nicht die Stimme ihrer Mutter oder ihres Vaters, wie sie sich lange Zeit eingeredet hatte. Die Stimme war ihre eigene. Als Kind hatte sie sich diese Stimme vorgestellt und diese Worte wieder und wieder vorgesprochen, bis sie zu einem Teil ihrer Realität wurden, ja sogar zu einem Teil ihrer Träume. Sie hatten ihr dabei geholfen, mit hungrigem Magen einzuschlafen, und trieben sie dazu, durchzuhalten, wenn ihr die Zukunft trostlos erschien. Selbst als die Jahre verstrichen und ihre Eltern nicht zurückkehrten, um sie zu holen, gab sie niemals die Hoffnung auf, dass dies eines Tages trotz allem doch geschehen würde und der Albtraum ihrer Jugend dann ein Ende fände. Aber diese Hoffnung war vergebens gewesen.

Hatte Luke in der Bibliothek versucht, sie dazu zu bringen, sich dies einzugestehen? Dass sie sich der Wahrheit stellte, die sie in ihrem Herzen weggesperrt hatte, nicht bereit, ihr gegenüberzutreten? Dass sie sich eingestand, dass ihre Eltern keine hart arbeitenden Raumhändler waren, die versuchten, genügend Credits zusammenzukratzen, um ihrer Familie ein besseres Leben zu ermöglichen?

„Sie waren niemand", sagte Rey schließlich.

„Sie waren dreckige Schrotthändler – verkauften dich, um ihren Suff zu finanzieren", sagte Kylo Ren und spie die Worte förmlich aus. „Sie sind tot – wurden verscharrt auf 'nem Armenfriedhof auf Jakku, genau wie all der andere Müll, der dort im Sand begraben liegt."

Von diesen Einzelheiten hatte Rey nichts gewusst, doch sie zweifelte nicht daran, dass Kylo Ren die Wahrheit sagte. Ihr ganzes Leben war eine einzige riesige Lüge gewesen, eine Lüge, die ihren Ursprung in ihr selbst hatte, ein Fantasiegespinst aus Träumen und Echos der Vergangenheit, das keinerlei festes Fundament besaß. Sie zitterte am ganzen Körper. Sie hatte vielleicht Snokes Gedankenfolter überlebt, doch diese Selbsterkenntnis drohte sie ein für alle Mal zu brechen.

Ren trat auf sie zu. „Du hast keinen Platz in dieser Geschichte. Du kommst aus dem Nichts. Du *bist* ein Nichts." Dann wurde sein Tonfall unvermittelt sanft, ja fast zärtlich. „Doch nicht für mich." Er deaktivierte die Klinge. „Komm mit mir! Bitte!" Er streckte ihr seine Hand hin.

Rey sah ihn an, blass und geisterhaft im Sternenlicht, das durchs Fenster hereinfiel. Sein Wunsch, dass sie sich mit ihm verbündete, war aufrichtig gemeint. Er wollte sie unterweisen. Sie konnte viel von ihm lernen. Er konnte ihr dabei helfen, ihr wahres Machtpotenzial auszuschöpfen. Ihre Vergangenheit spielte keine Rolle. Alles, worauf es ankam, war ihr Platz in der Zukunft.

Als sie Ren die Hand entgegenstreckte, lächelte er, doch ihre Finger sollten sich nie berühren.

Rey konnte sich ihm nicht anschließen. Niemals. Nicht so, wie er jetzt vor ihr stand. Denn nicht nur sie, auch er selbst hatte versucht, seine Vergangenheit auszulöschen, um sich selbst nach dem Vorbild seines Großvaters neu zu erschaffen. Der Unterschied zwischen ihnen war, dass er das Vertrauen in seine Eltern verloren hatte, wohingegen sie sich ihres bewahrt hatte, ganz gleich, wie töricht das auch gewesen sein mochte.

Vielleicht war das die Definition von Hoffnung. Zu hoffen, kam einem töricht vor, bis sich diese Hoffnung erfüllte. Und wenn sie Ben retten wollte, musste sie Kylo Ren aufhalten. Sie konzentrierte sich auf die Macht und riss Ren Lukes Lichtschwert aus der Hand. Der Griff schoss auf sie zu, um dann unvermittelt zu stoppen. Ren hatte eine Hand gehoben, und das Lichtschwert hing zwischen ihnen in der Luft.

Rey zerrte mit der Macht an dem Schwert, um es näher zu sich heranzuziehen, doch Kylo Ren riss es mit einem Ruck zu sich zurück. Schweiß trat ihnen auf die Stirn, und die Adern an ihren Hälsen schwollen an, als beide versuchten, das Lichtschwert in ihre Gewalt zu bringen. Was Rey an Willenskraft in die Waagschale warf, machte Ren mit seinem Zorn wett. Keinem gelang es, den anderen zu überwältigen und das Schwert zu erobern.

Anakin Skywalker, Lukes Vater, hatte dieses Lichtschwert gebaut, um zu überdauern – und das hatte es. Es hatte den Schlachten der Klonkriege, dem Sand von Tatooine, den Eisstürmen von Hoth und den Gaswolken von Bespin getrotzt. Doch nun, wo es den Mächten von Rey und Ren ausgesetzt war, die so brutal daran zogen wie die Schwerkraft selbst, kapitulierte die Waffe. Immerhin war das Lichtschwert eine elegante Waffe aus zivilisierteren Tagen. Diesem höchst unzivilisierten Druck ausgesetzt, brach das Lichtschwert schließlich entzwei und explodierte in einer Detonation aus blendendem Weiß.

Poe eilte ins Frachtabteil zurück. Durch das Sichtfenster erkannte man, dass bloß noch eine Handvoll Transporter übrig war, doch es schien unwahrscheinlich, dass auch nur ein einziger davon es auf den Planeten schaffen würde, bevor der Megazerstörer sie alle auslöschte.

Als der Transporter heftig durchgeschüttelt wurde, glaubte Poe, sie seien getroffen worden. Er klammerte sich an einem Handgriff fest, um nicht zu stürzen. Teile eines Schiffsrumpfs trieben am Fenster vorbei. Die Megalasergeschütze hatten nicht sie erwischt, sondern den Transporter, der sich neben ihnen befand, und jetzt flogen sie durch die Wrackteile.

Poes Berechnungen zufolge waren vom Widerstand nicht mehr als sechs Schiffe übrig. Selbst wenn es ihnen gelang, sich in dieser Rebellenbasis auf Crait zu verschanzen, war diese „Streitmacht" nicht annähernd groß genug, um die Erste Ordnung zurückzuschlagen.

Lieutenant Connix stand ihm gegenüber und blickte durch ein Fenster an Steuerbord nach draußen. „Unser Kreuzer aktiviert seinen Hyperantrieb. Sie versucht zu fliehen!"

Poe wankte zu dem Fenster hinüber. Die Triebwerke des Kreuzers glühten blau-weiß, so wie vor dem Sprung. Doch ihm fiel auf, dass der vordere Bug der *Raddus* in eine Richtung wies, die keineswegs auf einen Rückzug hindeutete – ganz im Gegenteil. „Nein, tut sie nicht", sagte Poe.

Die *Raddus* sprang tatsächlich in den Hyperraum, doch es wurde nur ein kurzer Sprung – ein sehr kurzer Sprung. Sekundenbruchteile später tauchte der Kreuzer wieder auf – und bohrte sich geradewegs in den Megazerstörer. Wie ein Stern, der in sich selbst zusammenfällt, wurde das gewaltige Sternenschlachtschiff von Explosionen zerrissen und ging lichterloh in Flammen auf, um eine Welle der Zerstörung zu entfachen, die alles in seiner Nähe verschlang. Die *Raddus* verging in der Feuersbrunst und mit ihr die Hälfte der Sternenzerstörer der Ersten Ordnung. Vizeadmiral Holdo hatte sich geopfert, um den Widerstand zu retten.

Die Crew im Frachtabteil des Transporters jubelte. General Organa jedoch blieb ebenso stumm und ernst wie Poe. Finn und Rose waren an Bord des Megazerstörers.

22. KAPITEL

„Tötet sie beide!"

Sobald Phasma den Befehl erteilt hatte, spürte Finn den Lufthauch der Axt auf seiner Haut. Doch die vibrierende Klinge grub sich nie in seinen Nacken – eine Schockwelle riss ihn von den Knien. Dann musste er ohnmächtig geworden sein, denn das Nächste, das er wusste, war, wie Rose ihn auf die Beine zog, so wie sie es auch an Bord der *Raddus* getan hatte. Er löste sich hastig aus ihrem Griff. „Ich bin okay", sagte er und rappelte sich auf.

Rauch stach Finn in die Augen. Alarmsirenen heulten mit ohrenzerfetzender Lautstärke, und der Hangar um ihn herum lag in Trümmern. Andockvorrichtungen waren auf TIE-Jäger herabgestürzt. Überall lagen Sturmtruppler verstreut, ihre Rüstungen versengt und zertrümmert. Dort, wo eben noch ein Kanonenboot gestanden hatte, dampfte jetzt ein Berg Schlacke. Kampfläufer waren umgestürzt, ihre Beine zerschmettert. Wohin man auch schaute, tobten Brände. Den Megazerstörer hatte es schwer erwischt. Und dem Chaos nach zu urteilen, das im Hangar herrschte, war das Schiff dem Untergang geweiht.

Finn folgte Rose wankend zu einem Shuttle, das nicht allzu viel Schaden erlitten hatte. BB-8 hatte sich seiner Mülleimertarnung entledigt und rollte vor ihnen her. Finn hatte keine Ahnung, wie genau der Droide hergelangt war, doch irgendwie war es schon so etwas wie Tradition, dass er im letzten Moment auftauchte, um sie zu retten.

DJ befand sich ebenfalls in der Nähe und war im Begriff zu verschwinden. Der Dieb stand am oberen Ende der Einstiegsrampe der gestohlenen Raumjacht und winkte ihnen höhnisch zum Abschied zu, während die Rampe eingefahren wurde.

Finn schnappte sich einen Blaster von einem gefallenen Truppler und schoss auf den Verräter, doch die Luke hatte sich bereits geschlossen, sodass der Schuss wirkungslos von der Außenhülle der *Libertine* abprallte.

Neuerliche Explosionen zerfetzten die Treibstoffleitungen, und dunkle Wolken wogten durch den Hangar. Rose packte Finn am Arm, und er ließ das schwere Blastergewehr fallen, als sie weiter auf das Shuttle zuliefen. Plötzlich tauchten Captain Phasma und eine Einheit Sturmtruppler vor ihnen aus dem Rauch auf, um ihnen den Weg zu versperren. Finn erbleichte, als die Truppler ihre Blaster hoben.

Genau in diesem Moment zischte eine breit gefächerte Salve Laserfeuer durch den Hangar. Keiner der Soldaten kam dazu, den Abzug zu betätigen. Stattdessen sprangen die Truppler panisch in Deckung. Finn sah, dass ein zweibeiniger Läufer mit seinen Kanonen das Feuer auf die Truppler eröffnet hatte. Dann verlor der Läufer seine Cockpit-Abdeckung, und Finn erkannte, dass BB-8 das Fahrzeug bediente. Der Droide musste die Programmierung des Läufers gehackt und die Kontrolle darüber übernommen haben. Wenn sie es hier lebend herausschafften, würde er BB-8 herzlich für die Rettung danken.

Rose nahm einem der gefallenen Soldaten seinen Blaster ab und duckte sich hinter einen geschmolzenen Stützbalken, um das Feuer zu erwidern.

Phasma stürzte sich unterdessen auf Finn, der einen fallen gelassenen Schlagstock aufhob und nach ihr hieb, um den Lauf ihres Gewehrs zu durchtrennen. Sie ließ die Waffe fallen, zog einen Quecksilberstab vom Gürtel und drückte einen Knopf, woraufhin die Enden auf beiden Seiten hervorschnellten und sich der Stab in eine schmale Lanze mit zwei messerscharfen Spitzen verwandelte. „Du bist nichts weiter als ein Fehler im System!", sagte sie. Finn umklammerte den Schlagstock mit beiden Händen. „Los geht's, Chromeimer!"

Es war kein fairer Kampf. Abgesehen davon, dass Phasma eine Rüstung trug, verstand sie sich meisterhaft auf den Umgang mit der Lanze. Ihre Schläge donnerten so heftig gegen Finns Schlagstock, dass es ihm durch Mark und Bein ging. Alles, wozu Finn imstande war, war, ihre Angriffe zu parieren, während sie ihn durch den Rauch unter den Beinen des Läufers hindurch zu einem klaffenden Spalt im Boden zwang, den die Explosionen gerissen hatten.

„Du warst schon immer ungehorsam und respektlos", sagte Phasma und schwang ihre Lanze. „Deine Emotionen machen dich schwach!" Sie hämmerte auf seinen Schlagstock ein.

Finn konnte sein Gleichgewicht nicht mehr wahren. Er stolperte nach hinten – und stürzte in das Loch. Unter ihm loderten Feuer, doch er fiel nicht allzu tief, denn er war auf der Plattform eines Frachtaufzugs gelandet. Die Repulsoren der Plattform funktionierten noch, und er fummelte hastig daran herum, um wieder in den Hangar hochzufahren.

Phasma hatte nicht damit gerechnet, ihn noch einmal wiederzusehen, und dieser Fehler kam sie teuer zu stehen. Finn hämmerte seinen Schlagstock gegen ihren Helm, und sie stürzte zu Boden. Als sie ihren Kopf hob, sah er, dass ihr Helm einen Riss bekommen hatte, durch den ihn ein blaues Auge grimmig anstarrte. Er hatte sich nie Gedanken darüber gemacht, wie Captain Phasma wohl ohne ihren Helm aussah, und die Erkenntnis, dass sie letztlich auch nur ein Mensch war, ließ ihn erschaudern.

„Du warst schon immer Abschaum“, keuchte Phasma.

Finn nickte. *„Rebellenabschaum!“*

Der Boden unter Phasma gab nach, und sie stürzte in den Schacht. Die Flammen in der Grube schossen brüllend in die Höhe, als sie sie verschlangen.

Weitere Explosionen zerrissen das Flugdeck. Finn stand zwar noch auf den Beinen, doch seine Sekunden waren gezählt. Es gab keine Möglichkeit zur Flucht. Feuer und herabstürzende Balken versperrten ihm den Weg zum Shuttle.

„Finn!“, rief Rose. Sie saß zusammen mit BB-8 im Cockpit des zweibeinigen Läufers und machte sich an den Steuerkontrollen zu schaffen. Das gewaltige Gefährt stapfte schwerfällig durch den verheerten Hangar und überwand mit einem großen Schritt die Grube.

Finn kletterte hastig eins der Beine hoch. Er hielt sich so fest, wie er nur konnte, als der Läufer zu dem Shuttle hinübertrottete.

Auf das Licht folgte die Dunkelheit. Kylo Ren sank tiefer und tiefer hinein, bis ein Geräusch ihn aus der Leere riss. Es waren Schritte, gefolgt von einem sonderbaren Gefühl, das einer Erkenntnis gleichkam. Er würde sterben.

Als Kylo Ren aus seiner Ohnmacht aufschreckte, sah er General Hux über sich aufragen. Hux' Hand glitt von dem Blaster fort, den er gerade ziehen wollte. Sein Gesicht war zerfurcht von geheuchelter Sorge. „*Was* ist passiert?"

Ren kam schwankend auf die Beine. Er befand sich immer noch im Thronsaal, zusammen mit seinem erschlagenen Meister und den Prätorianern, die hingestreckt auf dem Boden verstreut lagen. An der Stelle, wo Lukes Lichtschwert explodiert war, wogte Rauch in der Luft, aber Rey war nirgends zu sehen. „Das Mädchen hat Snoke ermordet", sagte er.

Leichen rutschten an ihnen vorüber, als sich der Boden mit einem Mal neigte. Hux hielt sich an den Fetzen eines Vorhangs fest, während Ren sich mit der Macht an Ort und Stelle hielt. Durch das Sichtfenster hinter dem Thron fiel feuriger Lichtschein herein.

Ren sah die Katastrophe draußen im All. Die *Supremacy* war in zwei Hälften zerbrochen – das Innere der anderen Hälfte wurde sichtbar, als diese von Explosionen noch weiter in Stücke gerissen wurde. Ringsum trieben brennende Zerstörer umher. Zwei der Schiffe stießen mit ihrem speerförmigen Bug zusammen, als wollten sie dem rasend schnell um sich greifenden Chaos noch mehr Nahrung geben. Nun war es an Ren, eine Frage zu stellen. „Was ist passiert?"

Hux antwortete nicht. Mittlerweile waren die Schwerkraftgeneratoren im Raum wieder angesprungen, und der General eilte zur Luftschleuse hinüber, um hastig auf der Kontrolltafel herumzutippen. Er runzelte die Stirn. „Snokes Rettungsshuttle ist weg!"

Ren blickte in das Inferno hinaus. Irgendwo dort draußen

war Rey, die in ebendiesem Shuttle floh. „Wir wissen, wo sie hinwill. Entsenden Sie unsere Truppen zu dieser Widerstandsbasis! Bringen wir es zu Ende!"

Hux wandte sich von der Luftschleuse ab. „Es zu Ende bringen? Was glauben Sie, mit wem Sie hier reden? Nehmen Sie etwa an, dass Sie *meine* Armee befehligen können?" Der Blick, mit dem er Ren herausforderte, troff nur so vor Verachtung. „Unser Oberster Anführer ist tot! Wir haben keinen Herrscher!"

Ren stieg über den Leichnam seines Meisters hinweg und krümmte die Finger, während er sich vorstellte, sie lägen an Hux' Luftröhre. Der General begann zu würgen. „Der Oberste Anführer", sagte Kylo Ren, „ist tot."

Hux sackte vor Ren auf die Knie und zerrte an seinem Kragen, als könnte das die Strangulation stoppen. „Lang lebe ...", rasselte er, während er zu Ren aufschaute, „... der Oberste Anführer."

Als jeder Funken Widerstand aus Hux' Augen geschwunden war, ließ Kylo Ren von ihm ab, und auf Knien rang der General zu seinen Füßen nach Luft.

Wie so oft in ihrem Leben wiederholte sich die Geschichte. In einen Mantel mit hohem Kragen gekleidet, ließ Leia ihren Blick vom Eingang der alten Rebellenbasis über die Oberfläche von Crait schweifen. Links und rechts von ihr ragte eine kohlschwarze Bergkette in die Höhe. Hinter ihr waren die letzten Soldaten des Widerstands dabei, Captain Damerons Anweisungen Folge zu leisten und sich zu bewaffnen. Und vor ihr breitete sich eine Ebene aus, so trostlos wie die Eiswüste von

Hoth, nur bedeckt von Salz anstelle von Schnee. Bald würden die Läufer und anderen Kriegsmaschinen der Ersten Ordnung den Boden durchpflügen und einen Angriff auf den Stützpunkt starten, wie das Imperium es dreißig Jahre zuvor auf dem Planeten Hoth getan hatte.

Damals hatte die Rebellenallianz die Belagerung überlebt, weil es ihnen rechtzeitig gelungen war, alle zu evakuieren. Dem Widerstand indes blieb diese Möglichkeit nun nicht. Alle sechs Transporter, die auf Crait gelandet waren, waren beschädigt und mussten erst repariert werden. Selbst wenn sie es schafften zu starten, würden sie ohne eine Ionenkanone, um die Kreuzer im Orbit zu neutralisieren, nicht weit kommen. Im Gegensatz zur Basis auf Hoth war der Stützpunkt auf Crait nicht viel mehr als ein Labyrinth aufgegebener Mineralminen mit einem Deflektorschild und einem gut gepanzerten Außentor. Leia würde einen Notruf senden, um Verstärkung anzufordern, doch falls diese Verstärkung nicht eintraf, bevor die Erste Ordnung durch dieses Tor brach, wäre alles vorbei.

Vielleicht wiederholte sich die Geschichte doch nicht. Vielleicht war dies tatsächlich das Ende … Sie tadelte sich dafür, solche Gedanken zu haben. In der Vergangenheit war sie schon öfter in solchen scheinbar aussichtslosen Situationen gewesen, und sie war immer noch nicht tot – noch nicht. Sie durfte die Hoffnung nicht verlieren. Es war genau so, wie sie es ihren Leuten gesagt hatte: Wenn man nur an die Sonne glaubte, wenn man sie am Himmel sah, würde man die Nacht niemals überstehen.

Gedankenverloren berührte sie den Peilsender an ihrem Handgelenk. Rey war immer noch irgendwo dort draußen, genau wie Luke. Die Stimspritzen und die Medidroiden hatten Leia zwar wieder aufgepäppelt, doch es war ihr Bruder gewesen, der ihr neue Kraft verliehen und sie vom Rande des Todes gerettet hatte. Sie schaute zum Firmament hinauf und dachte an Luke.

Sechs TIE-Jäger und ein Angriffsshuttle der Ersten Ordnung brachen durch die Wolken und sausten im Sinkflug auf die Basis zu. Für eine Vorhut waren das vergleichsweise wenig Schiffe. Dabei hatten sie die Armada der Ersten Ordnung allenfalls aufgemischt und nicht zerstört. Dementsprechend bestand kein Zweifel daran, dass der Großteil der feindlichen Streitmacht noch folgen würde.

„Sie kommen. Schließt das Tor!", rief Leia und zog sich in die Basis zurück.

Das Schutztor, eine verstärkte Durastahlwand von hundert Metern Höhe, begann sich zu senken. Die rostigen Zahnräder quietschten von all den Jahren, die sie nicht benutzt worden waren.

Bei ihrer Ankunft hier war Leia dankbar dafür gewesen, dass ihre alten Rebellencodes das Tor überhaupt geöffnet hatten. Nun betete sie darum, dass sie sie nicht allesamt in einer Gruft einsperrte.

Als sich die Widerstandssoldaten tiefer in die Minenanlage zurückzogen, folgte die dort im Gebirge heimische Spezies ihrem Beispiel – Vierbeiner, die die Rebellen aufgrund ihrer fuchsartigen Gestalt und dem kristallinen „Fell" Funkelfüchse nannten. Wann immer diese Füchse sich bewegten, klirrten ihre Kristallstacheln wie in einer Symphonie aneinander, zart und melodisch wie ein Windspiel. Wie und warum sich die Füchse auf diese Weise entwickelt hatten, wusste niemand zu sagen.

Allerdings war Naturkunde im Krieg ohnehin eher von untergeordneter Bedeutung.

Das Shuttle der Ersten Ordnung setzte sich vor die TIEs und schoss auf den Eingang des Stützpunkts zu.

„In Deckung!", brüllte Poe. Er rannte auf den Eingang zu und feuerte dabei in vollem Lauf mit einem schweren Blastergewehr auf das Shuttle.

Das feindliche Schiff ging tiefer herunter, tauchte unter dem Tor hinweg und verlor dabei den oberen Flügel, der vom sich schließenden Portal sauber abrasiert wurde. Die Raumfähre setzte auf, schlitterte über den Boden und kam schließlich zum Stehen. Dahinter krachte das Schutztor zu. Leia schnappte sich ein Gewehr und gesellte sich zu Poe, der mit gezielten Salven das Cockpit des Shuttles beharkte.

Dann reckte plötzlich jemand seine Hände aus der Fähre, als ob er sich ergeben wollte. „Nicht schießen!", hörte man eine Stimme. „Wir sind's!" Finn und Rose kletterten aus dem zertrümmerten Cockpit.

„Finn!", rief Poe. „Rose! Ihr seid am Leben! Wo ist mein Droide?"

Leia ließ ihr Blastergewehr sinken, während Poe zu seinen Freunden hinübereilte. Zu seiner Erleichterung schwirrte BB-8, aufgeregt piepsend, die Einstiegsrampe des Shuttles hinunter. Ihr Wiedersehen war ein seltener Moment der Freude, für den Leia nur zu gern mehr Zeit erübrigt hätte. Doch bedauerlicherweise galt es, einige Dinge zu erledigen, von denen ihrer aller Leben abhing. Sie mussten sich auf die Schlacht vorbereiten – und Leia musste eine Nachricht abschicken.

23. KAPITEL

Normalerweise wäre die erfolgreiche Flucht von einem explodierenden Megazerstörer und vor einer Staffel TIE-Jäger Grund genug zum Feiern gewesen. Doch im Augenblick war nicht die Zeit zum Feiern. Als Finn mit zusammengekniffenen Augen durch das Periskop einen Blick nach draußen warf, auf die Ebene jenseits des Schutztores, wusste er, dass er bloß einem Kampfgebiet entkommen war, um ins nächste zu stolpern.

Draußen auf den Salzebenen landeten Dutzende von Fracht- und Truppentransportern der Ersten Ordnung. Gorillaläufer lösten sich aus ihren Verankerungen, und jeder ihrer Schritte ließ den Boden erbeben. Schwebepanzer glitten die Frachtrampen hinunter.

Was Finn jedoch am meisten Sorge bereitete, war etwas, das aussah wie ein gigantisches Superlasergeschütz auf Laufketten. „Das ist eine Geschützramme", klärte er Rose und Poe auf, die neben ihm standen. „Miniaturisierte Todessterntechnik. Das Tor wird aufbrechen wie ein Ei."

Rose schaute sich in der Eingangskammer der Mine um. Einige der Funkelfüchse waren zurückgekehrt, um sie mit winzigen roten Augen zu mustern. „Hier gibt's doch sicher einen Hinterausgang, oder?"

BB-8 rollte zu ihnen herüber, gefolgt von C-3PO, der sein Bestes tat, um mit dem Kugeldroiden mitzuhalten. „Beebee-Acht hat die Pläne der Mine analysiert", erklärte der Protokolldroide. „Ich fürchte, das Tor ist der einzige Weg hinein oder hinaus."

Finn versuchte, der Situation etwas Gutes abzugewinnen. Da der Deflektorschild der Basis nach wie vor funktionstüchtig war, waren sie fürs Erste vor einem Bombardement aus dem Orbit sicher. Außerdem hatte General Organa einen Notruf an potenzielle Verbündete abgesetzt, doch natürlich würde es einige Zeit dauern, bis sie darauf reagieren und Verstärkung schicken konnten.

Die Wände erzitterten – die Armee draußen rückte vor. Finn wusste, dass die verschworene Gruppe von Widerstandssoldaten, die die Außengräben der Basis bemannten, dem Feind einen harten Kampf liefern würden, doch sie verfügten weder über die Truppenstärke noch über die Feuerkraft, um die Angreifer zurückzuschlagen. Das bedeutete, sobald diese Verteidigungslinien genug geschwächt waren, würde die Erste Ordnung die bis dahin aufgeladene Geschützramme einsetzen. Die seismische Wucht des Schusses würde ein Loch in das Schutztor reißen, durch das dann Sturmtruppler in die Basis eindringen könnten, um sie alle abzuschlachten.

Soweit es Finn betraf, gab es nur eine einzige Möglichkeit, um ihnen die Zeit zu verschaffen, die sie brauchten, bis die erhoffte Verstärkung eintraf. „Wir müssen uns um das Geschütz kümmern!"

Rey sah Sterne und Lichter – und noch mehr Sterne. Doch die Sterne draußen vor dem Sichtfenster verblassten allmählich ebenso wie die Lichter an der Konsole. Alles – selbst der Klang ihres eigenen Atems – versank in lautlosem, dunklem Nichts.

Bleib hier! Ich komme zurück und hole dich, Schatz. Das verspreche ich dir.

Aufgeschreckt von der Stimme, setzte Rey sich im Cockpit von Snokes Privatshuttle ruckartig aufrecht hin. Natürlich befand sich außer ihr niemand an Bord des Schiffs. Die Worte waren bloß ein Echo in ihrem Kopf. Etwas, das sie sich wieder und wieder eingeredet hatte, um auf Jakku am Leben zu bleiben. Eine Wahrheit über sich selbst, die ihr dabei geholfen hatte, sich mit ihrer Situation abzufinden. Und eben hatten diese Worte sie einmal mehr gerettet, als sie sie aus etwas geweckt hatten, das ohne Weiteres als tödlicher Schlummer hätte enden können.

Sämtliche Zellen in Reys Körper schienen vor Schmerz zu pulsieren. Die Kämpfe mit Snoke und Ben hatten ihr alles abverlangt. Als Ben zu Boden ging, war es ihr gelungen, die Bruchstücke von Lukes Lichtschwert einzusammeln und sich mit letzter Kraft zu Snokes Shuttle zu schleppen. Sie hatte gerade noch genügend Energie aufgebracht, um den Autopiloten zu programmieren und eine Nachricht an R2-D2 zu senden, ehe sie auf dem Pilotensitz zusammenbrach.

Als sie nun wieder ganz bei Sinnen war, sah Rey, dass das Shuttle gerade durch die Überbleibsel mehrerer Sternenzerstörer flog. Doch statt eines weiten Sternenfelds füllte ein anderes Raumschiff das Sichtfenster aus, eins, das Rey nur zu gut kannte – der *Millennium Falke.*

Die Kom-Konsole brummte, um auf eine eingehende Nachricht hinzuweisen. Rey öffnete einen Kanal, und im nächsten

Moment drang Chewbaccas Grollen durch das statische Subraumrauschen. Er wollte wissen, ob sie okay war.

Rey rutschte von ihrem Sitz. „Ich lebe, falls das was zählt. Aber ich brauche ein Medipack." Vom *Falken* wurde eine Röhre ausgefahren, die an dem Shuttle andockte, und Rey taumelte zu dem Raumfrachter hinüber. R2-D2 fuhr die Röhre wieder ein und versiegelte die Einstiegsluke.

Rey öffnete ein Erste-Hilfe-Fach und sprang erschrocken zurück. Vier Porgs purzelten heraus! Sie landeten aufeinander, richteten sich auf und watschelten ungeniert umher. Als Rey sich umschaute, stellte sie fest, dass die kleinen Vögel überall waren. Sie lugten aus den Ventilationsöffnungen, nagten an den Kühlflüssigkeitsleitungen und hingen sogar kopfüber von den Rohren an der Decke. Der *Millennium Falke* war der reinste Porg-Zirkus!

Über all das Gurren und Zwitschern hinweg hörte Rey R2-D2 wild piepsen. „Was sagst du?", fragte sie.

Der Droide wiederholte seine Piepser in einer Lautstärke, die Rey zusammenzucken ließ. Doch sie verstand, was er ihr in Binärsprache mitteilen wollte. Beim Scannen der Notfrequenzen hatte R2-D2 einen Hilferuf von General Organa aufgefangen. Der Widerstand hatte auf einem Planeten ganz in der Nähe Zuflucht gesucht, und ihr Überleben stand auf Messers Schneide. Wenn sie nicht bald Hilfe bekamen, würde die Erste Ordnung sie endgültig auslöschen!

Schlagartig waren Reys Schmerzen vergessen. Sie hüpfte über die Porgs hinweg und lief eilends ins Cockpit, denn sie hatte keine Ahnung, was sie tun sollte, wenn sie Finn und ihre anderen Freunde nie wiedersehen würde.

Allein am Rand ihrer Startrampe, schnallte Rose sich in ihrem Flitzer fest. Das Ding sah gefährlich aus und besaß entschieden mehr Ähnlichkeit mit einem Podrenner als mit einem Gleiter, dazu entworfen, mithilfe eines lang nach unten hängenden Monoskis im Slalom über flache Ebenen zu sausen. Seitlich des offenen Cockpits erstreckte sich ein Flügel, in dessen Mitte sich ein starkes Repulsor-Schubtriebwerk befand. Rose hatte im Stützpunkt eine ganze Reihe dieser Ski-Speeder entdeckt, und obwohl man die meisten davon schon vor einer halben Ewigkeit weitgehend ausgeschlachtet hatte, waren einige noch gut genug in Schuss, dass sie funktionierten. Zumindest würden diese Schrottkisten schnell genug für ihr Team sein, um Finns Plan in die Tat umzusetzen und die Geschützramme unschädlich zu machen.

Nachdem sie im Pilotensitz des Flitzers Platz genommen hatte, schob Rose sich die Schutzbrille vor die Augen. Die Batterien der integrierten Sichtschirme hatten zwar schon lange den Geist aufgegeben, doch zumindest würden die getönten Gläser verhindern, dass sie von Craits grellweißer Oberfläche geblendet wurde.

Rose atmete tief durch, dann gab sie Schub, und der Gleiter sauste die Rampe hinab in die Tiefe und gewann zusehends an Geschwindigkeit. Durch die kardanische Lagerung des Sitzes legte sich ihr Körper automatisch in jede Kurve. Rose war schwindelig, doch zugleich war sie auch extrem aufgeregt. Paige hätte diese Rutschpartie gefallen.

Weiter vorn endete die Startrampe in einer Öffnung im Schutztor, und Rose schoss in hohem Bogen ins Freie hinaus. Finn, Poe, C'ai Threnalli und neun weitere Piloten und Soldaten schossen in ihren eigenen Gleitern aus angrenzenden Schächten. In geschlossener Formation näherten sie sich dem Boden und aktivierten ihre Monoskis. Als Rose bemerkte, dass Finns Kufe noch eingefahren war, machte sie ihn über Kom darauf aufmerksam. Finn wirkte noch etwas benommen vom rasanten Start, schaffte es jedoch im letzten Moment vor dem Aufsetzen, den Knopf zu drücken und seinen Monoski auszufahren.

Die dreizehn Ski-Speeder landeten in einer roten Gischt, als ihre Kufen durch die Kristallschicht pflügten, die unter dem Salz ruhte. Sie zogen scharlachrote Wolken aus Kristallstaub hinter sich her wie Abgasfahnen und sausten über den Boden des Planeten hinweg. Rose zog ihren Flitzer neben die von Finn und Poe, während die anderen um sie herum ausfächerten.

An Poes Ski-Speeder löste sich eine Bodenplatte. Er trat wuchtig mit dem Fuß darauf und machte seiner Frustration über Kom Luft. „Ich mag diese Rostlauben nicht – und ich mag auch nicht, wie unsere Chancen stehen. Also, geschlossene Formation und geht nicht zu nah ran, bis sie das Geschütz nach vorne bewegen!"

Die Gleiter schossen an den Schützengräben der Rebellenbasis vorbei, in denen sich das drängte, was von der Armee des Widerstands noch übrig war. TIE-Jäger zogen kreischend über die Ski-Speeder hinweg, während höher am Himmel ein schwarzes Shuttle mit halb hochgeklappten Flügeln kreiste wie ein unheilvolles Raubtier. Rose konnte nur vermuten, dass sich jemand an Bord befand, der für die Erste Ordnung von größter Wichtigkeit war.

„Achtung, Bodentruppen, decken wir sie ein bisschen ein!", funkte Poe an die Schützengräben.

Die baufälligen Turbolasertürme und die rostigen Artilleriestellungen eröffneten das Feuer auf die langsam vorrückende Frontlinie der Ersten Ordnung. Die Panzerungen der Läufer und Panzer absorbierten die meisten Treffer, doch das Sperrfeuer gab den Gleitern Deckung für den Anflug.

Rose hängte ihre Kette ans Armaturenbrett des Ski-Speeders. Der Anhänger erinnerte sie daran, wofür sie kämpfte – und dass es das wert war, dafür zu sterben. Wenn sie auch nur einen Funken des Mutes besaß, den ihre Schwester gehabt hatte, konnte sie vielleicht wirklich etwas verändern.

Schon eine Sekunde später wurde ihre Courage auf die Probe gestellt. TIEs kreischten über sie hinweg und ließen Laserfeuer auf sie herniederprasseln. Einer der Flitzer stürzte in einer roten Wolke ab.

Auf Poes Befehl hin stoben die Ski-Speeder auseinander, und auch die TIEs brachen ihre Formation, um die Verfolgung der einzelnen Gleiter des Widerstands aufzunehmen. Rose sauste über die Ebenen und steuerte immer wieder abrupt nach links oder nach rechts, um dem TIE, der ihr auf den Fersen war, ein möglichst schlechtes Ziel zu bieten. Die Geschütze des Sternenjägers pflügten dunkelrote Furchen in den Boden.

Im Gegensatz zu ihrer Schwester war Rose keine sonderlich gute Schützin, und all ihre aufs Geratewohl abgefeuerten Salven gingen ins Leere. Poe und die Schützengrabenbatterien hatten mehr Glück und sorgten dafür, dass mehrere TIEs in Flammen aufgingen, einschließlich des Jägers, der sie verfolgt hatte. Allerdings hinterließen diese Verluste nicht einmal eine Delle in der Frontlinie des Feindes. „Dieser Feuerkraft haben wir nichts entgegenzusetzen!“, rief Threnalli über Kom.

„Wir müssen sie so lange hinhalten, bis sie mit dem Geschütz vorrücken!“, entgegnete Poe.

Weitere Ski-Speeder fanden ihr Ende, in rascher Folge ausgeschaltet von den TIEs. Als die Gleiter abstürzten, rissen sie Wunden in den Boden, sodass es schien, als würde das Land selbst bluten. Schlimmer noch, der Feuerschutz, den die Turbolaserbatterien ihnen gegeben hatten, war praktisch verebbt. TIEs jagten über die Gräben hinweg, ließen den Tod auf die Soldaten des Widerstands herniederregnen und schalteten eine Artilleriestellung nach der anderen aus. Die Schlacht wurde mehr und mehr zum Massaker.

Rose betrachtete ihr Medaillon. Sie dachte an ihre Heimatwelt Otomok, an ihre Freunde vom Widerstand, an ihre Schwester. Sie waren es wert, für sie zu kämpfen, und sie waren es wert, für sie zu sterben. Rose packte ihren Steuerknüppel fester und schoss auf die Frontlinie zu.

„Rose! Dir sitzen drei im Nacken!“, rief Finn unvermittelt.

Sie warf einen Blick hinter sich und entdeckte drei TIEs, die sich im Sturzflug ihrem Flitzer näherten. Die Laserkanonen der Sternenjäger glühten, bereit, abgefeuert zu werden. Sie war so gut wie erledigt und zuckte zusammen, als alle drei TIEs von hinten weggepustet wurden.

Ein corellianischer Raumfrachter, der genauso ramponiert und mitgenommen wirkte wie alles, was sie im Stützpunkt gefunden hatten, brauste durch die brennenden Wrackteile. Rose starrte das Schiff mit offenem Mund an und verlor vor Überraschung fast die Kontrolle über ihr Gefährt. Hatte der *Millennium Falke* ihr tatsächlich gerade das Leben gerettet?

„Jaaa!“, jubelte Finn.

Der *Falke* schwang herum und stürzte sich sofort wieder auf die TIEs, um zwei weiteren Sternenjägern die Flügel und Cockpits wegzuschießen. Wie ein Schwarm Gossenguppys stoben die TIEs auseinander, weg von den Gleitern, um stattdessen die Verfolgung des Frachters aufzunehmen.

Rose lächelte und schloss sich wieder der Formation der übrigen Ski-Speeder an.

„Sie hat sie weggelockt!", rief Poe über Kom. „Alle auf einmal!"

Unterdessen ging der *Falke* abrupt in einen steilen Sinkflug über, um in eine Felsspalte abzutauchen – ein Flugmanöver, bei dem die meisten der TIEs, die dem Raumfrachter auf den Fersen waren, auf spektakuläre Weise versagten. Einige krachten auf die Planetenoberfläche, andere gegen die Wände der Schlucht, und alle gingen in Flammen auf.

„Oh, die hassen dieses Schiff!", drang Finns knisternde Stimme über das Kom.

Rose richtete ihre Aufmerksamkeit wieder auf die Frontlinie vor sich, die sich langsam öffnete. „Da ist es! Das nenn ich mal ein Geschütz", sagte sie und spürte, wie der Boden erbebte.

Zwei mehrbeinige Schlepplaüfer, die die Geschützramme hinter sich herzogen, stapften vorwärts. Aus der Nähe wirkte das riesige, massiv gepanzerte Belagerungsgeschütz sogar noch furchterregender, als Finn es beschrieben hatte. Das Ungetüm maß gut und gerne fünfzig Meter und war damit halb so hoch wie das Schutztor.

„Wir müssen direkt in die Mündung feuern!", sagte Finn. „Alles andere bringt nichts."

Rose musterte die gewaltige Kanone. Die Mündungsöffnung

der Ramme heizte sich bereits auf, pulsierend von der Energie ihres Superlasers. Um in das gewaltige Geschützrohr hineinzuschießen, mussten sie direkt auf die Kanone zufliegen, was angesichts des Umstands, dass es ringsum nur so von Truppen der Ersten Ordnung wimmelte, nahezu unmöglich war.

Poe übernahm die Führung. „Dicht zusammenbleiben!"

Die Turbolasertürme, die das Sperrfeuer der TIEs überlebt hatten, eröffneten erneut das Feuer. Die Läufer und Panzer reagierten entsprechend und beharkten die Gräben mit ihren Geschützen. Doch als das schwarze Kommandoshuttle tiefer sank und die Ski-Speeder ins Visier nahm, taten die übrigen Truppen der Ersten Ordnung dasselbe und konzentrierten ihr Feuer auf die schnell vorrückenden Schrottlauben.

Rose schaffte es, den Lasersalven auszuweichen, doch der Gleiter neben ihr nicht. Nachdem sich die Wolke des Absturzes gelegt hatte, sah Rose, dass ein stetes, tödliches Glühen die Geschützramme erfüllte.

„Die nehmen uns auseinander!", rief Poe. „Das Geschütz ist geladen. Alle abdrehen! Das ist doch reiner Selbstmord!"

Rose wendete ihren Flitzer, wich einer weiteren Salve aus und steuerte von dem Lasersperrfeuer weg, um Poe und den anderen zurück zu den Gräben zu folgen.

Finn jedoch steuerte weiter auf die Kanone zu. „Ich bin fast da!", rief er über Kom.

„Rückzug, Finn!", brüllte Poe. „Das ist ein Befehl! Zurück zu den Schützengräben!"

Doch Finn hörte nicht auf ihn. Er dirigierte seinen Flitzer im Zickzack durch das Kanonenfeuer und wirbelte weitere Kristallwolken auf. Obwohl er behauptete, ein schlechter Pilot zu sein, war das, was der ehemalige Sturmtruppler aus dem ramponierten, alten Gefährt herausholte, über alle Maßen bemerkenswert. Finn flog, als könnte ihm nichts etwas anhaben.

Doch das stimmte natürlich nicht. Rose wusste nur zu gut, dass bloß ein einziger verirrter Blasterschuss nötig war, um ihrem Freund ein feuriges Ende zu bereiten. „Finn, es ist zu spät!“, schrie sie in ihr Headset. „Tu das nicht!“

„Ich lass sie nicht gewinnen, Rose“, sagte Finn.

„Nein! Finn, hör mir zu …“

Das Kom-Signal verstummte abrupt, als Finn die Verbindung unterbrach und weiter auf das Geschütz zuschoss. Im Innern des Kanonenrohrs glommen die Laser, kurz davor zu feuern. Die enorme Hitze, die die Ramme produzierte, ließ das Salz ringsum auf dem Boden schmelzen, sodass um die Laufketten herum scharlachroter Dunst aufstieg. Nun, wo die übrigen Ski-Speeder keine Gefahr mehr darstellten, nahmen sämtliche Läufer und Panzer Finn ins Visier.

Rose wusste, dass ihr Freund dieses letzte Stück des Weges niemals lebend überstehen würde. Sie warf einen Blick auf den Anhänger, der am Armaturenbrett baumelte. Wenn es irgendjemanden im Universum gab, der es wert war, für ihn zu kämpfen – irgendjemanden, der es wert war, für ihn zu sterben –, dann war das jemand wie Finn. Rose ließ Poe hinter sich zurück und sauste mit Vollgas ihrem Freund entgegen.

Feindlicher Beschuss traf Finns Flitzer. Trümmerteile schwirrten davon, Flammen leckten über das Cockpit, doch irgendwie flog das Vehikel trotzdem weiter auf die Kanonenmündung zu – bis zu dem Moment, als Rose plötzlich gegen ihn krachte. Sie erwischte ihn mit voller Wucht, sodass sein Ski-Speeder zur

Seite wegbrach und die Kufe verlor. Der Flügel streifte den Boden, der Flitzer überschlug sich, und das Cockpit schlitterte in rotem Kristallgestöber über die Salzebene.

Der Zusammenprall kostete Rose die Kontrolle über ihr eigenes Gefährt. In der Staubwolke konnte sie nichts mehr sehen, und ihr Ski-Speeder geriet auf seiner Kufe ins Trudeln. Das Kreischen von Metall ertönte, ehe ihre Instrumententafel beim Aufprall zertrümmert wurde und die Sicherheitsgurte ihr schmerzhaft den Brustkorb eindrückten. Als sie wieder zu Sinnen kam, hielt Finn sie in seinen Armen. Ihr wurde klar, dass sie verletzt war, doch sie spürte keinen Schmerz. Die rauchenden Wrackteile ihrer beiden Gleiter lagen um sie herum verstreut.

In Finns Augen standen Tränen. „Warum hast du das gemacht? Warum hast du mich aufgehalten?"

Endlich fand Rose den Atem, um zu sprechen. „Ich hab dich *gerettet,* Blödmann", sagte sie und lächelte dabei. „Nur so werden wir gewinnen: Nicht bekämpfen, was wir hassen, sondern retten, was wir lieben!"

Die Wucht der Geschützsalve erschütterte die Welt. Rose brauchte den Treffer nicht zu sehen, um zu wissen, dass das Schutztor diesem Angriff nicht standhalten würde. Ebenso wenig konnte sie ihre Gefühle zurückhalten. Sie hob den Kopf und küsste Finn.

24. KAPITEL

Noch nie zuvor war Leia so betroffen darüber gewesen, die Sonne zu sehen. Das Licht, das durch das durchbrochene Schutztor hereinfiel, verhieß nichts als den Untergang. Nicht mehr lange, und Tausende von Sturmtrupplern würden den Stützpunkt stürmen – und es gab keinerlei Verstärkung, um sie daran zu hindern. Niemand hatte auf ihren Notruf reagiert. Die Erste Ordnung hatte gewonnen. „Wir kämpften bis zuletzt", sagte Leia an jene gewandt, die sich in der kleinen Kommandozentrale der Basis versammelt hatten. „Aber die Galaxis hat jegliche Hoffnung verloren. Der Funke ist erloschen."

Die Gesichter der anderen fielen vor Enttäuschung in sich zusammen und ihr eigenes mit ihnen. Leias jüngeres Ich, diese unerschütterliche Prinzessin, hätte sie für solche Worte gescholten. Aber sie war jetzt älter und weiser und wurde nicht mehr von der Leidenschaft der Jugend geblendet. Außerdem war sie müde. Die Gnadenlosigkeit des Krieges machte ihr immer mehr zu schaffen. Es schien, als würde die Galaxis es für angemessen halten, ihr alles zu nehmen, was ihr je lieb und teuer gewesen war, ganz gleich, was sie tat. Sie hatten der Ersten Ordnung einen harten Kampf geliefert, ja, doch letzten Endes war es nicht genug gewesen. Vielleicht war das die ultimative Lehre des Lebens. Dass zu lieben, zu verlieren bedeutete.

Schritte hallten in der Höhle wider. Waren die Sturmtruppen schon so schnell hier?

Leia hob den Kopf. Vor ihr stand ein Mann in einer zerlumpten schwarzen Robe. Sie blinzelte ein paarmal, aus Furcht, ihre Sinne würden sie trügen. Doch wenn sie das tatsächlich taten, dann handelte es sich offensichtlich um eine Massenhalluzination, da die Widerstandsoffiziere in der Kommandozentrale ihre Überraschung teilten. Der Mann schlug die Kapuze zurück, um das bärtige Antlitz ihres Zwillingsbruders zu enthüllen. „Luke ...“, hauchte sie.

„Master Luke!“ C-3PO war so aufgeregt, dass fast sein Vokabulator durchbrannte.

Luke begrüßte den Droiden mit einem Nicken, ging zu seiner Schwester und nahm ihr gegenüber Platz.

„Ich weiß, was du sagen willst“, sagte Leia mit einem kleinen Lächeln. „Ich hab eine neue Frisur.“

„Steht dir gut“, meinte er und erwiderte ihr Lächeln.

Leia verkniff sich jedwede Bemerkung zu *seiner* Frisur. Sein strähniges Haar schrie förmlich nach einer Bürste, aber im großen Spiel des Lebens waren solche Dinge nur von geringer Bedeutung.

„Leia ... Es tut mir leid.“

Im Laufe der Jahre hatte es Momente gegeben, in denen Leia ihn am liebsten dafür verflucht hätte, dass er ausgerechnet dann verschwunden war, als sie – und die Galaxis – ihn am meisten gebraucht hatte. Nun jedoch verspürte sie nichts von diesem Zorn und war zu aufgeregt, um ihn zu schelten. Allein ihren Bruder ein letztes Mal wiederzusehen, genügte ihr. „Ich weiß", sagte sie. „Das weiß ich doch. Ich bin nur froh, dass du hier bist – am Ende." Sie hatten dieses Leben gemeinsam begonnen, als Geschwister, und nun würden sie als Geschwister auch wieder daraus scheiden. Gleichwohl, die Tatsache, dass er nach so langer Zeit zu ihr zurückgekehrt war, sorgte dafür, dass sich in Leia eine letzte Hoffnung regte, wie halb erloschene Kohlen, in denen – gestreift von einem Windhauch – neue Glut entfacht wird. „Dies *ist* doch das Ende … oder?", fragte sie.

In Lukes Augen lag ein seltsamer Glanz. „Ich bin gekommen, um mich ihm zu stellen, Leia … Ich kann ihn nicht retten."

„Ich hab niemals die Hoffnung aufgegeben." Leia schüttelte den Kopf. „Aber ich weiß, dass mein Sohn nicht mehr da ist."

Mit einem Mal wirkte das Funkeln in Lukes Augen noch merkwürdiger als zuvor. „Aber niemand geht je wirklich", sagte er.

Es war der alte Luke, der da sprach, der Luke, den sie von früher kannte, der Luke, der imstande war, selbst in den dunkelsten Herzen ein schwaches Licht zu erkennen. Im Gegensatz zu ihr hatte er eine Möglichkeit gefunden, einen Mann zu erlösen, der für alle Zeiten verloren schien – ihren Vater. Wenn Luke selbst Ben nicht retten konnte, glaubte er vielleicht, dass jemand anders dazu imstande war.

Leia legte ihre Hand auf die seine, und ihre Erschöpfung verflog. Als Luke seine Hand schließlich zurückzog, hielt sie zwei Glückswürfel in ihren Händen – Hans Würfel, die so viele Jahre im Cockpit des *Millennium Falken* gehangen hatten. Luke konnte sie nur von Bord des *Falken* haben, was bedeutete, dass er Rey begegnet sein musste. Hatte er sie womöglich als Jedi unterwiesen? War es denkbar, dass das Mädchen von

Jakku sie irgendwie alle zu retten vermochte – selbst Ben? Leia lächelte. Vielleicht hatten der Widerstand und die Galaxis doch noch eine Chance.

Vom Cockpit seines Kommandoshuttles aus verfolgte Kylo Ren, wie die Armee der Ersten Ordnung über die Salzebenen auf den Rebellenstützpunkt vorrückte. Die Geschützramme hatte das Schutztor durchbrochen, und nun schien ein Sonnenstrahl wie ein himmlischer Scheinwerfer durch das klaffende Loch. Alles hatte sich zusammengefügt wie die Teile eines Puzzles. Er hatte seinen abstoßenden Meister vernichtet, und nun würde er dem niederträchtigen Widerstand dasselbe Schicksal zuteilwerden lassen.

In diesem Moment trat eine einzelne Gestalt in dunkler Robe durch den Riss im Schutztor des Rebellenstützpunkts. Im ersten Moment dachte Ren, es sei ein Bote des Widerstands, mit der Absicht, die Bedingungen für eine Kapitulation zu verhandeln, der er niemals zustimmen würde. Doch als die Gestalt durch die Sonnenstrahlen schritt, erkannte Ren, dass es kein Bote war, sondern sein Meister – sein *alter* Meister. „Stopp!“, rief er.

General Hux, der neben Ren stand, schien dieser Befehl zu verwirren, doch er signalisierte seinen Offizieren im Cockpit, die Anweisung an sämtliche Bodentruppen zu übermitteln. Noch immer in einiger Entfernung zur Basis, kamen die Läufer, Schwebepanzer und Truppler zum Stehen.

Skywalker marschierte mit großen Schritten über die rot gefleckte Salzebene, sein Gewand flatterte und bauschte sich hinter ihm auf. Er wirkte wie ein verrückter Bittsteller auf einer törichten Mission, die von vornherein zum Scheitern verurteilt war. Trotz Hunderten und Aberhunderten von Sturmtruppengewehren, Kampfläufergeschützen und Schwebepanzerkanonen, die auf ihn gerichtet waren, zögerte er keine Sekunde. Erst als er die Stelle erreicht hatte, an der das Shuttle schwebte, verharrte er schließlich, und während der Wind sein widerborstiges Haar zerwühlte, schaute er zum Cockpit empor und starrte Ren durch die Transparistahlfenster unverwandt an.

Ren ertappte sich dabei, dass er zitterte, und rief sich sofort selbst zur Ordnung. Warum sollte er diesen Wahnsinnigen fürchten? Skywalker war alt und schwach. Sein Einfluss auf die Galaxis war längst verblasst wie ein ausgebrannter Stern.

„Oberster Anführer, sollen wir vorrücken?", fragte General Hux.

Ren hielt seinen Blick unbeirrt auf Skywalker gerichtet. „Ich will, dass mit allen verfügbaren Waffen auf diesen Mann gefeuert wird!" Als Hux zögerte, brüllte Ren: „Tut es! Sofort!"

Hux nickte und erteilte den entsprechenden Befehl. Ein schießwütiger Schütze in einem AT-M6 feuerte als Erster, um ein megakalibriges Sperrfeuer zu entfesseln, das Skywalker in einer Feuersäule verschwinden ließ.

„Mehr!", forderte Ren.

Hux sah ihn mit einer hochgezogenen Augenbraue an. „Ich bin sicher, wir …"

„Mehr!"

Auch das Shuttle eröffnete nun das Feuer, und jedes einzelne Geschütz am Boden folgte seinem Beispiel, um dort, wo Skywalker stand, einen Krater in den Boden zu pflügen. Als Rauch und Salz ihre Sensoren störten, wurde es Hux zu viel. „Das ist genug!", brüllte er. *„Das ist genug!"*

Die Offiziere gaben den Befehl in aller Eile an die übrigen Einheiten weiter, die das Feuer ebenfalls einstellten.

Hux wandte sich um zu Ren, ehe er ebenso an ihn wie an den Kommandanten des Shuttles gerichtet sarkastisch fragte: „Glauben Sie, Sie haben ihn erwischt?"

Der Commander nickte, obwohl all der Rauch es schwierig machte, sich von der Richtigkeit seiner Annahme zu überzeugen, während Ren sich schwer atmend in einen der hinteren Sitze sinken ließ. Sein Mund war trocken, seine Augen feucht, und die Hände schmerzten ihm in den Handschuhen, weil er sie so fest zu Fäusten geballt hatte.

„Gut. Wenn wir dann so weit sind, können wir das beenden", sagte Hux.

Der Shuttlekommandant schluckte vernehmlich. „Ähm, Sir?"

Ein nervenaufreibendes Schweigen senkte sich über die Brücke, und Ren folgte Hux' ungläubigem Blick. Luke Skywalker stieg aus dem Krater, ohne die geringsten Anzeichen, dass er verletzt worden war. Er klopfte Staub von seinem Gewand und hob den Blick, um seinem ehemaligen Schüler erneut direkt in die Augen zu sehen.

Zorn durchfuhr Ren. Er sprang von seinem Sitz auf. „Bringt mich runter zu ihm! Behaltet das Tor im Auge und rückt erst vor, wenn ich es sage!"

„Oberster Anführer, lassen Sie sich nicht ablenken", sagte Hux aufgebracht. „Unser Ziel ist es, den Widerstand auszulöschen. Die Rebellen sind hilflos in der Mine gefangen, doch jede Sekunde, die wir vergeuden …"

Ren wedelte mit der Hand, und Hux wurde gegen die Wand geschleudert.

Diesmal war das Schlucken des Shuttlekommandanten sogar noch lauter zu hören. „Wird gemacht, Sir!" Er ließ den Piloten das Schiff auf dem Schlachtfeld landen.

Ren verließ das Cockpit und schritt zur Einstiegsluke. Bevor er von Bord ging, fuhr er mit der Hand über den Griff seines Lichtschwerts. Obwohl er keine Ahnung hatte, was sein ehemaliger Meister im Schilde führte, war Ren entschlossen, ihm ein für alle Mal den Garaus zu machen, wenn sich ihm die Gelegenheit dazu bot.

Skywalker wartete auf dem Schlachtfeld auf Ren. Im Krater hinter ihm loderten Flammen.

„Alter Mann", spottete Ren, „bist du zurückgekehrt, weil du mir vergeben willst? Weil du mich retten willst, so wie mein Vater?"

„Nein."

Lukes schonungslose Offenheit überraschte Kylo Ren nicht. Dies war nicht der heldenhafte Skywalker, den jedermann bewunderte. Dies war der verräterische Skywalker, der versucht hatte, ihn im Schlaf zu ermorden. Kylo Ren aktivierte sein Lichtschwert.

Auf Geheiß von General Organa hatte Poe Monate damit zugebracht, die Galaxis nach Hinweisen auf den Aufenthaltsort von Luke Skywalker zu durchkämmen. Es war ein frustrierender Auftrag gewesen, voller Sackgassen, sodass ihn nicht selten Zweifel beschlichen hatten, ob seine Bemühungen womöglich vergebens sein würden. Nun jedoch trug all seine harte Arbeit höchst wunderliche Früchte. Luke Skywalker war auf dem Schlachtfeld erschienen.

Die Streitkräfte der Ersten Ordnung richteten ihre Geschütze von den Gräben weg, um das Feuer auf Luke zu konzentrieren. Poe wusste, dass es reine Torheit gewesen wäre, dem Jedi beistehen zu wollen. Wenn Luke überlebte, dann allein wegen der Kräfte, die er Gerüchten zufolge besaß, und nicht, weil Poe ihm in selbstmörderischer Absicht zur Seite stand. Doch für den Moment war die Erste Ordnung abgelenkt, und der Qualm des Infanteriefeuers bot ihnen ideale Deckung für den Rückzug.

Poe stellte seinen Ski-Speeder ab und sprang heraus. Aus voller Kehle brüllend, befahl er den Soldaten des Widerstands, die Schützengräben aufzugeben und in der Mine Zuflucht zu suchen. Eine der Kämpferinnen war zu schwer verletzt, um zu laufen. Poe legte ihr einen Arm um die Schultern und schleppte sie weiter.

Bevor Poe in die Mine zurückkehrte, schweifte sein Blick zu der Stelle auf der Salzebene, wo Finn und Rose abgestürzt waren. Doch durch den Vorhang aus dichtem schwarzem Rauch konnte er nicht das Geringste erkennen.

Finn riss Kabel aus seinem Flitzer. Der Rauch war vorübergetrieben, sodass er ohne Bedenken einatmen konnte. Doch seine Lippen kribbelten merkwürdig, vermutlich wegen des Salzes in der Luft. Oder lag es am Kuss von Rose? Sie ruhte auf einem Stück Metallverkleidung, das er von der Seite des Ski-Speeders abgerissen hatte. Er schlang ihr das Kabel um Hüfte und Beine, sodass sie nicht herunterrutschen würde. Mit den übrigen Kabeln fixierte er die Laserrohre des Gleiters, die er durch die in aller Eile in die Metallplatte gebohrten Löcher geschoben hatte.

Dann hob er die Enden beider Rohre an und zog Rose auf dem provisorischen Schlitten in Richtung Basis.

Die beiden kamen nur langsam voran – der Boden war tückisch. Außerdem musste Finn einen längeren Weg zurück zur Mine wählen, um den dichtesten Rauchschwaden auszuweichen. Wann immer sie in offenes Gelände gerieten, fürchtete Finn das scheinbar unausweichliche Laserfeuer. Doch aus irgendeinem Grund ignorierten die Gorillaläufer sie.

Regelmäßig überprüfte er den Zustand von Rose. Manchmal stöhnte sie, ein Zeichen dafür, dass sie noch lebte. Das trieb ihn ebenso weiter wie seine Gedanken an Rey. Wenn der *Millennium Falke* nach Crait gekommen war, saß sie mit Sicherheit am Steuer. Und solange sie dieses Schiff flog, war eine Rettung nicht unmöglich.

Als sie sich den Schützengräben näherten, flüsterte Rose etwas, und er blickte auf sie hinab. „Was sagst du?"

Ein Lächeln erblühte auf ihren schmutzigen Wangen. „Als wir uns das erste Mal begegnet sind, hab ich dich abgeschleppt", raunte sie. „Jetzt schleppst du mich ab."

Finn grinste, als er sich an die temperamentvolle Wartungstechnikerin erinnerte, die ihn als Deserteur einsperren wollte. „Wir haben es weit gebracht, nicht wahr?"

Rings um die Turbolasertürme der Basis lagen nur noch Tote verstreut. Die überlebenden Soldaten waren durch den Riss im Schutztor ins Innere des Stützpunkts geflohen. Sobald sie die Gräben hinter sich hatten, würden auch Finn und Rose in Sicherheit sein – jedenfalls für einen kurzen Moment, bis die Erste Ordnung ihnen endgültig den Todesstoß versetzte.

„Wer ist das?", fragte Rose plötzlich. Sie deutete quer über die Ebene. Die Läufer der Ersten Ordnung hatten vor einer Gestalt in einem Kapuzenmantel gestoppt. Aus dem Krater hinter dem Mann stieg Rauch auf.

Finn hatte so eine Ahnung, wer die Gestalt war, doch er verschwendete keine Zeit darauf, sich dessen zu vergewissern. Denn das Leben von Rose hing davon ab, sie schleunigst in die Mine zu schaffen.

Nachdem Poe die Verletzte zu Sanitätern gebracht hatte, die sie versorgen würden, lief er in den kleinen Kommandobunker im Innern der Rebellenbasis, wo General Organa gedankenverloren vor einem leeren Bildschirm stand. „General, alle Überlebenden sind zurückgekehrt", sagte er. „Ich schlage vor, wir machen ein schweres Geschütz feuerbereit und pusten jeden weg, der durch diesen Spalt kommt. Und ich glaube, Ihr Bruder ..."

„Was ist mit Ihren Freunden?"

„Mit Finn?" Poe schluckte. Allein den Namen seines Kumpels auszusprechen – einen Namen, den er selbst dem Ex-Sturmtruppler gegeben hatte –, fühlte sich an wie ein Schlag in die Magengrube. „Er ... hat es nicht geschafft."

Leia kehrte dem Bildschirm den Rücken zu. „Sind Sie sich da sicher, Commander Dameron?"

Poe blinzelte, nicht sicher, was er darauf erwidern sollte. Wollte sie etwa infrage stellen, was dort draußen geschehen war? Und hatte sie ihn außerdem gerade wieder in seinen alten Rang erhoben? Er folgte ihrem Blick aus dem Bunker zum Eingang der Mine, wo er Zeuge des zweiten Wunders wurde, das sich an diesem Tag ereignete. „Finn!"

Sein Freund war gerade dabei, durch das Loch im Schutztor zu klettern. Er zog Rose auf einem provisorischen Schlitten hinter sich her. „Ein Medipack!", rief Finn. „Ich brauche sofort ein Medipack!"

Einige Soldaten waren schneller als Poe, übernahmen den Schlitten und trugen Rose zum Bunker.

Finn blickte durch den Spalt im Tor nach draußen, als Poe zu ihm gelaufen kam. „War das ...?"

„Ich glaube, ja." Poe blickte durch einen Entfernungsmesser, um einen Blick hinauszuwerfen. Auf dem Schlachtfeld lieferten sich zwei Gestalten in Schwarz einen erbitterten Zweikampf – einer der Männer schwang ein rotes Lichtschwert, während der andere eine blaue Klinge führte. Der Mann mit der blauen Klinge war tatsächlich Luke Skywalker, wie er es sich schon gedacht hatte. Der andere indes war der brutale Schurke, der Poe vor nicht allzu langer Zeit an Bord der *Finalizer* gefoltert hatte. „Es ist Kylo Ren – Luke stellt sich ihm allein."

„Wir sollten ihm helfen", beharrte Finn. „Gehen wir!"

Poe legte den Entfernungsmesser beiseite. Eine Handvoll noch kampffähiger Soldaten sahen ihn an, in der Erwartung neuer Befehle. Wenn er es von ihnen verlangte, würden sie, ohne zu zögern, wieder hinausgehen, um dem Feind die Stirn zu bieten. Doch Luke hatte nicht um ihre Hilfe gebeten. „Nein, warte! Er macht das nicht ohne Grund. Er hält ihn hin, damit wir entkommen können!"

Finns Kinnlade klappte nach unten. „Entkommen? Da draußen steht ein Mann gegen eine Armee! Wir müssen ihm helfen! Wir müssen kämpfen!"

In diesem Moment kam Leia aus dem Bunker, und C-3PO folgte ihr klappernd. Sie sah Poe an, ohne ein Wort zu sagen.

Das war auch nicht nötig. Ihr Blick genügte, um ihm alles zu vermitteln, was er wissen musste.

„Nein, nein, nein", sagte Poe. „Wir sind der Funke, der das Feuer entfacht, das die Erste Ordnung vernichten wird. Skywalker tut das, damit wir überleben können. Es muss doch noch einen anderen Weg aus dieser Mine geben! Verdammt, wie kam Luke denn hier rein?"

C-3PO ergriff das Wort. „Sir, es ist möglich, dass ein natürlicher, nicht verzeichneter Ausgang existiert. Aber diese Einrichtung ist ein Irrgarten von endlosen Tunneln. Die Chance, einen Ausgang zu finden, liegt bei …"

„Psst", sagte Poe, um den Droiden zum Schweigen zu bringen. „Halte die Klappe!"

„… fünfzehntausendvierhundertachtundzwanzig …"

„Halte die Klappe!"

„… zu eins", schloss Dreipeo.

Poe starrte in einen der Bergbaustollen. Er sah nichts in der Dunkelheit, doch was noch wichtiger war: Er *hörte* auch nichts.

Finn sprach das aus, was Poe dachte. „Wo sind diese Funkelfüchse hin?"

Da war etwas – zwei rote Augen, die sie blinzelnd ansahen. Dann huschte der Fuchs tiefer in den Stollen hinein, und seine Kristallstacheln klimperten.

„Folgt mir!", sagte Poe.

Alle Blicke richteten sich auf General Organa, als würden sie auf ihre Befehle warten.

„Warum seht ihr mich so an? Folgt ihm!", sagte Leia.

Sofort setzten sich alle in Bewegung, eilten Poe hinterher und folgten seinen Anweisungen.

25. KAPITEL

Rey schob den Porg unsanft vom Kartenschirm, während Chewbacca den *Millennium Falken* über einen Kristallgletscher gleiten ließ. Im Cockpit tummelten sich noch mehr Porgs, doch sie ignorierte die Vögel. Auf der Topografieanzeige blinkte stetig ein Punkt, der darauf hinwies, dass sie sich ganz in der Nähe des Peilsenders befanden, dessen Gegenstück sie am Handgelenk trug. Doch das Einzige, was auf der Oberfläche von Crait zu erkennen war, waren Salz- und Mineralablagerungen. „Wenn das Signal direkt unter uns ist, dann müssen sie hier irgendwo sein", erklärte Rey dem entmutigten R2-D2.

Der Droide hatte sich in die Sensorsysteme des *Falken* eingeklinkt, bislang jedoch keinerlei Biosignaturen entdeckt – zumindest wenn man von dem Porg absah, der versuchte, auf seiner Kuppel ein Nest zu bauen.

„Scanne weiter nach Lebensformen!" Rey wünschte, sie hätte ihre Machtsinne ausstrecken können, um nach ihren Freunden zu suchen. Doch die Kämpfe mit Snoke und Ren hatten ihrem Körper schwer zugesetzt, und auch ihr Verstand war noch immer arg angeschlagen. Ihre Verbindung zur Macht fühlte sich ungewohnt distanziert an, aus dem Takt, als hätte sie ihre mentalen Grenzen erreicht. Trotzdem war eine Sache für sie klar: Sie würde ihre Freunde vom Widerstand nicht aufgeben, wo immer sie auch sein mochten. Sie brauchten ihre Hilfe – zumindest *das* konnte sie spüren.

Der *Falke* wendete, um erneut über den Gletscher hinwegzufliegen. Reys Blick folgte einem langen Spalt in der Oberfläche zu einem Gebirgskamm. Sie war nicht bereit, die Hoffnung aufzugeben – niemals. Auf der Instrumententafel hockte ein Porg, der mit ihr zusammen die Landschaft draußen absuchte. Plötzlich wackelte und piepste R2-D2 aufgeregt, was einige der Porgs verscheuchte. Der, der auf den Instrumenten hockte, kreischte so laut, dass Reys Trommelfell schmerzte.

Doch dann entdeckte Rey den Grund für die Aufregung des Droiden. „Chewie, da!“ Sie deutete auf den Gipfel des Kamms, wo ein Rudel fuchsartiger Kreaturen in wahren Scharen aus dem Innern des Berges strömte. Die Stacheln, die ihren Körper bedeckten, funkelten in der untergehenden Sonne wie Eiszapfen. Obwohl von ihren Freunden nirgends eine Spur zu sehen war, war Rey davon überzeugt, dass sie hier irgendwo waren. Chewbacca landete den *Falken*, und Rey lief hinaus. Weil sie aber nicht darauf achtete, wo sie hintrat, geriet sie ins Straucheln, fiel hin und rutschte einen Hang hinab. Die Letzten der stacheligen Geschöpfe sprangen an ihr vorbei, um sich dem Rudel oben auf dem Gebirgskamm anzuschließen.

Das Loch, durch das die Füchse den Berg verlassen hatten, war klein, nicht viel breiter als Reys Hand lang war. Es stammte auch nicht von einem Spalt im Gestein selbst, sondern war vielmehr eine Lücke zwischen vielen großen Felsbrocken, die wohl lawinenartig abgegangen und an dieser Stelle zum Liegen gekommen waren.

Berge konnte Rey nicht versetzen, aber Felsbrocken – damit hatte sie Erfahrung. Sie schloss die Augen, atmete aus, atmete ein, atmete wieder aus. Die Macht ließ ihre Fingerspitzen fast unmerklich kribbeln, doch sie hatte keine Angst. Rey wusste, dass sie da war, so wie sie es seit jeher war. Und sie vertraute darauf, dass sie selbst ein Teil dieser Macht war.

Den Lehren der Jedi zufolge waren es die Meister, die lernten, und ihre Schüler, die sie lehrten. Als Luke nun seinem alten Schüler gegenübertrat, verstand er vielleicht zum ersten Mal, wie sehr diese alte Weisheit der Wahrheit entsprach.

Zorn umwirbelte seinen Neffen wie ein Zyklon. Zorn, der von Misstrauen und Enttäuschung angefacht wurde, von Erwartung und Anspruch. Ben Solo war als Kind mit Privilegien geboren worden, als Sohn einer angesehenen Prinzessin und eines notorischen Schurken – und gesegnet mit einer bemerkenswerten Begabung für den Umgang mit der Macht. Doch trotz all dieser Dinge strebte er nach etwas anderem – danach, sich selbst einen Namen zu machen. Und dieses Ziel erreichte er, indem er seine Eltern und seinen Onkel von sich stieß, sich ganz seiner Wut ergab und sich selbst und allen um ihn herum Kummer und Leid zufügte. In Kylo Ren sah Luke den Schatten seines eigenen Vaters als junger Mann – und das, wozu er selbst hätte werden können, wäre es ihm nicht erlaubt gewesen, als Farmerjunge auf Tatooine aufzuwachsen.

Ren verlagerte sein Gewicht von einem Fuß auf den anderen, die Augen tief eingesunken und finster. Sein grimmiger Blick forderte Luke heraus, den ersten Schritt zu tun.

Doch Luke ließ sich nicht dazu verleiten. Geduld war eine

weitere Lektion, die er von seinen Schülern gelernt hatte. So stürmte stattdessen schließlich sein Neffe vor. Luke huschte geschmeidig aus dem Weg und wirbelte einmal um die eigene Achse. Beide stemmten ihre Füße auf den Boden und starrten einander an. Durch die Luft wirbelnde Salz- und Ascheflocken vergingen zischend auf ihren Klingen.

In den dunklen Tiefen der Augen seines Neffen sah Luke sein eigenes Abbild – das eines alten Mannes, verbittert, müde und voller Trauer. „Ich habe dich hintergangen, Ben", sagte er von aufrichtiger Traurigkeit erfüllt. „Es tut mir leid."

„Da bin ich mir sicher. Der Widerstand ist tot! Der Krieg ist vorbei! Und wenn ich dich töte, dann töte ich damit den letzten Jedi!"

Doch Abbilder waren nur Abbilder, Spiegelungen nur Spiegelungen – sie mussten nicht der Wirklichkeit entsprechen. Luke blickte hinter sein eigenes Spiegelbild, durch diese dunklen Augen hindurch, in die Macht. „Erstaunlich … Jedes Wort, das du eben gesagt hast – war falsch", sagte er zu Ben. „Die Rebellion wurde heute wiedergeboren."

Die Macht zeigte Luke eine Vision von Rey, die am Fuß eines Steilhangs stand und meditierte, wie er es ihr beigebracht hatte. Sie hob die Hand, und ein Haufen Felsbrocken schwebte empor, um eine Öffnung im Berg freizulegen.

„Der Krieg hat gerade erst begonnen", fuhr der Jedi fort.

Reys Hand zuckte. Ihre Atmung veränderte sich. Luke spürte, dass sie wusste, dass er bei ihr war. Fortan würde er *immer* bei ihr sein.

„Und ich werde *nicht* der letzte Jedi sein", sagte Luke.

Finn verfolgte, wie die Felsbrocken vom Eingang des Tunnels fortschwebten und den Blick auf Rey freigaben, die auf der anderen Seite stand, strahlend im letzten Licht des Sonnenuntergangs.

Schwankend von der Anstrengung öffnete Rey die Augen, und die Felsbrocken fielen zu Boden.

Finn lief zu ihr und nahm sie in die Arme. Er hielt sie ganz fest, und sie lächelte. Rey – er hatte sie gefunden! Endlich waren sie wieder vereint! Doch als sich ihre Blicke trafen, sah er, dass sie nicht mehr dieselbe Rey war, die er gekannt hatte.

„*Rey*", sagte Kylo Ren – ihr Name kam als Knurren über seine Lippen. „Sie hat ihre Wahl getroffen. Sie hat sich für den alten Weg entschieden – für den Weg, der keine Zukunft hat. Ich werde sie vernichten – und dich und einfach alles. Das sollst du wissen."

Als Ren mit seinem Lichtschwert zuschlug, verzichtete Skywalker darauf, die Klingen mit ihm zu kreuzen. Stattdessen beließ sein ehemaliger Meister es dabei, seinen Angriffen auszuweichen, indem er sich darunter wegduckte, zur Seite huschte und zurücksprang.

Ren knirschte frustriert mit den Zähnen. Bald stand für ihn fest, dass Skywalker überhaupt keine andere Wahl hatte, als vor den Attacken zu fliehen, weil er es ohnehin nicht mit seiner Stärke aufnehmen konnte. Nicht mehr lange, und Skywalker würde einen Fehler machen. Und sobald das geschah, würde Ren ihn niederstrecken, genau so, wie er es bei Snoke getan hatte.

Als würde Skywalker genau wissen, was Ren dachte, sagte er: „Auch wenn du mich tötest, erfüllt von Hass, werde ich immer bei dir sein – genau wie dein Vater." Mit diesen Worten trat er zurück und deaktivierte sein Lichtschwert.

Das war typisch Skywalker – immer versuchte er, einen zu belehren, immer versuchte er, anderen seinen Unsinn einzubläuen. Doch diese Lektion würde seine letzte sein. Mit einem Satz sprang Ren vor und schlug mit all seiner Kraft, mit all seiner Wut nach seinem Meister – aber die Klinge durchschnitt nur Luft. Er hieb erneut zu, und wieder glitt sein Lichtschwert geradewegs durch Skywalker hindurch. Sein alter Meister waberte, als wäre er in Wirklichkeit überhaupt nicht hier, als wäre er bloß ein Hologramm, ein Phantom, eine Projektion von Kylo Rens Verstand. Was war das für ein Jedi-Trick?

„Wir sehen uns, Kleiner", sagte Skywalker – und löste sich in Luft auf.

Ren kochte vor Wut. Er war auf einen Geist hereingefallen! Und die Schützengräben waren nun verlassen. Die Soldaten des Widerstands waren in die Minen geflohen. Skywalker hatte lediglich versucht, ihn abzulenken, um ihnen Zeit zur Flucht zu verschaffen. Doch das würde Ren nicht zulassen. Er beorderte eine Einheit der Sturmtruppen zu sich und stürmte durch das zertrümmerte Schutztor in den alten Rebellenstützpunkt. Doch die Widerstandssoldaten waren auch nicht mehr in den Minen. Die Eingangskammer war leer, ebenso wie die Kommandozentrale.

Rens Hand begann zu zittern, und die Sturmtruppler, die es bemerkten, gingen hastig auf Abstand. Ren inspizierte die antiquierten Computerkonsolen. Dann hob er einen kleinen Gegenstand vom Boden auf. Es waren zwei Glückswürfel an einer Kette. Ren kannte diese Würfel nur zu gut. Sie hatten

Han gehört. Solange er denken konnte, hingen sie im Cockpit des …

Der *Millennium Falke*! Durch die Macht erhaschte Ren einen flüchtigen Blick auf das Schiff. Gerade gingen Rey und Leia an Bord. Beide wirkten über irgendetwas bestürzt. Rey wandte ihren Kopf in seine Richtung und starrte ihn an. Sie war wütend auf ihn. Sie glaubte, dass er den Mann verraten hatte, der er eigentlich sein sollte. Doch da irrte sie sich. *Sie* hatte *ihn* verraten.

Die Rampe des *Falken* glitt in die Höhe, und Kylo Rens Verbindung zu Rey fand ein abruptes Ende. Allein, brodelnd vor Zorn, stand er in der Kommandozentrale. Die Würfel in seiner Hand hatten sich in nichts aufgelöst – genauso ein Trick von Skywalker wie alles andere.

Diesmal störte Leia die allgemeine Wiedersehensfreude nicht. Stattdessen war sie selbst von stiller Heiterkeit erfüllt, als sie den Gemeinschaftsbereich des *Falken* betrat, in dem sich die meisten Überlebenden des Widerstands aufhielten. Sie umarmte Chewbacca so fest, wie sie nur konnte, während der Wookiee seinerseits alle in den Arm nahm und Poe dabei fast die Luft aus der Lunge presste.

Doch nicht alle konnten so entspannt sein. Rose lag auf dem Krankenbett, verletzt, doch in einen erholsamen Schlummer versetzt. Finn wühlte in der Schublade darunter herum. Unter den Dingen, die er daraus zutage förderte, waren ein paar Bücher mit Ledereinband. Sie waren sehr alt, und Leia fragte sich, wie sie wohl an Bord des *Millennium Falken* gekommen waren. Schließlich war Han alles andere als eine Leseratte gewesen. Dann fand Finn eine Decke und breitete sie über Rose aus.

Leia fiel auf, dass die Aufmerksamkeit, die Finn dem anderen Mädchen zuteilwerden ließ, Rey zu verwirren schien – sie lenkte sich offenbar damit ab, die beiden Chromteile zu inspizieren, die sie in Händen hielt. Leia ging zu ihr hinüber und schenkte ihr ein warmes Lächeln.

Rey erwiderte das Lächeln flüchtig und zeigte Leia die beiden Hälften von Lukes Lichtschwert. „Luke ist tot", sagte sie, während sie die Stücke des Griffs aneinanderhielt. „Ich hab es gefühlt. Aber es war weder Traurigkeit noch Schmerz in ihm, es war nur … Frieden und Bestimmung."

„Ich hab es auch gefühlt." Ja, auch Leia hatte Lukes Hinscheiden gespürt, doch sein Tod wurde nicht vom selben Schock und Entsetzen begleitet wie der ihres Mannes, und er brachte auch nicht dasselbe Maß an Kummer mit sich. Stattdessen fühlte Leia, dass ihr Bruder, wie Rey schon sagte, seinen Frieden gefunden hatte.

Rey hörte auf, an dem Lichtschwert herumzuhantieren, und sah Leia an. „Kylo ist stärker als je zuvor. Er verfügt über eine Armee und hat die Galaxis mit eisernem Griff unter seiner Kontrolle. Wie wollen wir darauf eine Rebellion aufbauen?"

Leia ergriff Reys Hand. „Wir haben alles, was wir brauchen." Und es stimmte. Die Helden, die Leia in diesem Moment umgaben, hatten ihren Glauben wiederhergestellt. Ganz gleich ob mit oder ohne sie, diese Leute würden das Gute in der Galaxis verteidigen, genau so, wie sie selbst es all die Jahre über nach besten Kräften getan hatte. Ihr Kampf – ihr Leben – war nicht vergebens gewesen.

EPILOG

Es war einmal ein Junge, der aufwuchs, um ein Jedi-Ritter zu werden. Nicht bloß irgendein Jedi, sondern einer der größten der Geschichte. Ein Held, ein Krieger, ein Gelehrter und ein Meister.

Dieser Jedi saß im Schneidersitz auf einem Felsvorsprung auf dem Gipfel eines einsamen Berges, die Augen geschlossen, während ein Ring aus kleinen Steinchen um ihn herum in der Luft schwebte. Sein Geist kehrte aus einer anderen Welt zurück, in der er eine wichtige Schlacht geschlagen hatte, um sich nun wieder mit seinem Körper zu vereinen, der auf dieser Welt zurückgeblieben war, reglos und stumm.

Für gewöhnliche Wesen mochte die Fähigkeit, an zwei Orten gleichzeitig zu sein, unvorstellbar sein. Für einen Meister der Macht jedoch war *alles* möglich. Der Geist wurde ebenso wenig vom Körper eingeschränkt, wie der Körper vom Geist. Der Körper konnte sogar verkümmern und sterben, während Geist und Verstand überlebten.

Dieser Jedi hatte sich seit Anbruch der Morgendämmerung nicht mehr bewegt. Zwischendurch hatte ein Beben den Berg erschüttert. Eine Klippe war eingestürzt. Nun sanken die beiden Sonnen wieder, und der Mond ging allmählich auf.

Zu tun, was er gerade getan hatte, hatte ihn all seine Kraft gekostet. Die salzigen Linien der Tränen auf seinem Gesicht kündeten von der unglaublichen Anstrengung. Doch nun, wo es vollbracht war, konnte er zumindest einige letzte Atemzüge auf der Insel genießen, die so lange sein Zuhause gewesen war.

Luke Skywalker war dabei zu sterben. Doch das akzeptierte er, schließlich war der Tod der Weg aller Dinge, selbst der der Sterne. Ein Kiesel aus dem Ring fiel zu Boden, dann noch einer und noch einer. Einige rollten den Hang des Berges hinab, andere blieben auf dem Felsvorsprung liegen. Lukes Körper sackte zusammen, als wollte er sich zu ihnen gesellen.

Vom Wind hergewehte Blütenblätter streiften über sein Gewand. Die tiefen Falten in seinem Gesicht entspannten sich, die Zwillingssonnen versanken in der ruhigen See, und mit einem letzten Atemzug verschwand sein Körper von den Felsen. Sein Verstand wurde eins mit der Macht, und sein Geist machte sich auf, den Himmel zu durchstreifen.

So verging das Leben von Luke Skywalker. Doch der Tod würde für ihn nicht das Ende sein. Sein Name, seine Taten und seine Legende würden weiterleben, um junge Stallburschen, die Besenstiele wie Lichtschwerter schwangen, mit demselben Traum zu erfüllen, eines Tages Großes zu vollbringen, wie ruhelose Waisenmädchen, die in ihrem trostlosen Heim nach jedem Fitzelchen Hoffnung griffen. Denn mit der Macht ist *alles* möglich.

ÜBER DEN AUTOR

Zu Michael Kogges eigenen Werken zählt *Empire of the Wolf*, ein epischer Comic über Werwölfe im alten Rom. Zudem ist er Autor zahlreicher *Star Wars*-Bücher. So schrieb er auch den Jugendroman zu *Das Erwachen der Macht* und Adaptionen diverser Folgen der Animationsserie *Star Wars Rebels* für junge Leser.

Weitere Informationen finden sich unter:
www.MichaelKogge.com

ENDLICH!
Die Graphic-Novel-Reihe zu den Star Wars-Filmklassikern!
STAR WARS
DER ERSTE COMICBAND ZUM NEUEN FILM!
STAR WARS:
DAS ERWACHEN DER MACHT
80 Seiten, Paperback, € 9,99
ISBN 978-3-95798-925-3
STAR WARS:
DIE RÜCKKEHR DER JEDI-RITTER
72 Seiten, Paperback, € 9,99
ISBN 978-3-95798-800-3
STAR WARS:
DAS IMPERIUM SCHLÄGT ZURÜCK
72 Seiten, Paperback, € 9,99
ISBN 978-3-95798-711-2
STAR WARS:
EINE NEUE HOFFNUNG
72 Seiten, Paperback, € 9,99
ISBN 978-3-95798-710-5
TM & © 2015 LUCASFILM LTD.